D1665837

PREŽIHOV VORANC

WILDWÜCHSLINGE

Aus dem Slowenischen von Janko Messner

Drava Verlag Klagenfurt
Editoriale stampa Triestina SpA Trieste

Prežihov Voranc
WILDWÜCHSLINGE

Titel der Originalausgabe:
Samorastniki, Ljubljana 1940
Diese Ausgabe wurde nach der ersten deutschsprachigen
Ausgabe von 1963 beim Dr. Petrei Verlag überarbeitet und
ergänzt

ISBN 3 — 85 435 — 009 — 0

Für den Drava Verlag
Lojze Wieser

Für Editoriale stampa Triestina SpA Trieste
Silvij Tavčar

Umschlaggestaltung
Matjaž Vipotnik

Druck
Tiskarna Ljudske pravice, Ljubljana, 1983
Printed in Yugoslavia

Zur Aussprache slowenischer Namen

c wie deutsch z

z stimmhaftes s wie in »lesen«

č stimmloses tsch wie »Tschako«

š stimmloses sch wie in »Schule«

ž stimmhaftes sch wie in »Journal«

DER KAMPF MIT DEM ACKERMOLCH

1

Zu Dihurs Keusche gehörten fünf Äcker. Auf den größten von ihnen kamen etwa zwei Vierlinge Saat. Sobald im Frühling die Lärchen im Wald saftig grün geworden waren, und die Dihur'schen zu pflügen begannen, sagten die Nachbarn:

»Beim Dihur brennt wieder die Erde.«

Dihurs Felder lagen auf dem Geschiebe einer großen Erdlawine, die sich in alten Zeiten hoch oben am Berg losgelöst und bis auf den nackten Felsen alles ins Tal geschwemmt hatte. Deshalb nannte man den Hof eigentlich: Plazovnik, Lahnbauer. Die ganze Nachbarschaft aber gebrauchte seit langem den Namen Dihur, was soviel bedeutet wie Iltis.

In guten Jahren, wenn im Frühjahr kein trockener Wind wehte und kein Hagel fiel, gaben Dihurs Felder den vierfachen Ertrag. Das war schon eine prächtige Ernte. In verregneten Jahren jedoch gaben sie oft kaum das Saatgut zurück. Einmal trug der Hafer auf dem Acker, genannt »Unterkiefer«, das Zehnfache der Saat. Als der damalige Dihur den zweiundzwanzigsten Vierling in den Speicher auf den Dachboden schüttete, seufzte er:

»So könnte ich mein Leben lang tragen...«

Er war damals siebzig Jahre alt. Zur Erinnerung an diese Ernte kerbte er in den Torpfosten der Scheune die Jahreszahl 1876. Eine solche Ernte gab es seit damals nicht wieder.

Der Boden, den schon seit undenklichen Zeiten Generationen von Dihur'schen bearbeitet hatten, war sumpfig und lehmig. Überall quoll aus ihm schleimiges Naß hervor. Er ließ sich nicht trockenlegen. Weiter unten im

Tal sprudelten zahlreiche Quellen aus dem Hang. Alte Leute sagten, daß der Berg an dieser Stelle sein Wasser abschlage. Eigenartig waren die Tümpel, wo das Wasser besonders stark herauskam. Die Dihur'schen nannten diese Tümpel »požiravniki«, »Schlucker«. Vermutlich deshalb, weil sie die Saat schluckten und vernichteten wie gespenstische Ackermolche. Sie traten bald da, bald dort im ganzen Feld auf. Manchmal wühlte ein solcher Ackermolch mehrere Jahre an derselben Stelle, schlang mit seinen gefräßigen Kauwerkzeugen den ganzen Humus in sich hinein, verschwand unter der Erde, tauchte plötzlich am anderen Ende wieder auf und begann von neuem sein Vernichtungswerk. Manchmal folgten einem solchen hinterhältigen Schlund mehrere neue Ackerfraße. Dazu sagten die Dihur'schen:

»Der Ackermolch hat geworfen!«

Generation um Generation kämpften die Dihur'schen mit der gefräßigen roten Erde. Sie stillten ihren Hunger mit Dünger, rissen ihr die Brust auf, zerschlugen die Rinde ihrer Stirn, öffneten ihr die Herzadern und stopften die Rachen der Ackermolche mit Abfällen, morschem Holz und Steinen. Alles vergebens! — Der Boden blieb unersättlich. Gierig schluckte er den Dünger und saugte ihn spurlos auf, genauso wie den Schweiß ihrer Hände und Stirnen. Es schien, als streckten sich seine lehmigen, gefräßigen Kiefer sogar nach den Leuten aus, als wollten sie ihnen Mark und Blut aussaugen. Denn Generation um Generation wurden sie schwächer.

Die Hälfte der Lebensmittel, die aus Haferbrot und Maisbrei bestanden, gaben die Ackermolche, das übrige mußten die Dihur'schen woanders verdienen oder sie mußten hungern. Daher wußten alle Hausfrauen des ganzen Grabens, daß die Dihur'schen verschrien waren, riesige Brottrümmer zu schneiden, und daß es ratsam sei, ihnen zur Jause möglichst stark angegänzte Laibe vorzulegen.

Und wie zum Trotz schwangen sie beim Dihur fortwährend die Wiege. Mutter Dihurka war erst an die zehn Jahre im Haus, und doch schrien schon jetzt fünf Iltis-Junge bei der Keusche. Ein Dihur ließ sogar die Wiege mit einem Wasserantrieb von der Quelle hinter dem Zaun schaukeln. Die Nachbarn behaupteten, daß alle so geschaukelten Dihur'schen etwas plump waren und daß ihnen diese Eigenheit bis heute hartnäckig geblieben ist. Die wundersame Maschinerie steht noch jetzt auf dem Dachboden.

Die jungen Dihur'schen waren kaum aus den Windeln, da gingen sie schon als Halterbuben in alle Himmelsrichtungen. Die Buben brachten es gewöhnlich bis zum Ochser, die Mädchen bis zur Kuhdirn. Nur selten geschah es, daß ein Dihur in eine Keusche einheiratete oder eine Dihurka auf einen Besitz. Man wußte nur so viel, daß die Dihur'schen mit dem reichen Bauern Košuta hinter dem Berg entfernt verwandt waren, wo einst eine Dihurtante den Haushalt besorgt hatte. Doch die Košuta haben sich um diese Verwandtschaft nicht gekümmert, im Gegenteil: sie schämten sich ihrer. Zwei Dihur-Onkel waren als Bergknappen in Mies geblieben. Sie kehrten nie nach Hause zurück, und in der Keusche entstand eine Legende über ihr wunderbares, herrschaftliches Leben.

Als der jetzige Dihur zehn Jahre alt war, führte ihn die Mutter zum Bauern Osojnik unter dem Berg, wo er als Halterbub arbeiten sollte. Sie malte ihm den ganzen Weg lang den großartigen Wohlstand aus, der ihn dort erwartete: Kuchen und Reindling, und Dihurček vergoß beim Abschied nicht einmal eine Träne. Aber ein hartes Leben erwartete ihn. Satt war er wohl, doch sein anstrengender Dienst überstieg seine Kräfte. Tagsüber hütete er fünfzehn Rinder, nach dem Abendessen und manchmal bis Mitternacht die Ochsen, die bei Tag zur Bestellung der Wintersaat und auf Kleefeldern einge-

spannt gewesen waren. Morgens um drei weckte ihn
schon der Großknecht Matija zum Dreschen.

Oft schlief das Halterbübel auf einem Strohhaufen
ein. Dann weckte ihn Matija mit einem Dreschflegel:

»Willst umsonst Brot fressen, Iltis, stinkiger?«

Dann höhnte er boshaft:

»Paßt auf die Eier auf, ein Iltis ist beim Haus!«

Nur die Magd Mica hatte ihn gern. Vielleicht deshalb,
weil sie mit seiner Mutter zusammen gedient hatte.

Iltis, du stinkiger! Niemand gönnte ihm ein gutes
Wort.

Das Halterbübel schluckte auf der Weide Tränen des
Zorns. Wenn er allein war mit dem Vieh, drückte er sich
an Bavh und Jirs, wärmte sich an ihren schmiegsamen
Körpern und versenkte sich in die trübseligen Herbst-
farben der Wälder und Felder. Manchmal aber vergaß
er die unangenehmen Gedanken. Er wurde übermütig,
wie eben ein Halterbub, und jauchzte über den Graben
zu den Hügeln in der Nachbarschaft hinüber, wo die
anderen Hirten ihr Vieh hüteten. Er jauchzte zweimal,
dreimal, wenn aber der gewünschte Widerhall ausblieb,
verstummte er kleinmütig und versteckte sich hinter
dem Gebüsch, damit ihn die Hirten, die ihn mißachte-
ten, nicht bemerkten.

Oft schrien die Halterbuben in der Nachbarschaft wie
besessen über den Graben:

»Ole — ole-e-e — Dihu-u-ur!«

Einen von diesen Halunken verprügelte der junge
Dihur einmal unten am Grenzbach. Am nächsten Tag
lauerten auf ihn zwei, um ihm die Schläge heimzu-
zahlen.

Als er eines Morgens beim Dreschen wieder auf einem
Haufen Stroh eingeschlafen war, schüttete ihm der
Jungknecht ein Schaff Wasser über den Kopf. Dihurček
hatte gerade einen unbeschreiblich süßen Traum von
Reindlingen und einem weißen Bettchen geträumt. Dar-

um packte ihn die Wut, und er stürzte sich wie eine Hornisse auf den Burschen. Matija griff ein und schlug blind mit dem Dreschflegel auf ihn los, bis die Magd Mica ihm den Flegel aus der Hand riß.

»Willst ihn umbringen?«

»Brot verdient er sich noch keines, aber raufen möcht er!«

Dem kleinen Dihur brannten die Schläge und das Herz:

»Was hab ich Ihnen getan?«

Ein unbändiger Haß gegen alle erfaßte ihn. Als die Magd Mica melken gegangen war, verschwand er unbemerkt von der Tenne und flitzte nach Hause.

»Ich mag nicht mehr. Ich werde es Vater und Mutter sagen, wie es mir geht, und sicher werde ich dann zu Hause bleiben dürfen. Oder sie werden mich woandershin geben!«

Je näher er aber der Keusche kam, desto deutlicher regte sich sein Gewissen:

»Was hab ich getan?«

Er erinnerte sich der Worte, die seine Mutter beim Abschied auf dem Osojnik-Hofe gesagt hatte:

»Sei schön brav und geduldig, auch wenn dich etwas Hartes trifft. Beim Osojnik wirst wenigstens Brot genug haben, zu Hause aber sind noch fünf.«

Er nahm sich vor, die Eltern auf den Knien zu bitten, ihn nicht zurückzuschicken. Aber als er sich in der Morgendämmerung dem Elternhaus näherte und über den Zaun hinweg den Vater hinter dem Stall Streu hacken sah, sank sein Mut. Wenn er der Mutter begegnete, wäre alles anders! Mit der Mutter mußte er zuerst sprechen!

Auf allen vieren kroch er hinter dem Zaun auf die Keusche zu und horchte. Er hörte die Flamme auf dem Herd prasseln. Die Mutter aber war nirgends zu sehen.

Gerade sagte der kleine Bruder Lekšej in der Stube: »Die Mutter wird abends Weißbrot mitbringen!«

Den Ausreißer packte der Schrecken: die Mutter war also auf Taglohn. Was tun? Dem Vater durfte er nicht unter die Augen kommen. Deshalb kroch er heimlich auf den Dachboden und versteckte sich zwischen dem alten Gerümpel im Winkel. Dort schlief er trotz seiner quälenden Sorgen bald ein und wachte erst in der Abenddämmerung wieder auf. Im Hausgang hörte er die Stimme der Mutter. Er war sehr hungrig. Als er schon dabei war, die Stiege hinunterzutappen, vernahm er plötzlich auch die Stimme des Vaters. Er drückte sich wieder zurück in seinen Winkel. Dann hörte er, wie sie unten beim Abendessen waren, wie sich Lekšej mit dem Schwesterl Lenoga stritt, wer den Breihäfen auslecken werde, wie der Vater den Streit beendete, indem er dem Brüderl mit dem Löffel auf die Hand schlug, daß es aufschrie. Er hörte noch, wie sie zu Bett gingen und wie der Holzriegel am Haustor knarrte. Dann umhüllte der kühle Herbstfrieden die Keusche.

Dihurček erkannte mit Schrecken, daß ihm das Abendessen entgangen war. Weil er tagsüber geschlafen hatte, konnte er diese Nacht lange, lange nicht die Augen schließen. Er horchte auf den Atem der schlafenden Eltern, der Brüder und Schwestern aus der Stube und schmiedete dabei Pläne für den nächsten Tag. Er begann zu frieren. Er vergrub sich in Spreu und Fetzen und schlief schließlich ein.

Am Morgen wartete er zunächst ab, ob nicht vielleicht der Vater auf Taglohn weggehen werde. Aber nur die Mutter ging fort. Obwohl den Ausreißer Heißhunger quälte, hielt er es doch den ganzen Tag auf dem Boden aus. Er hoffte, abends heimlich die Mutter abzufangen. Doch auch an diesem Abend gelang es ihm nicht. Als sie melken ging, rief er ihr vom Dach aus leise zu:

»Mutter! Mutter!«

Der Mutter kam es vor, als höre sie eine unterdrückte Stimme. Sie blieb vor der Schwelle stehen. Doch in diesem Augenblick kam der Vater vom Stall her und lenkte sie ab. Dann war alles wie am Vorabend: das Abendessen, das Knarren des Riegels und dann das Atmen der schlafenden Menschen in der Stube.

Am nächsten Morgen wurde dem Dihurček übel. Doch diese Schwäche konnte weder sein Gewissen beschwichtigen, noch die Angst beseitigen. Gegen Mittag aber konnte er es nicht mehr aushalten. Er stand entschlossen auf, koste es, was es wolle, und ging zur Stiege. Da kam die Mutter wie herbeigerufen um die Ecke. Als er sie rief, fiel sie fast in Ohnmacht, stieg aber dann heimlich, ohne daß es der Vater merkte, auf den Dachboden.

Der junge Dihurček fiel ihr erschöpft in die Arme:

»Brot!«

Sie fragte ihn nichts, sondern brachte ihm heimlich einen Topf Milch und ein Stück Haferbrot.

Dann erst gestand er ihr, daß er davongelaufen sei und sich schon den dritten Tag auf dem Dachboden versteckt halte.

»Wird der Vater böse sein?« fragte er ängstlich.

»Sehr böse!«

»Bittet Ihr ihn!«

»Gehst nicht zurück?« fragte ihn die Mutter mitfühlend.

Drei Tage hielt die Mutter den Buben auf dem Dachboden versteckt und verschob es von Tag zu Tag, dem Vater die Wahrheit zu sagen. Am vierten Tage suchte Dihur zufällig etwas auf dem Boden und entdeckte ihn bei dieser Gelegenheit unter den Fetzen.

Er schaute den Buben durchdringend an.

»Ich bin durchgegangen«, beichtete der junge Dihur.

Der Vater wollte gar nicht den Grund wissen, sondern zerrte ihn an den Haaren auf den Hof hinunter, zog ihm die Hose auf die Fersen und verdrosch ihn unbarmherzig. Als der Bub aufgehört hatte zu schluchzen, und aus seinem Mund nur noch ein schwaches Röcheln kam, stürzte aus dem Flur die Dihurka herbei und riß mit einem Griff das Kind aus den Händen des Vaters:

»Erschlag mich, wenn du willst!«

Bis zum Abend lag der Bub bewußtlos auf der Bank im Flur. Die Mutter machte ihm kühlende Umschläge, seine Geschwisterchen sahen mit erschreckten Augen auf ihn. Als er zu sich gekommen war, befahl der Vater hart:

»Steh auf und geh mit!«

Die Mutter schwieg. Der Bub wußte, was das bedeutete. Still stand er auf und machte sich auf den Weg. In der Gatter blickte er auf die Hausschwelle zurück, um die Mutter, Brüder und Schwestern noch einmal zu sehen. Aber dann schaute er sich den ganzen Weg nicht mehr um.

Barfüßig und barhäuptig, wie er aus dem Dienst davongelaufen war, trieb ihn der Vater zum Osojnik zurück. Der Halterbub ging drei Schritte vor dem Vater und zitterte vor Schüttelfrost. Sie schwiegen den ganzen Weg. Erst am Gatter des Osojnikbauern sagte der Vater:

»Wenn wir ins Haus kommen, knie vor dem Herrn nieder und bitt ihn um Verzeihung vor allen Leuten!«

Beim Osojnik war die ganze Familie beim Jausnen.

Dem kleinen Halterbuben wurde es vor Zorn und Schmerz schwarz vor den Augen. Wie verloren blieb er mitten in der Stube stehen.

»Knie nieder!« befahl der Vater und stieß ihn auf die Knie. Das Bübel sank nieder, faltete die Hände wie zum Gebet, schluchzte krampfhaft, brachte aber kein Wort hervor.

»Bitte!«

Unter dem Schluchzen waren abgerissene Worte vernehmbar:

»Verzeiht mir und nehmt mich wieder zu euch. Ich werde das nie wieder tun!«

Dann schluchzte er auf.

Osojnik stand vom Tisch auf und sagte:

»Dihur, du hast gewußt, was sich gehört. Von uns ist noch niemand ausgerissen!«

Dann hob die Großmagd Mica das Bübel zu sich auf den Stuhl und versuchte es zu besänftigen. Es konnte nichts essen und zitterte noch immer.

Die Großmagd fuhr ärgerlich auf:

»Seid ihr Bestien oder was?«

Dihur blieb noch eine Weile auf der Ofenbank sitzen. Als er wegging, verabschiedete er sich nicht von seinem Sohn, sondern blieb nur einen Augenblick im Türrahmen stehen und sagte hastig, fast bittend:

»Schimpft ihn nicht aus! Er verträgt es nicht! ...«

Die ganze Stube wußte, was das bedeutete, und schwieg.

Von dieser Zeit an wurde Dihurček von der Fallsucht geplagt.

2

Weil er der Älteste war, fiel ihm die Keusche zu, obwohl er die Fallsucht hatte. Von den Brüdern wollte keiner die Arbeit im Bergwerk aufgeben, zumal sie — wie sie sagten — keinen Iltis-Hunger verspürten. Mit der Keusche übernahm er fünf Schafe, drei Ziegen, eine Kuh, einen Terz und 500 Kronen Schulden. Die Keusche wurde auf 1000 Kronen geschätzt.

Er heiratete eine Keuschlertochter vom Kömelgupf. Als die junge Frau mit ihrer Mutter zu einer ersten Umschau gekommen war, jammerte Dihur beim Begehen der Felder über den nassen Boden. Mutter und

Tochter aber strahlten geradezu beim Anblick der vielen Quellen.

»Schon allein das ist eine große Gnade, daß Wasser beim Haus ist«, meinten sie.

Bei ihnen zu Hause gab es auf dem ganzen Grund keine Quelle, die Trockenheit war ihr größter Feind. Deshalb hieß ihre Keusche »Sušnik«, das heißt »Dürrbauer«.

Nach fünf Jahren klagte die junge Dihurka zum ersten Mal:

»Die Dürre nimmt dem Menschen ein Stück Brot, die Nässe aber zwei!«

Doch hatte sie das zum ersten und letzten Mal gesagt, denn gleich darauf erlitt Dihur einen Anfall wie noch nie.

Schon bei der Übernahme der Keusche hatte der Nachbar gesagt:

»Verkauf mir die Keusche, was erwartest du denn von diesem roten Vielfraß!«

Aber Dihur, dem die Knechtdienste zum Hals heraushingen, wollte auf der Keusche ein unabhängiges Leben. Daher erwiderte er ihm:

»Du wirst sehen, was ich noch aus der Keusche mache!«

Seiner Meinung nach mußte der Grund nur entwässert werden. Mit seiner Frau grub er mit großem Eifer Kanäle, aber in zehn Jahren hatten sie nicht eine Handbreit Erde trockengelegt. Im Gegenteil, den Acker auf dem »Riegel« mußten sie wegen der zahlreichen Tümpel aufgeben. So kamen sie um einen Vierling Saatboden.

Kurz nachdem er die Keusche übernommen hatte, wurde in der Pfarre eine Zweiganstalt der landwirtschaftlichen Genossenschaft errichtet. Dihur ging zum Eröffnungsvortrag. Der Sprecher erklärte, wie die Wiesen trockenzulegen seien, und empfahl künstlichen Dünger. Alle wunderten sich, als Dihur am nächsten

Sonntag einen Gulden brachte und sich einschreiben ließ. Dann wartete er geduldig.

Im Herbst begannen sie, Jaromils Sumpfland im Tal umzugraben. Sie durchkreuzten es mit Kanälen, legten Rohre, und im nächsten Frühling wuchs das Gras bis in Hüfthöhe. Das geschah mit Unterstützung des Landes. Dihur schlich öfters dort umher und betrachtete heimlich die Arbeiten. Dann zahlte er noch zwei Jahre den Mitgliedsbeitrag, das dritte Jahr aber sagte er:

»Ich möchte auch gern den Boden trockenlegen!«

»Denkst, du kannst den Berg anbohren?« Die Männer vom Auschuß schmunzelten.

Nach dieser Antwort schoß Dihur das Blut ins Gesicht. Die Ausschußmitglieder fürchteten, er könnte vor ihren Augen einen Anfall bekommen. Deshalb besuchte ihn die Kommission. Nach der Besichtigung erklärte der Vertreter der Landesregierung:

»Ich würde diesen schwammigen Höcker aufforsten. Was wächst, das wächst. Trockenlegen läßt sich der Boden nicht. Schade um jeden Groschen.«

Auf Dihur wirkte das wie eine kalte Dusche, aber aus der landwirtschaftlichen Genossenschaft trat er nicht aus. Er hoffte noch immer. In diesem Jahr hatte man zwei wohlhabenden Bauern mit Landesunterstützung Gewölbe in die Ställe gebaut. Einem anderen hatten sie einen modernen Schweinestall hingestellt. Dihurs Stall war aus Holz und auf der Südseite war die Wand schon so aufgeworfen, daß er sie stützen mußte. Als auch er sich meldete, ärgerten sich die Ausschußmitglieder, daß er dies so spät tue, da gerade jetzt die Kredite dafür fehlten. Gott mochte wissen, wann wieder die nötigen Mittel zur Verfügung stehen würden.

Im darauffolgenden Jahr verteilte die Gesellschaft zwei Waggonladungen Kunstdünger zu ermäßigtem Preis unter die Mitglieder. Weil er aber ausschließlich gegen Barzahlung abgegeben wurde, nahmen ihn nur die zahlungskräftigeren Mitglieder ab. Dihur sah ein, daß er von dieser Genossenschaft nur Schaden hatte. Jedes Jahr kostete sie ihn einen Gulden, dafür erhielt er alle vierzehn Tage eine Zeitschrift, die er nicht lesen konnte, weil sie deutsch geschrieben war. Er trat aus.

Die Vorstandsmitglieder meinten einstimmig:

»Eigentlich hat's für ihn, den Keuschler, sowieso keinen Sinn!«

Bei der Keusche ließen sich drei Rinder leicht halten, vier aber schwer. Daher spannte man seit eh und je die Kühe ein. Besonders schlimm war das Ackern, denn die Kühe konnten den schweren Lehmboden kaum bewältigen. Sie schnaubten, ließen die Zunge heraushängen und schleppten sich auf den Knien weiter. Nach der Bestellung der Saat hatten sie immer blutig aufgeriebene Hälse. Deshalb warfen Dihurs Kühe auch vor der Zeit tote Kälber. Die Dihurleute waren als unbarmherzige Prügler des Viehs bekannt. Die Nachbarn gingen wegen des schweren Bodens nicht gern dorthin pflügen.

»Lieber anderswo die ganze Woche, als beim Dihur einen Tag!«

Noch schlimmer als das Ackern war das Eggen. Die Tiere traten unheimliche Löcher in die sumpfige Erde, und der Samen, der in so ein Loch fiel, sah nie mehr die Sonne. Nach einer solchen Arbeit hatte Dihur oft einen epileptischen Anfall.

Wie die Sehnsucht nach Erlösung gab es in der Dihur-Keusche von Generation zu Generation den Wunsch, eigene Ochsen zu haben.

Nach fünf wahren Schinderjahren zu Hause und im Taglohn hatte sich die Lage nicht verbessert. Die 500 Kronen Schulden waren noch immer da. Die Dächer waren neu zu decken, der Stall zu untermauern. Dazu wuchs die Familie fast jedes zweite Jahr um ein neues Mitglied.

Die Ernten waren durchwegs schlecht. Das sechste Jahr aber versprach seit langem wieder einen schönen Ertrag. Schon zwei Monate gab es keinen Tropfen Regen. Die Ackermolche trockneten fast völlig aus. Das Korn gedieh vortrefflich. Sonnseitig aber war alles versengt, und die Hitze drückte auch schon auf die Bleiburger Ebene. Die Bergbauern und die Talbauern fluchten, und von Kirche zu Kirche schlängelten sich Prozessionen, die um Regen beteten. Dihur und Dihurka hörten und fühlten von alldem nichts, sie nahmen an den Prozessionen nicht teil, sondern erfreuten sich an dem schönen Wuchs und ergaben sich noch schöneren Träumen. Nur um den Nachbarn nicht zu mißfallen, beteiligte sich die Dihurka an einem Bittgang zur Filialkirche. Als sie wieder zurückgekehrt war, seufzte sie:

»Hoffentlich straft Gott uns nicht deswegen!«

Eines Tages erschien plötzlich Dihurs Schwager in der Keusche, der Sušnik-Keuschler vom »Suhi vrh«, dem »Trockenen Hügel« auf der anderen Talseite. Das geschah zum ersten Mal, seit Dihurka im Hause war.

»Ich komme von Heiligengrab, wo wir vom Suhi vrh heute um Regen gebetet haben. Ihr habt wohl schon den Glauben verloren, bei keiner Prozession seid ihr zu sehen!« sagte er, sich räuspernd.

»Wir dürfen uns heuer nicht beklagen«, sagte die Dihurka.

»Ja, wenn's keinen Hagel gibt, werden wir heuer genug Brot haben!« trumpfte Dihur auf.

Aber sofort plagte ihn sein Gewissen. Im harten durchfurchten Gesicht des Schwagers drückte jede Miene den Wunsch nach Regen aus. Erst jetzt bemerkte er richtig, wie braun die Felder im Tal waren, wie versengt der »Trockene Hügel«, über dem staubiger Dunst in der heißen Sonne flimmerte.

Sušnik starrte ihn mit gierigem Blick an:

»Regen, Regen! Nur eine Nacht Regen und wir sind gerettet!«

Dann schilderte er ausführlich die Vernichtung durch die Dürre auf dem Suhi vrh. Das Gras auf den Wiesen war versengt, die Wintersaat verdorrt, fast alle Brunnen und Quellen bis zum Tal hinab versiegt. Das Vieh mußte im Tal getränkt werden.

»Der Hunger klopft an die Tür, der Hunger! . . .«

Beiden Dihurs tat der Schwager leid.

»Eine Nacht Regen würde nicht schaden . . .«, meinte Dihurka voll Mitleid.

»Aber wenn es einmal zu gießen anfängt, nimmt es kein Ende«, gab sorgenvoll Dihur zu bedenken.

Nun erklärte der Schwager den Zweck seines Kommens. Die Trockenheit werde den Ertrag vernichten, in der Nähe gebe es keinen rechten Verdienst. Deshalb wolle er zu den Holzarbeitern ins deutsche Gebiet. Einige von seinen Bekannten seien schon dort und auch zufrieden. Er sei nur gekommen, um Dihur mitzunehmen, damit einer dem anderen helfen könne.

»Ich muß dorthin. Wir brauchen Brot!«

Dihur stimmte zu. Am nächsten Sonntag machten sie sich mit vollen Zögern auf den Weg zur Saualm. Sie blieben dort drei Monate, arbeiteten sechzehn Stunden täglich, ließen sich in der Sonnenglut im Harz bräunen und lebten die ganze Zeit von Türkenmehl und Speck. Trotz der viehischen Schinderei blieb Dihur die ganze Zeit von der Fallsucht verschont. Als sie nach dem Kleinen Frauentag zurückgekehrt waren, hatte jeder hundert Gulden in der Tasche. Die Hälfte gab Dihur zum Abtragen der Schulden aus, mit dem Rest deckte er Haus und Stall.

Im nächsten Frühjahr regnete es ununterbrochen. Das Wachstum blieb zurück. Das Korn vergilbte und neigte sich zur Erde. Auf der Schattseite und in den Tälern begann es unter den Bauern bald zu gären. Wiederum gab es Bittgänge, diesmal um schönes Wetter. Dihur schlich traurig um seine Felder herum und beteiligte sich mit seiner Familie fleißig an den Umzügen. Außerdem steuerte er dafür jeweils einen Gulden bei.

Bei keiner Prozession aber war jemand vom Sušnik zu sehen.

»Ist der Schwager Antichrist geworden?...«

Eines Tages ging Dihur auf den »Trockenen Hügel«. Je höher er stieg, desto schöneres Getreide lachte ihm entgegen. Die Wintersaat wogte feierlich im ersten Ährenansatz, und buschiges Gras wetteiferte an den Hängen mit dem Heidekraut.

Beim Sušnik fand er alle gutgelaunt. Das Korn versprach gut zu werden. Der Brunnen unterhalb der Keusche, der schon bei der geringsten Trockenheit versiegte, murmelte heuer freundlich.

»Ich war heuer in Heiligenstatt wallfahren...« begann Dihur.

»Wir haben schon im vorigen Jahr in Heiligengrab das Gelöbnis abgelegt...«

Dihur kratzte sich hinter dem Ohr und sagte:

»Du müßtest einmal mitgehen, schon der anderen wegen...«

»Ich war dem Mlinar zuliebe in der Filialkirche, ich brauche ihn hie und da. Den Bittgang hat er bezahlt. Aber ich habe mir dabei gedacht: Mlinar, du kannst mich..., Gott möge mir diese Frotzelei nicht übelnehmen.«

»Bei euch schaut das Getreide heuer schön aus!«

»Gott verschone uns vor dem Hagel, dann sind wir obenauf!« brüstete sich Sušnik.

Aber gleich tat es ihm leid, weil er das erbitterte Gesicht Dihurs sah.

»Die Sonne, die Sonne — wenn sie nur schon diese Nebel verjagte...«

»Könnte man sich verlassen, würde ein wenig Hitze nicht schaden. Vor allem wegen der Mahd, aber wer soll dem Wetter trauen?«

Hierauf rückte Dihur mit seinem Vorhaben heraus.

»Ich muß auf die Saualm, schon wegen des Brotes. Weil uns sonst das Wasser alle miteinander fortschwemmen wird ... Wenn du nicht mitwillst, gehe ich allein!«

Am nächsten Sonntag brachen sie wieder mit ihren Zögern zur Saualm auf. Um den Kleinen Frauentag kehrten sie wieder zurück, jeder mit einem Hunderter im Sack. Dihur gab einen Fünfziger für die Schulden, mit dem Rest kaufte er Nahrungsmittel für die Familie, und ein wenig Geld blieb ihm noch für schlimmste Not.

Auf diese Weise verminderten die Dihur'schen ihre Schulden im Laufe einiger Jahre auf zweihundert Kronen, untermauerten den Stall, deckten die Dächer, kauften zu dem einzigen zu Hause gezüchteten Ochsen noch ein Jungöchslein und besserten noch allerhand in der Keusche aus. Es schien, als ob sie sich durch zähe Arbeit doch herauswerkeln würden.

Dihur gab sich schönen Träumen hin. Wenn weiter alles gut glückt, könnte er sich im Laufe der Jahre vielleicht doch noch einen trockenen Acker dazukaufen, der sich für Kartoffeln und Roggen eignete. Dann wäre die Keusche in Ordnung.

3

Schließlich hatte sich Dihurs Wunsch erfüllt. Die Öchslein waren herangewachsen, ihr dritter Frühling brach an, und sie wurden reif fürs Joch. Sie waren zwar noch ziemlich schwach, da sie bei kargem Futter und saurem Gras aufgewachsen waren, doch Dihur spannte sie frühzeitig ein. Die erste Probe hatten sie gut überstanden. Als sie die erste Fuhre Streu auf den Hof gebracht hatten, knallte der neunjährige Neč, ihr Halter, so übermütig mit einer riesigen Rute um das Gespann herum, daß er den fünfjährigen Bruder Pungrej dabei ins linke Auge traf. Es rann ihm sofort aus. Dihur verprügelte Neč bis zur Bewußtlosigkeit, und wie einst seine Mutter ihn, mußte auch diesmal die Dihurka den bewußtlosen Knaben der Gewalt des Vaters entreißen.

»Willst zwei Krüppel haben?«

Zwei Monate lang rann dem Pungrej das Weiße aus der Augenhöhle, dann wuchs ein Schleier darüber und bald geriet die Sache in Vergessenheit.

Der Hafer war schon gesät, und man ackerte eben für die Gerste auf der »Warze«. Am ersten Tag brach die Pflugschar ab. Abends lud Dihur den ganzen Pflug auf die Schulter und trug die fast hundert Kilo schwere Last eine Stunde weit zum Schmied. Dort schweißten sie ihn bei Nacht zusammen. Am nächsten Tag ackerte Dihur wieder. Die Ochsen waren ungleich gebaut. Bavšej, den er dazugekauft hatte, war etwas höher und kräftiger, deshalb hatte er ihm die Jochriemen etwas straffer gespannt als dem Ramp, der zu Hause aufgezogen war. Kaum und kaum waren sie dem schweren Erdreich gewachsen.

Dihur trommelte drohend mit dem Reitel über die Pflugschar, dabei träumte er von dem Verdienst im Winter. Er wird Holz aus den gräflichen Wäldern führen. Wenn die Ochsen etwa zehn Zentner schwer sind, wird er sie verkaufen und ein leichteres Paar anschaffen. Das eintönige Knirschen der fetten Erde nahm ihn so gefangen, daß er ganz vergaß zu rasten. Deshalb wurde er manchmal wütend, wenn die beiden Ochsen vor Müdigkeit langsamer die Furche entlang trotteten oder gar stehen blieben. Dann schrie er und hieb unbarmherzig auf sie ein. Der kleine Neč, der sie führte, sah den Vater voll Schrecken an. Als er sich beruhigt hatte, verfiel er wieder in den alten Trott und träumte.

Sie waren gerade daran, den letzten Zipfel des »Warzen-Ackers« umzubrechen, da begann auf einmal Bavšej zu taumeln und blieb stehen.

»He, faules Luder, los!« rief Dihur, in seinen Träumen gestört.

Neč zog eifrig am Strick und es kam wieder Bewegung ins Gespann. Nach zwei, drei Schritten aber blieb Bavšej wieder stehen.

»Wie führst denn!«

Dihur schlug mit dem Reitel auf den Pflug, daß es über den ganzen Graben hin hallte.

Wieder gingen sie zwei Schritte weiter und wieder blieben sie stehen.

»Verstocktes Biest!«

Dihur stürzte zu Bavšej und schlug ihm mit dem Reitel aufs Hinterteil, daß die Haare in Büscheln durch die Luft wirbelten. Die Öchslein warfen sich ins Joch, aber man sah, daß nur Ramp gern angezogen hätte, Bavšej aber nicht mittat.

»Wart, du Teufel!« Dihur drosch ihm mit dem Reitel auf den Bauch, die Schenkel und Schultern, daß sie zusehends anschwellten. Als der Ochse trotzdem nicht anziehen wollte, sprang er nach vorn und hieb ihm mit den Fäusten und den Zockeln auf den Kopf, die Augen und die Schnauze. Dem Ochsen rann Speichel und Blut aus dem Maul, er sprang im Joch hin und her, aber anziehen wollte er nicht.

In Dihurs Gesicht war das Entsetzen zu sehen wie damals, als er den ersten Anfall hatte. Neč wich zur Seite und starrte erschreckt auf den wütenden Vater.

»A-a-a!«

Dihur konnte nicht mehr. Er begann das Joch zu untersuchen, doch das Gespann war in Ordnung. Er starrte das Vieh an: zwei große, trübe, müde Augen glotzten ihn an, die Haut dampfte, die Haare standen zu Berge. Nun fühlte Dihur Mitleid mit dem Ochsen, es tat ihm weh, daß er ihn so geschlagen hatte, und er wischte ihm mit der Hand das Blutgerinnsel vom Maul. Nun erinnerte er sich, daß die Nachbarn für eine viel leichtere Furche zwei Paar Ochsen einspannten.

»Also rasten!«

Hatten die Öchslein sonst die Schläge bald vergessen und mit den Ohren geschlagen, beachtete Bavšej heute keine einzige Zärtlichkeit. Wohl aber ruhte er sich ungewöhnlich lang aus. Als er jedoch von neuem anziehen wollte, wiederholte sich die Prozedur. Dihur geriet abermals in Wut, fluchte und prügelte, aber vergebens. Schließlich blieb Bavšej entkräftet in der Furche liegen.

Nun sah Dihur ein, daß mit Bavšej etwas nicht in Ordnung sein konnte. Es blieb ihm nichts anderes übrig, als mitten am Nachmittag auszuspannen. Zu Hause brach der Ochs auf der Streu zusammen. Als er abends nicht einmal gekochten Hafer anrührte, wußte Dihur, daß er krank war.

Auf die Keusche legte sich schwere Sorge. Dihur und seine Frau sprachen kein Wort und drückten fast die ganze Nacht kein Auge zu.

Der Ochs stand auch am nächsten Morgen nicht auf. Am Nachmittag gingen sie mit dem gesunden Ochsen und mit der Kuh ackern. Die Kinder pflegten das kranke Tier.

Den ganzen Nachmittag rührten sie sich nicht vom Stall. Sie krochen um den Ochsen herum, streichelten ihn und redeten ihm zu.

»Du darfst nicht sterben, Bavšej, du darfst nicht!« flüsterte Neč ihm zu.

Auf die Wülste, die von den Schlägen mit dem Reitel herrührten, legte er nasse Wickel, dabei entschuldigte er den Vater:

»Morgen tut es nicht mehr weh...«

»Du darfst nicht sterben, du darfst nicht, wer wird uns sonst ernähren...«

23

Die Schwester Micika pflückte Frühlingsblumen und saftiges Gras bei den Quellen und stopfte es ihm in das Maul.

»Morgen tut es nicht mehr weh . . .«

Zehnmal wechselten sie ihm die Streu, und damit er weicher liege, schoben sie ihm Heu unter. Der dickköpfige Pungra kroch ihm auf dem Kreuz herum und benetzte ihn mit dem Gerinnsel aus seinem wunden Auge. Die beiden andern, Joza und Lonica, die noch klein und unbeholfen waren, krochen auf dem Mist herum.

Der Ochs glotzte die Kinder teilnahmslos an, wackelte mit dem Kopf und ertrug alles ruhig. Schließlich stand er auf. Die Kinder stürzten aus dem Stall und schrien wie besessen:

»Der Bavšej brunzt Blut!«

Wie ein Sturm raste Dihur vom Feld her und stutzte. Er sah mit eigenen Augen, daß der Ochs Blut von sich gab.

Noch am selben Abend brachte die Dihurka einen alten Bauern aus der Umgebung mit, der sich aufs Viehheilen verstand. Der trank erst einen halben Liter Schwarzbeerschnaps, dann sagte er:

»Für einen Bluter ist das Messer die beste Arznei. Weil ihr arm seid, will ich nur eine Krone verrechnen.«

Dihur wollte die Hoffnung nicht so schnell aufgeben. Er wartete noch zwei Tage und flößte dem Ochsen verschiedene Hausmittel ein. Der aber nahm ab, wie wenn man mit dem Messer Fleisch von ihm schnitte. An beiden Abenden betete die Familie kniend den Rosenkranz, damit Gott den Ochsen erhalte.

»Betet ihr zu Gott!« befahl Dihurka den Kindern, »euch wird er erhören, weil ihr noch unschuldig seid!«

Die Kinder knieten und beteten stundenlang.

Aber Gott erhörte ihr Gebet nicht. In der dritten Nacht schlich sich Dihur heimlich ins Dorf zum Fleischer. Der aber schüttelte den Kopf und lehnte zuerst ab. Schließlich nannte er einen Preis, der dem Dihur die Gurgel zuschnürte.

Noch am selben Morgen vor Sonnenaufgang führten sie Bavšej weg.

Dihurs Träume fielen mit einem Schlag zusammen. Kaum die Haut wurde ihm bezahlt. Alles andere — Kaufpreis, Mast, Gewinn und die Plagerei auf der Saualm waren verloren. Noch am selben Tage packte ihn ein Anfall. Die Nachbarschaft aber tuschelte:

»Dihur hat seinen Ochsen zerrissen!«

4

Als die Gerste reif und die Zeit der Mahd gekommen war, schnitten die Talbauern schon den Weizen. Dihur wollte gerade die Gerste schneiden, da schickte ihm Jaromil die Nachricht ins Haus, daß er am nächsten Tag mit dem Weizen beginne. Bei Jaromil mußte der Stiersprung abgedient werden, im ganzen drei Tage.

Die Dihur'schen berieten sich:

»Wir müssen unseren Schnitt verschieben!«

Die Dihurka nahm am nächsten Morgen die Wiege mit der kleinen Lonica auf den Kopf und ging zum Jaromil. Als sie am Abend zurückgekommen war, sagte sie:

»Jaromil wird fünfzig Vierlinge Winterweizen ernten!«

Dihur selbst diente beim Nachbarn zwei Tage lang das Mahlen ab und mähte vom Sonnenaufgang bis zur Jause.

»Was wird der Nachbar nur mit dem vielen Heu anfangen?«

Beide scheuten sich, ihre eigene Gerstenernte und die Heumahd zu erwähnen. Erst als sich Dihur zum Schlaf auf die Tenne begab, seufzte er:

»Wenn nur kein Hagel kommt!«

Er war müde und der Schlaf legte sich schwer auf seine Augenlider. Durch die Ritzen leuchtete der Mond in die Scheune, es roch nach altem verwesenden Heu. Von außen kam der Geruch der lauen Sommernacht herein. Von der Keusche herauf duftete betäubend die alte Linde. Totenstille. Kaum konnte man das Rauschen der Pflaumenbäume hören. Hinter ihnen schwieg der Wald. Dihur lehnte sich in die Luke. Die ganze Talmulde unter ihm war von gedämpftem Mondlicht erfüllt. Wälder und Zäune griffen mit ihren Schatten hinein. Die Hänge auf der anderen Seite des Tales waren wie gewaschen. Durch die Bäume strahlten die Mauern der Gehöfte. Zwischen den Schobern reifte das Korn. Der Berg, der das Tal im Süden abschloß und gegen den alle diese zerwühlten Höhenzüge zusammenliefen, war in einen zarten milchigen Nebelschleier gehüllt. Seine dunklen Abgründe waren bis obenhin mit dem jungfräulichen Glanz der prächtigen Nacht erfüllt. Nur wenige Sterne glänzten am Himmel, der sich über den flimmernden Horizont wölbte.

Dihur genoß die Schönheit, den Frieden und den Duft des herrlichen Abends. Seine Gedanken aber jagten wie Nachtfalter um seine Wiesen, um die Gerste und um seine übrigen nächstliegenden Sorgen. Je mehr ihn die Müdigkeit zu überwältigen drohte, desto stärker arbeitete sein Verstand dagegen.

Plötzlich — er wußte selbst nicht wie — trat er von der Luke zurück, nahm die Holzschuhe in die Hand und schlich bloßfüßig aus der Scheune hinter den Stall, wo die Sense hing. Lautlos hob er sie vom Dachbalken, steckte den Kumpf mit dem Wetzstein an die Hüfte, huschte hurtig davon, als ob ihn jemand verfolgte, lief über den Hang hinunter und blieb erst stehen, als die Keusche hinter dem Hügel verschwunden war.

Nun schlüpfte er in die Holzschuhe und entschuldigte sich vor sich selbst:

»Es eilt wegen dem Grummet ... Es ist hell wie bei Tag und bis zum Morgengrauen kann ich die Wiese gemäht haben. Vielleicht erspare ich mir dadurch einige Tage, dann könnte ich zum Schmied gehen und die Wehranlage richten. Hätte ich nicht das Unglück mit dem Ochsen gehabt, wäre das nicht nötig. Da wird meine Frau Augen machen, wenn sie morgen in der Früh zum Jaromil auf Taglohn geht ...«

In der ersten Dämmerung war die Wiese bereits abgemäht. In stiller Zufriedenheit ging Dihur zum Nachbarn, wo er mit einem lauten Jauchzer die Müdigkeit zu verscheuchen suchte, die wie Blei auf ihm lastete. Er war als erster auf der Wiese.

Als an jenem Abend die Dihurka den Herd aufgeräumt und die schlafenden Kinder bekreuzigt hatte, trat sie beinahe wankend zu ihrem Strohlager. Vor dem Bett aber fuhr sie plötzlich zusammen und trat ans Fußende. Sie wurde vom hellen Fensterchen angezogen, durch das die helle Nacht einladend leuchtete. Das gleichmäßige Atmen der Kinder raubte ihr auf einmal den Schlaf und hauchte ihr seltsame Widerstandskraft ein. Ohne klare Gedanken, aber doch vorsichtig, als ob sie etwas zu verbergen hätte, schlich sie leise in den Hausflur und lauschte von da aus in den Hof. Draußen war es still, nur das Wasser plätscherte eintönig von der Holzrinne in das Rinnsal. Dann nahm sie die Sichel vom Balken, steckte den Wetzstein ein, öffnete behutsam die Haustür, schloß sie wieder vorsichtig und huschte mit den Zockeln unter dem Arm um die Hausecke. Dann lief sie in einem Atem weiter bis zur Gerste auf dem Warzenacker. Erst als die Keusche ihren Blicken entschwunden war, blieb sie stehen und atmete tief auf. Die Müdigkeit war verschwunden. Ihre enge Brust hatte Kraft aus den duftenden Gräsern gesogen.

»Es könnte hageln«, sprach sie hastig zu sich selbst, als ob sie sich vor jemandem entschuldigen müßte. »Die

Nacht ist hell wie der Tag und in solcher Kühle ist das Schneiden eigentlich angenehmer als in der Tageshitze. — Außerdem ist es für die Gerste notwendig. Wir müssen nachher auch noch die Wasserrüben rechtzeitig setzen. Eine Nacht auf oder ab, darauf kommt es nicht an. Vielleicht werde ich dann ein paar Tage beim Jaromil länger arbeiten, oder ich gehe woanders hin auf Taglohn. Gut, daß der Mann mich nicht gesehen hat. Soll er ausschlafen, der Hascher, der rackert sich sowieso Tag und Nacht für die Familie ab...«

Mit solchen Gedanken hatten beide die ganze Nacht hindurch gearbeitet, jeder an einem anderen Ende ihres Besitzes, er am östlichen, sie am westlichen, beide mit dem Bewußtsein, daß einer dem anderen ein Schnippchen geschlagen habe.

Bis zum Morgengrauen hatte die Dihurka schon die Hälfte des Gerstenfeldes geschnitten. Während der Morgendämmerung kochte sie zu Hause Hafermus für die Kinder, melkte die Kuh, weckte Micika und Neč, der auf die Weide mußte, und als sie das alles verrichtet hatte, guckte schon die Sonne vom Steirischen her. Als sie das bemerkte, fuhr sie erschrocken auf und lief davon. Die Wiege nahm sie heute nicht mit, da am Vortag Jaromils Tochter gemeckert hatte:

»Schön so! Jeder bringt noch ein Freßmaul mit!«

Als sie durchs Gehölz ging, verlangsamte sie beim Anblick der Schwaden den Schritt. Eine warme und doch bittere Genugtuung durchfuhr sie.

Als Dihur nach der Jause von der Arbeit beim Nachbarn zurückkehrte, blieb er stumm vor dem Warzenacker stehen. Aber die gefurchte Stirn hellte sich sofort auf, es wurde ihm weich ums Herz und wehmütig zugleich.

Am Abend berührten sie mit keinem Wörtchen die vergangene Nacht, um so leidenschaftlicher aber sprachen sie von dringenden Arbeiten, als ob einer den andern damit überflügeln wollte. Sorge ums tägliche Brot feuerte beide an, und alle folgenden Nächte machten die beiden zum Tag. Untertags arbeiteten sie beim Nachbarn, nachts zu Hause. So schufteten sie einige Tage, schnitten die Gerste, hängten sie in den Harpfen, führten Dünger auf den Acker und bereiteten alles für die Rübensaat vor. Am nächsten Tag wollten sie zu Hause bleiben und zeitig in der Früh ackern gehen.

Aber noch zur Abenddämmerung kam Modrejs Magd in die Keusche:

»Der Bauer hat gesagt, ihr müßt morgen schneiden kommen.«

»Morgen wollten wir Rüben säen.«

Aber die Dirn hatte ihre Weisung und sagte:

»Der Bauer hat gesagt, dann könnt ihr nächstes Mal zu einem anderen um die Ferkel gehen!«

Das war schlimm und klar gesagt. Im Frühjahr hatte die Dihurka beim Modrej zwei Ferkel bekommen und nur zur Hälfte bezahlt.

Über den Hof legte sich die Abenddämmerung, im Osten kündigte sich allmählich der Mond an, der Westen aber strahlte in einem breiten Glutstreifen. Das deutete auf baldigen Regen. Vom Berg her blies eine verdächtige Brise.

Als Dihur den Himmel prüfte, hatte Dihurka schon entschieden:

»Noch heute will ich den Dung streuen und morgen kannst du schon in der Dämmerung anfangen. Bis zum Modrej ist es ja nur eine gute halbe Stunde.«

Mit diesen Worten entfloh sie auch schon mit der Mistgabel auf den Acker.

Dihur durchmaß zweimal den Hof, dann spannte er schweigend ein und rief Neč. Der Knabe, der schon sechzehn Stunden auf den Beinen war, begann zu weinen.

»Wir müssen, wegen dem Regen!« erklärte ihm Dihur.

Als die Frau den Mist zerstreut hatte, sagte sie:

»Ich bin wie ausgerastet, ich könnte die ganze Nacht streuen!«

»Geh schlafen, damit du in der Früh aufkommst.«

Der kleine, verschlafene Neč führte schlecht. Die Kuh, die an Bavšejs Stelle dazugespannt war, konnte es mit dem Ochsen nicht aufnehmen. Sie trat immer wieder aus der Furche, so daß sich ungepflügte Streifen ergaben. Dihur vergaß, daß es Nacht war, und schrie wie bei Tag, so daß die Wachteln im Korn scheu verstummten.

Der Mutter tat der Knabe leid, sie nahm seine Rute und führte selbst, während er auf dem Ackerrain in tiefen Schlaf versank. Dihur deckte ihn mit Garben zu, damit er sich nicht erkälte.

Dann ackerten sie weiter.

Den Sternen nach mußte es schon Mitternacht sein, als die Dihurka seufzte:

»Laß mich ein bißl!«

Sie setzte sich in die Furche. Der Ochs und die Kuh begannen wiederzukäuen. Dihur setzte sich auf den Pflug und stopfte sich die Pfeife. Auch er war müde geworden.

»Wie, wenn wir ausspannen täten?«

Die Frau antwortete nicht.

»Sie ist eingeschlafen!« dachte Dihur voll Mitleid.

Ohne ihre Antwort abzuwarten, griff er ihr unter den Kopf und wollte sie in die Arme nehmen. Als er aber ihren Körper an sich drückte, ließ er ihn sofort aus. Er war kalt und fast regungslos. Das Blut schoß ihm zu Kopf. Er vergaß das Pflügen und alles übrige. Im Nu zog er seinen Rock aus, bedeckte damit ihre Brust und rannte wie außer sich über die Äcker zum Nachbarn.

Eine Viertelstunde später kam er mit der zähneklappernden Nachbarin zurück. Die Dihurka war von Krämpfen in die Furche geworfen worden. Sie lag mit dem Gesicht auf dem Mist. Sie war bewußtlos. Dicht vor ihr wiederkäuten ungerührt der Ochs und die Kuh. Die Dihurka hatte eine Fehlgeburt.

Unterdessen war auch der Nachbar gekommen. Sie betteten die Frau auf ein Büschel Stroh und fuhren sie nach Hause, wo sie auch den ganzen nächsten Tag aus der Ohnmacht nicht erwachte. Am Abend, als die ersten Regentropfen auf die Fensterscheiben der dumpfigen Stube schlugen, war die Dihurka nicht mehr. Bis dahin wären auch die Rüben gerade noch zur rechten Zeit in die Erde gekommen.

Als die Nachbarn sie über das Feld trugen, steckte noch immer der Pflug in der Furche des Warzenackers. Sie hatte ein schönes Begräbnis. Es waren die vom Jaromil, Modrej und der ganzen weiten Nachbarschaft gekommen. Der Geistliche hielt eine zu Herzen gehende Grabrede. Die Frauen konnten sich kaum zurückhalten, nicht schon am Grab über Dihur herzufallen, denn von Mund zu Mund ging die Rede, daß Dihurs Arbeitswut schuld an ihrem Tod sei. Sie fürchteten aber seine Anfälle. An ihn schmiegten sich fünf junge Iltisse und schluchzten:

»Mamica, mamica, komm zurück! . . .«

5

Gleich nach dem Tod der Dihurka kam der Nachbar zur Keusche und sagte:

»Verkauf mir die Keusche wenigstens jetzt, was willst dich denn damit belasten?«

»Auch jetzt verkauf' ich nicht! — Aber sag doch, was liegt euch an der Keusche? Ihr alle sagt ja, daß sie nichts trägt!«

»Es geht mir nicht um den Ertrag. Aber dein Grund steckt in meinem wie ein Pfeil im Fleisch!«

In Wahrheit hatte Dihur schon früher erfahren, was der Nachbar beabsichtigte. Einmal hatte er sich beim Hrustwirt betrunken gebrüstet, daß er aus Dihurs Sumpflöchern das Wasser ableiten und ein Sägewerk anlegen werde. Andere wieder erzählten einander, daß er Dihurs Keusche gern gegen den gräflichen Grund eintauschen würde, der für ihn günstig gelegen sei. Auf diese Weise würde der gräfliche Besitz vom Berg bis ins Tal reichen.

»Verkauf mir lieber du deinen trockenen Rain, der an meinen Lattichboden grenzt! Ich könnte dann einen trockenen Acker gewinnen!«

Der Nachbar brauste auf:

»Du wirst noch gern verkaufen!«

Es kamen noch andere und fragten nach Buben oder Mädchen zum Viehhalten:

»Du hast genug zu Hause. Gib mir den Neč, gib mir die Micika. Bei uns werden sie es nicht schlecht haben!«

Dihur antwortete immer nur:

»Solange ich arbeiten kann, bleiben die Kinder beim Haus.«

Er blieb mit den Kindern allein zurück und wühlte und frettete weiter, wie er nur konnte. Micika trat an die Stelle der Mutter und war mit ihren zehn Jahren schon eine ganze Hausfrau, verständig und klug. Da sie die Kleider der Mutter trug, schien sie noch ernster.

Mit der Schule hatten sie ihr großes Kreuz. Die Kinder besaßen keine Kleider, keine Schuhe, und je mehr sie heranwuchsen, desto weniger Zeit blieb ihnen dazu. Außerdem war ihnen die Schule widerwärtig. Die Kinder hänselten: »Dihur! Stinker!«, andere wieder schrien: »Erdäpfel! Erdäpfel . . .«

Eines Tages stand die Tochter des Gastwirtes auf und verklagte Micika:

»Ich sitz' nicht mehr bei der Dihurka, sie hat Läus. Zu Hause haben sie's mir verboten.«

Der Lehrer fand wirklich ganze Nissengelege auf Micikas Kopf. Micika schämte sich und stammelte unter Tränen:

»Ich hab' keine Mutter...«

Der Lehrer schickte sie nach Hause und befahl ihr:

»Wenn du sauber bist, kannst du wiederkommen!«

Zu Hause beruhigte sie der Vater. Er wusch ihr mit Lauge den Kopf und sagte:

»Von nun an bleibst du zu Hause!«

So war es auch mit den anderen. Neč hatte im Zorn gegen ein Lästermaul einen Stein geschleudert und den Spötter zu Boden geschlagen. Die Behörde forderte Dihur auf, sich zu verantworten. Er versprach, den Buben zu bestrafen und verprügelte ihn wirklich, wie es sich gehörte. Dann sagte er:

»In die Schule gehst du nicht mehr. Zu Hause wirst arbeiten.«

Wegen der unaufhörlichen Versäumnisse hatte er immer wieder Schwierigkeiten mit den Behörden, die ihm Strafmandate auferlegten, ihn sogar in den Arrest steckten. Aber alles vergebens! Kaum waren die Kinder zu etwas nütze, blieben sie zu Hause.

Dihur verteidigte sich:

»Zuerst kommt das Brot, von der Gelehrsamkeit können wir nicht leben!«

Ähnlich wie mit der Schule verhielt es sich mit der Kirche. Dihur selbst ging zwar selten, aber doch regelmäßig zur Kirche. Solange die Dihurka noch lebte, schickte sie Neč und Micika jeden Sonntag hin. Nach ihrem Tod aber ließ auch das nach, die nötigen Kleider fehlten.

Der Pfarrer schlug wegen Dihur die Hände zusammen:

»Was denkst, Dihur! Heiden wirst du aufziehen!«

Dihur redete sich auf seine Armut aus. Er könne die Arbeit allein nicht bewältigen, das werde sich aber ändern, sobald die Kinder erwachsen wären.

»Du bist verantwortlich für die Seelen deiner Kinder!«

»Zu Hause beten wir jeden Samstag den Rosenkranz.«

»Das ist zu wenig, Lieber! Schick sie auch zur Kirche!«

Statt dessen aber mühte sich Dihur selbst mit dem Katechismus ab.

An Sommersonntagen, wenn er Zeit hatte, führte er die Kinder hinter die Keusche unter den Mostbirnbaum, von wo man die ganze Bleiburger Ebene bis zur Drau und hinter ihr die verschwommenen Ortschaften bis zur Saualm überblicken konnte. Dort legten sie sich ins Gras, und der Religionsunterricht begann. Dihur erklärte den Kindern die unendliche göttliche Güte und die ewigen christlichen Wahrheiten. Die Kinder schwiegen und kauten Gras.

»Welche Religion haben die Kovač?« fragte plötzlich der einäugige Pungra.

»Die christliche, wie wir!«

»Warum verspotten sie uns dann?«

Zehn Augen richteten sich auf Dihur. Er kam in Verlegenheit.

»Welchen Glauben hat die Herrschaft?«

»Unseren... Aber die Herrschaft hält sich nicht daran... Alle kommen in die Hölle...«

Stille Zufriedenheit strahlte aus den Kinderaugen, die über die grünen Wiesen schweiften.

»Was wird mit dem Förster vom Grafen?« fragte Pungra, denn dieser hatte ihn einmal beim Weiden auf einer verbotenen Wiese ertappt und verdroschen.

»Auch er wird verdammt!«

Die Kinder fragten weiter.

»In der Kirche sitzt er aber in der ersten Bank!«

»Gott ist nachsichtig... Am Jüngsten Tag aber wird er es heimzahlen.«

»Warum nicht jetzt?«

»So ist die Welt gemacht.«

»Warum hat er uns die Mutter genommen?«

»Er wollte sie bei sich haben, weil sie brav war.«

Die Kinder schauten verzückt zum Himmel.

»Dort sind Gott und die Mutter!«

»Ja, dort sind sie.«

»Ist es noch weit von der Saualm?«

In der Ferne berührte der Himmel den breiten Rücken der Saualm.

»Noch sehr, sehr weit! . . .«

Während die Kinder in den fernen Horizont starrten, schaute Dihur entzückt über das weithin gebreitete Bleiburger Feld. Die Farbe der Kornfelder, die mit den angesengten Föhrenwäldern ineinanderfloß und im Sonnendunst aufging, nahm ihn vollkommen gefangen, so daß er unbeweglich auf dem Rasen liegenblieb.

Da verstummten auch die Kinder und blickten in die märchenhafte Weite eines seltsamen, ihnen unbekannten Landes. Die ganze weite Ebene glänzte von reifendem Korn und blühenden Heidefeldern. Sie lachte ihnen wie ein Kuchen, verführerisch duftend, entgegen.

Nach einer Weile unterbrachen die Kinder die tiefe Versunkenheit:

»Wo so viel Korn wächst, fehlt auch Brot nicht.«

»Den Reichen nicht, wohl aber den Armen.«

»Gibt es auch dort arme Leute?«

»Auch dort. Aber leichter lebt es sich dort als hier in den Bergen.«

Plötzlich:

»Wem gehört dieses Feld?«

»Dem Grafen und den Bauern.«

»Wieviel Kühe hat der Graf?«

»Hundert! . . .«

Wie versteinert schauten die Kinder auf das Bleiburger Schloß, das in der Sonne glänzte wie ein unwirkliches Bild aus einer anderen Welt.

So wuchsen die Kinder Dihurs heran. Schon frühzeitig voll Haß gegen alles, was nach Herrschaft roch. Gegen das Lernen blieben sie hartköpfig. Kaum, daß jeder seinen Namen schreiben und zur Not die zehn Gebote Gottes aufsagen konnte. Um die Welt kümmerten sie sich nicht und entwickelten sich zu unergründlichen, mißtrauischen Menschen, die verstockt unter ihren düsteren Stirnen hervor in die angefeindete Umwelt blickten.

Mit zwölf Jahren arbeitete Neč schon im Wald, und schon damals bekam er einen Bruch. Der Vater führte ihn nicht zum Arzt, sondern rief ein Kräuterweib vom Kömmelgupf herbei, das Krankheiten mit Zauberformeln abbetete. Dann band er ihm einen Gürtel darüber und tröstete ihn:

»Danke Gott, wirst wenigstens kein Soldat!«

Trotz allen Anstrengungen ging Dihurs Wirtschaft den Krebsgang. Das Feld gab immer weniger her. Die Ernten waren schlecht, die Verdienste gering, der Bedarf und die Teuerung aber stiegen von Tag zu Tag. Einige Jahre nach dem Tod der Frau kam Dihur wieder auf zwei Stück Rinder herunter, auf eine Ziege und zwei Schafe. Gleichzeitig aber verstrickte er sich in neue Schulden bei den Kaufleuten und Holzhändlern, für die er arbeitete. Schlechte Zeiten kündigten sich an. Arbeiter und Keuschler prophezeiten:

»Wenn es so weitergeht, gibt's einen Krieg . . .«

Dihur verlor trotzdem nicht den Mut. Er sah, daß die Kinder heranwuchsen, und daß sie sich bald selbst das tägliche Brot verdienen würden.

6

Seit Dihurs Geschlecht lebte, brannte in ihm auch der Wunsch, zu einem Erdäpfelacker zu kommen. Schon der alte Dihur hatte einst auf fremdem Grund ein Feld für Korn und Erdäpfel urbar gemacht. Als aber nach einigen Jahren der Boden gereinigt war und allmählich zu tragen anfing, behielt der Besitzer das neue Land für sich. Der jetzige Dihur hoffte, der Nachbar werde ihm den trockenen Hang über seinem Lachenboden abtreten. Insgeheim hatte er den Boden untersucht und gefunden, daß er für Erdäpfel wie geschaffen war: trocken, steinig und tief. Der Nachbar aber wollte ihn nicht verkaufen.

Die feuchten Äcker Dihurs waren für Erdäpfel ungeeignet. Gewöhnlich faulten sie schon in der Erde oder waren verschrumpelt, unansehnlich und hatten einen widerlichen Geschmack.

Jahr um Jahr hofften die Dihur'schen auf eine reiche Erdäpfelernte. Sie versuchten es auf alle möglichen Arten. Sie klaubten den Samen aus, setzten ihn zeitig im Frühling, oder erst, wenn sie im Tale schon gehäufelt wurden. Sie düngten sie oder setzten sie in taube Erde. Der Erfolg aber war immer derselbe.

Den Kindern saß stets die Furcht im Nacken, sie sähen das letztemal Erdäpfel auf dem Tisch. Gewöhnlich gingen sie ihnen schon vor dem Fasching aus. Einen Rest versteckte Dihur rechtzeitig zum Setzen. Den Kindern aber log er vor:

»Sie sind ausgegangen. Nächstes Jahr aber werden genug sein. Wir setzen sie auf dem Warzenacker...«

Das Erdäpfelgraben war bei den Dihur'schen eine wahre Zeremonie. Um die Knollen nicht mit der Hacke zu verletzen, wühlten sie mit den Händen in der Erde und krochen wie Maulwürfe auf den Knien hinter ihnen her.

Die Kinder konnten kaum gehen, schon purzelten sie in den Furchen umher und wühlten vorsichtig nach Erdäpfeln. Waren sie einmal auf eine besonders große Knolle gestoßen, schrien sie laut:

»Ein Erdapfel! Ein Erdapfel!«

Dihur rief:

»Paßt auf, daß ihr ihn nicht verletzt!«

Jede verwundete Knolle wurde mit Schlägen bezahlt. Die verprügelten Kinder weinten aber nicht wie sonst, sondern schluchzten verhalten in die Erde. Sie waren sich der großen Sünde bewußt, die sie begangen hatten. Seitdem Micika Hausfrau war, wurde sie vom Vater nie mehr geschlagen. Als sie aber einmal beim Erdäpfelgraben eine besonders große Knolle mit der Hacke durchhieb, vergaß er plötzlich ihre Würde und schlug ihr den Hackenstiel über den Kopf, daß sie wie eine Garbe umfiel.

Die Erdäpfel waren eine vererbte Dihur'sche Leidenschaft. Beim Anblick des üppigen Erdäpfelwuchses auf den Nachbaräckern stockte ihnen vor Habsucht das Blut in den Adern. Die Lausbuben auf den Straßen schrien den jungen Dihurs nach:

»Erdäpfel! Erdäpfel!«

Das stachelte sie ärger auf als selbst das Schimpfwort »Iltis«.

Einige Jahre nach dem Tod der Mutter hatten die Dihurs wieder eine schlechte Erdäpfelernte. Im Frühling hatten sie zwanzig Körbe gesetzt, davon waren zehn durch Abdienen beim Nachbarn erworben. Im Herbst ernteten sie aber nur dreißig Körbe, und die waren zum Teil angefault oder von den Mäusen angefressen. Schwere Sorge lastete auf dem Haus.

Neč war damals fünfzehn Jahre alt, Pungra elf. Neč war schon ein stämmiger Dihur, der durch Taglöhnerarbeit die Hausschulden abdiente. Mit Pungra hatte er heimlich einen Plan geschmiedet. Eines Abends warf sich jeder einen Sack über die Schulter, und so gingen sie zu Jaromil, wo Neč als Erdäpfelgräber taglöhnerte. Beim Jaromil wußten sie nicht, wohin mit dem heurigen Ertrag. Alle Keller waren schon voll, und sie schütteten ihn unter dem Tennboden auf einen Haufen. Dorthin schlichen die beiden und füllten ihre Säcke, soviel sie zu tragen vermeinten, und verschwanden in die Nacht.

Drei Nächte hindurch trugen sie so die Erdäpfel von Jaromil, schütteten sie in die Streuhütte und deckten sie wie einen Schatz zu.

»Im Winter, wenn Micika die Erdäpfel ausgehen, werden wir sie in den Keller tragen. Niemand wird's merken. Beim Jaromil wird man sie sowieso nicht vermissen.«

Aber schon am vierten Tage stürzten wie Habichte Jaromil, der Bürgermeister und zwei Gendarmen mit aufgepflanztem Bajonett auf den Hof.

»Dihur, du hast Erdäpfel gestohlen!«

Dihur fuhr wild auf. Sie durchsuchten alle Räume und fanden bald den Erdäpfelhaufen unter der Streu.

»Und was ist das?«

»Ich habe nicht gestohlen!«

»Wir kennen euren Erdäpfelhunger!« trumpfte der Bürgermeister auf.

»Jetzt werden Sie sie in unserer Begleitung zurück zum Jaromil tragen. Dann geh'n Sie mit uns!« befahl der Gendarm.

»Ich werde sie nirgendshin tragen!« widersetzte sich Dihur.

Die Gendarmen taten, als wollten sie ihm Schellen anlegen. Da sprang plötzlich Neč zwischen sie und den Vater und rief:

»Ich hab' gestohlen!«

Die Kommission stutzte. Dihurs Gesicht war von glühender Röte übergossen.

»Was, du Früchtchen!«

Der Bürgermeister fauchte den Buben an.

Jaromil johlte auf:

»Schande! So eine Schande! Sein Taufpate bin ich. Den Taufpaten hat er bestohlen!«

Neč stand unbeweglich unter ihnen.

Sie berieten. Der Bürgermeister schlug vor, der Bub solle bei hellichtem Tage, in Begleitung der Gendarmen, die Erdäpfel zu Jaromil zurücktragen, damit die Schande vor der ganzen Pfarre offenkundig würde. Dagegen lehnte sich Jaromil auf:

»Die Erdäpfel will ich nicht zurück. Macht mit ihnen, was ihr wollt. Meine Meinung ist, daß man den Buben an Ort und Stelle ordentlich verprügeln sollte. So wird er sich am besten merken, was er angestellt hat. Ich will keine Laufereien haben und keine Schwierigkeiten mit dem Gericht. Auch auf mich fällt die Schande — ich bin sein Taufpate!«

So beschlossen sie.

»Wer wird schlagen?« fragte der Gendarm.

»Ich nicht!« erklärte Jaromil.

»Am besten ist, Dihur schlägt selbst!« meinte der Bürgermeister.

»Selbst werde ich schlagen, ihr könnt euch verlassen«, erklärte Dihur trocken.

»So gehört sich's auch!«

»Aber nur fünfundzwanzig Schläge! Ich bin verantwortlich!«, ordnete der Gendarm an.

Neč, der bisher regungslos beiseite gestanden war, legte sich nun selbst auf den bereitgestellten Stuhl. Als ihn der Gendarm anbinden wollte, wehrte er schroff ab:

»Nicht notwendig!«

Dann fiel ihnen ein:

»Sollen wir ihm die Hosen herunterziehen?«

Nach kurzem Erwägen sagte Dihur fast leidenschaftlich:

»Laßt ihn angezogen, sonst gibt es Blut.«

Da kam Jaromil ein Gedanke:

»Die Kinder müssen dabei sein, damit sie ein Exempel haben.«

Dann stellten sich die Kinder um den Marterstuhl. Die zwei jüngeren, Lonica und Joza, blickten befrem-

det und erschrocken auf den unbeweglich ausgestreck-
ten Bruder, Micikas Wangen zuckten vor wehem Mitleid, während der einäugige Pungra mit leblosem Blick
vor sich hinstierte.

»Weil er Erdäpfel gestohlen hat. So werden Diebe
bestraft. Merkt es euch!« belehrte Jaromil die Kinder.

Dann hieb Dihur mit einem geschmeidigen Fichten-
stämmchen auf den Hintern von Neč los. Er schlug nicht
überstürzt und aufgeregt, sondern langsam und mit
Bedacht, zügig, Schlag um Schlag. Jeden Hieb begleitete
ein drohendes Pfeifen des Prügels, und diese Pfiffe
widerhallten schlimmer als die dumpfen Schläge, die
nacheinander in das Fleisch des Buben schnitten. Dabei
waren seine Augen beharrlich dorthin gerichtet, worauf
er schlug.

Gleich nach dem ersten Hieb umklammerte Neč
krampfhaft den Stuhl und jeder weitere Schlag nagelte
ihn noch stärker ans Holz. Einige Male knirschte er mit
den Zähnen, sonst aber ließen seine zusammengepreßten
Lippen keinen Laut hervor.

Das erbitterte den Bürgermeister:

»Lausfratz, wirst du brüllen!«

Aber Neč weinte auch dann nicht auf, als sich sein
Körper nach dem zehnten Schlag vor Schmerzen durch-
streckte und sich sichtlich vom Stuhle löste, ihm die
Hände erschlafften, und als sein Körper ein windel-
weicher Teigfladen geworden war, der sich unter den
schmerzhaften Hieben zusammenkrampfte. Erst nahe
beim zwanzigsten Schlag hörte man aus seinem Mund
ein qualvolles Ächzen, das bei den letzten Schlägen in
ein gedehntes Röcheln überging.

»...fünfundzwanzig! Genug!« befahl der Gendarm.

Dihur ließ den Arm fallen, als ob er abgestorben
wäre. Er schwieg, aber sein Gesicht war grau geworden
und in den Augen zuckte die stumpfe Erregung des
Epileptikers.

»Steh auf!«

Der verprügelte Neč fand erst nach einiger Zeit das Bewußtsein wieder. Als er aber aufstehen wollte, taumelte er und fiel zu Boden. Seine Augen waren blutunterlaufen.

»Du hast zu fest angezogen!« hielt ihm Jaromil vor.

»Das wird bald besser. Gottes Salbe wird seinen Körper erst geschmeidig machen«, meinte fachmännisch der Bürgermeister.

Sie wälzten Neč auf den Rasen, wo er regungslos liegen blieb.

Da geschah etwas Unerwartetes. Der einäugige Pungra trat plötzlich vor den Gendarmen, den er für den Kommandanten hielt, und schrie herausfordernd:

»Schlagt auch mich, auch ich hab' Erdäpfel tragen geholfen.«

Und wie auf Befehl legte er sich gleich selbst auf den Stuhl.

»Was für eine himmelschreiende Frechheit!«

»Was wird einmal aus diesen Kindern?«

Die angeschwollenen blauen Adern in Dihurs Gesicht quollen in diesem Augenblick stärker hervor. Hierauf kam in die rechte Hand, die noch immer den Prügel festhielt, wieder Leben. Ohne das Kommando abzuwarten, wollte er wieder dreinhauen.

»Halt, dem nur fünfzehn!« fuhr der Gendarm dazwischen.

Darauf pfiffen fünfzehn Stockschläge durch die Luft ...

Pungra war noch widerstandsfähiger als Neč. Er hatte sich in den Stuhl verbissen und sein Körper begann sich erst gegen Ende zu strecken. Auch stand er selbst auf, ohne Seufzer, ohne Tränen im gesunden Auge, obwohl der Vater mit blinder Wut dreingeschlagen hatte. Nur in der Höhlung des ausgeronnenen Auges hing eine große, bittere Träne.

Dihur war ganz erschöpft und sank kraftlos auf den Folterstuhl. Die Kinder aber, die die ganze Zeit über wie versteinert gewesen waren, rührten sich nicht.

Diese Ruhe empörte die Kommission.

»Was glotzt ihr, Galgenvögel!«

»Sind wir fertig?« fragte der Gendarm.

Die Kommission zog flugs ab.

Kaum war das Gatter hinter ihnen zugekracht, riß die Fallsucht Dihur zu Boden. Als er aus der Betäubung erwachte, waren Neč und Pungra nirgends zu sehen. Sie blieben drei Tage und drei Nächte aus und hielten sich in den Felsen hinter der Keusche versteckt. Nur Micika wußte um ihren Schlupfwinkel und brachte ihnen heimlich Kost. Als die Wunden geheilt waren, kehrten sie zurück, als ob nichts geschehen wäre, und niemand erwähnte dieses Ereignis mehr.

7

Schon drei Tage kämpften die Dihur'schen mit einem neuen Sumpfloch, das plötzlich ihren besten Acker, die »Warze« überfallen hatte. Als erster hatte es der einäugige Pungra bemerkt. Sofort stürzte er in den Wald unter dem Berg, wo Dihur und Neč Bäume fällten. Als ob er ein heftiges Gewitter ankündigen würde, schrie er schon von weitem, daß es über die stillen Höhenrücken hallte:

»Den ‚Warzenacker‘ hat ein neuer Ackermolch überfallen!«

Dihur erstarrte mit der Axt in der Hand.

»Wo? — Bei den Erdäpfeln oder bei der Gerste?«

»Auf den Erdäpfeln...«

Dihur und Neč warfen das Werkzeug in die Baumschwarten und stürzten nach Hause.

Der neue Ackermolch schlemmte am oberen Ende des Warzenackers, mitten in den Erdäpfeln. Wer diese gefräßigen Ungeheuer nicht kannte, maß der harmlosen Nässe keine Bedeutung bei. Aber die Dihur'schen wußten, mit wem sie es zu tun hatten. Solche gelben Duckmäuser verbreiteten sich schnell und warfen reichlich Junge. Gerade an der gefährlichen Stelle, auf einem Buckel, von wo er leicht nach allen Seiten hin den Wuchs verschlingen konnte, begann er zu speien. Und eben in diesem Jahr waren die Erdäpfel ungewöhnlich schön, mit üppigen dunkelgrünen Trieben und reif zum Häufeln.

Die Dihur'schen gruben vom Kopfende des Ackermolchs bis zum Rain einen Abzugsgraben, schön zwischen den Furchen, so daß sie dabei nicht eine einzige Staude verletzten. Der Graben aber reichte nicht einmal für ein Drittel der drohenden Nässe, die Erde quoll in immer größerem Umkreis auf und an den Rändern näßten neugeborene Freßsäcke. Feuchte Schlünde öffneten sich und drohten, den ganzen Erdäpfelacker zu verschlingen.

Da stürzten sich die Dihur'schen mit Krampen und Hauen auf die quellende Erde. Leidenschaft und Zorn feuerten sie an.

Sie rissen die Decke des Buckels auf und trieben einen tiefen Schacht bis in sein Herz, wo der Ursprung ihres Unglücks war. Hatten sie anfangs die Knollen noch geschont, waren ihnen ausgewichen und hatten die einzelnen Stauden mit der Hand auf trockenen Boden getragen, so wurden sie bald vom Kampf vollkommen besessen. Sie sahen nur noch die schleimigen Kiefer, die nach einem immer größeren Teil des Ackers griffen. Verbissen gruben sie nach den nässenden Wunden, öffneten die Adern und leiteten das braune Gift in einen tiefen Kanal, der von der Hauptader über alle Äcker bis zum Rain führte.

Bloßfüßig und barhäuptig, mit Schlamm bedeckt, bohrten sie wie Maulwürfe. Sie spürten weder Müdigkeit noch Hunger. Dihur selbst grub ohne Atempause beim Hauptende des Ackermolchs, die Kinder aber fielen über die übrigen Quellöcher her, warfen die Erde um, und erweiterten das Netz der Abflüsse in den Hauptkanal. Zu Hause war nur Micika geblieben.

Der grüne Acker verwandelte sich bald in einen breiten rötlichen Maulwurfshügel, der weit bis in die Nachbarschaft zu sehen war. Die Nachbarn errieten bald, was das zu bedeuten hatte:

»Die Iltisse kämpfen wieder mit dem Ackermolch!«

Drei Tage gab es kein Anzeichen, wer sich ergeben werde, wohl aber sammelte sich immer mehr schmutziges Wasser im Kanal, der sich auf den Rain ergoß und schon ein ganzes Mühlrad hätte treiben können. Aber auch der Ackermolch blähte sich nach allen Seiten, wich vor den scharfen Schaufeln und Krampen aus, und untergrub immer mehr Saatboden. Am vierten Tage aber neigte sich der Sieg auf die Seite der Dihur'schen. Das Aufquellen des Bodens griff nicht mehr weiter. Das Schlürfen neuer schleimiger Münder hörte auf, wohl aber begann das Wasser mit ganzer Kraft aus den Hauptschächten emporzuschießen.

Dihur wühlte siegessicher und unaufhaltsam weiter. Er war schon unter die Erde gekrochen und grub einen wahren Schacht. Bis zum Knie stand er in der braunen Lache. Von allen Seiten, aus dem Grund und den lehmigen Wänden floß Wasser zusammen, immer mehr und mehr. Neč und Pungra hatten kaum Zeit, die Erde, die der Vater aus dem Schacht warf, wegzuschaufeln.

»Jetzt dürfen wir nicht nachgeben, das ist nur Tücke«, feuerte Dihur sich und die Kinder an.

»Der Warzenacker muß trocken werden...«

»Der Ackermolch muß krepieren...«

Am fünften Tag begann die Erde um den Ackermolch sichtlich zu trocknen. Dihur hatte sich durch die obere Schicht des roten Lehmbodens bis zur unteren, bläulichen durchgewühlt. Aus dem Erdreich zwischen beiden Schichten stürzte das Wasser mit aller Kraft zutage. Neč und Pungra pflanzten sich siegreich über dem Abzugskanal auf:

»Die Ader ist gefunden!«

Dihur aber schwang noch immer den Krampen in die teigige Erde.

Beim letzten Hieb kreischte die Schneide auf Fels. Aus dem Schacht hörte man Siegesgeschrei:

»Der Warzenacker ist gerettet!«

Diesem Schrei aber folgte gleich ein platschender Fall und dann ein Wehlaut.

Neč und Pungra drangen in den Schacht. In einer Ecke lag auf dem Rücken Dihur, von einer Schichte eingestürzter Erde bedeckt, aus der ein riesiger Stein ragte. Pungra hob ihm den Kopf aus der Lache, die ihn zu überfluten drohte. Neč aber warf gleich mit den Händen die Erde beiseite. Bevor er den Stein, der ihm gerade auf dem Leistenbruch lag, weggewälzt hatte, war Dihur schon bewußtlos. Die Kinder zogen ihn aus dem Schacht und legten ihn auf den Acker, mitten in das Erdäpfelkraut. Fieber durchglühte ihn, so daß ihm die Lehmkruste getrocknet von den Wangen fiel.

Pungra lief nach Hause um die Kühe. Als er mit dem Gespann zurückgekehrt war, war Dihur schon wieder bei Bewußtsein. Doch er konnte sich nicht rühren. Als ihn die Kinder auf den Karren legten, mahnte er:

»Paßt auf, daß ihr die Erdäpfel nicht zertretet!«

Zu Hause wurde ihm wieder schlechter und am Abend begann er zu phantasieren. Die Lahn hatte ihm die Leiste eingedrückt, und die Gedärme verwickelten sich, so daß er sich in Krämpfen auf dem Stroh herumwarf.

Die Kinder fragten:

»Sollen wir jemand holen?«

»Niemanden!« Er sank in Bewußtlosigkeit.

So blieben sie allein Zeugen der Schmerzen des Vaters.

Allmählich beruhigte sich Dihur. Es schien ihnen, als ob er schliefe. Leise verzogen sie sich auf ihre Lager, ließen aber das Licht auf dem Tische flackern.

Nachts wurden sie plötzlich von der Stimme des Vaters geweckt:

»Wie spät ist es?«

Beide, Neč und Pungra, sprangen auf den Hof, schauten nach den Sternen und kehrten alsbald wieder:

»Die ‚Mäher‘ stehen über dem Ursulaberg, die ‚Schnitterinnen‘ über der Saualm und die ‚Recherinnen‘ über der Koralm.«

»— Dann ist es zwei.«

Darauf folgte langes Schweigen. Dihur lag regungslos und starrte ins rußige Gebälk. Aus den Winkeln der Stube hörte man das Atmen der übermüdeten Kinder. Neč und Pungra blieben beim Ofen sitzen, als ob sie weitere Wünsche des Vaters abwarteten. Sein Gesicht war voll rätselhafter Züge, die Augen aber hatten einen seltsamen Glanz.

»Sollen wir den Pfarrer holen...?« entfuhr es Neč nach einer Zeit.

Dihur zuckte unter der zerfetzten Decke.

»Glaubst du, daß mich der Ackermolch umbringen wird...?«

»Wir haben nur so gedacht...«

Bis zur Morgendämmerung änderte sich nichts. Dihur lag still, und die Buben nickten hinter dem Ofen ein. Als das Fensterchen das Morgenlicht aus der Ferne ankündigte, packten Dihur wieder die Krämpfe. Er mußte unerträgliche Schmerzen haben, denn in der Bewußtlosigkeit griff er immer wieder nach dem Bruch, als wollte er die Eingeweide zurück in den Bauch drükken. Die Kinder standen stumm um das Bett herum. Als die Schmerzen etwas nachließen und ihm das Bewußtsein wiederkehrte, stöhnte er:

»Richtet den Warzenacker zurecht und häufelt die Erdäpfel...«

Hierauf überfielen ihn wieder die Krämpfe und ließen ihn nicht mehr los. Er kam nicht mehr zur Besinnung, rührte die eben gemolkene Milch, die ihm Micika gebracht hatte, nicht an, erkannte niemanden mehr, und in den ersten Sonnenstrahlen lag auf dem zerwühlten Lager der Dihur-Keusche ein schweißnasser zusammengekrümmter Leichnam.

Im Angesicht des Unglücks, der Qualen, des Stöhnens und Sterbens lastete ein schwerer Alptraum auf den Kindern. Plötzlich vereinsamt, waren sie verwirrt und niedergeschlagen. Sie entschlossen sich jedoch schnell, die Angelegenheit zu ordnen.

Zuerst bahrten sie den Vater auf, wie sie es bei der Mutter gesehen hatten. Mit großer Mühe brachten Neč und Pungra den Bruch des Vaters in die Hose, den dieser im Todeskampf aufgerissen hatte, so daß die Eingeweide austraten und sich ein unerträglicher Geruch in der Stube verbreitete.

Wie bei der Mutter, stellten sie auch ihm am Kopfende ein Lämpchen auf. Das Stroh seines Lagers verbrannten sie auf dem Acker.

Dabei kam es keinem in den Sinn, irgend jemanden zu rufen oder jemandem den Tod des Vaters mitzuteilen. Sie wußten, daß es niemanden gab, der mit ihnen ihr Leid und ihre Sorgen teilen wollte oder konnte. Erst zu Mittag, als bei der Pfarrkirche kein Totenglöcklein erklang, wurde ihnen eng ums Herz, als ob sie etwas vermißten.

Sie erwägten:

»Wenn wir das Läuten bestellen, werden Menschen kommen und uns den Vater wegnehmen.«

Sodann beschlossen sie, ihn insgeheim zu begraben, damit niemand davon wüßte, und zwar unter dem Mostbirnbaum am Abhang, von wo es nach allen Seiten einen Ausblick gab, und wo der Boden trocken und steinig war. Neč machte sich daran, eine Totentruhe zu zimmern, Pungra und Joza aber hoben das Grab aus. Als Pungra schon bis zur Hüfte in den Boden gegraben hatte, legte er jählings den Krampen weg, trat unter den Tennboden und sagte zum Bruder, der dort die Totentruhe zimmerte:

»Sollten wir es nicht wenigstens dem Sušnik-Onkel sagen? Sie waren zusammen auf der Saualm.«

»Ja, er hat das Recht dazu«, beschlossen die Kinder.

Sie kamen überein, daß Micika ihm die Nachricht überbringe ...

Sušnik kam gelaufen wie ein Hirsch. Mit ihm der Bürgermeister, die Gendarmen und noch andere. Um die Abenddämmerung und die ganze Nacht hindurch wimmelte es von Menschen aus nah und fern. Überall hatte sich blitzartig die Nachricht von Dihurs Tod verbreitet. Doch eine solche Menge hatte nicht nur die trockene Neuigkeit herbeigerufen; auf die Beine brachte sie vielmehr die unerhörte Kunde, daß die Kinder ihren Vater insgeheim in ungesegneter Erde begraben wollten. Die ganze Nacht hindurch pilgerten Menschengruppen zum ausgeworfenen Grab und starrten bestürzt in den Sarg, der aus rissigem Saumholz zusammengenagelt schon unter dem Tennboden bereitstand.

Dann besah sich jeder prüfend der Reihe nach die Dihur-Kinder, die sich wie Schatten in die Winkel drückten, und finster unter der Stirn hervor auf die neugierigen Gesichter blickten.

Erst am nächsten Morgen läuteten die Glocken der Pfarrkirche kurz zu Dihurs Leichenbegängnis.

Nach dem Begräbnis zerstörten fremde Hände das Nest der Iltisse. Die Dihur'schen wurden in alle Welt verdingt. Das Reich der unverwüstlichen Ackermolche aber übernahm der reiche Nachbar.

JIRS UND BAVH

1

Die Pächter auf den gräflichen Huben lebten haupt-
sächlich von den Erträgnissen des Ackerbaues und der
Viehzucht, da sie den Wald nicht nutzen durften. Soweit
jedoch diese Erträgnisse fürs Leben nicht ausreichten,
mußten sie den Unterhalt im Wald als Holzarbeiter und
als Fuhrleute suchen.

So war es auch bei uns.

Hier war die Viehzucht wichtiger als der Ackerbau,
denn unsere Hube lag auf einem Hügel und ihre Felder
trugen kein Korn. War die Ernte einmal gut, gaben sie
uns den fünffachen Samen wieder — ein einziges Mal
weiß ich, daß der Roggen achtfachen Samen trug, und
wir dann das ganze Jahr hindurch dicke Laibe Roggen-
brot auf dem Tisch hatten, während sonst bei uns zum
Brot immer Hafer oder Gerste gemahlen wurde. Schon
ein gewöhnlicher Jahresertrag reichte nicht bis zur
neuen Ernte, und wir mußten dazukaufen. Geschah
aber einmal ein Unglück, daß der Hagel alles zusam-
menschlug, die Dürre das Wachstum versengte oder der
Frost die Wintersaat dahinraffte, da hielten sich die
Bauern an den Wald, wir Keuschler und Pächter hingegen waren auf den Erlös aus der Viehzucht und auf
Nebenverdienste angewiesen. In der Tischlade fand man
nur mehr Haferbrot — oder nicht einmal dieses.

Es war also kein Wunder, daß bei uns das Vieh so
sehr im Ansehen stand. Auch ich eignete mir sehr früh
diese von den Vorfahren übernommene Achtung vor
dem Vieh an, die aus der Furcht entsprang, es könnte ein
Unglück geschehen, und uns das Brot vom Munde ge-
schnappt werden. Unsere Sorge kreiste immer um den
Stall. Ich war selbst Zeuge, wie mein Vater mit verhal-

tenem Atem an den Fingern abzählte, wann bei der einen oder anderen Kuh die Tragzeit um sein werde, wie er mit gespannter Hand das Wachstum der Ochsen maß und, laut mit sich selbst redend, den Mastertrag errechnete. Wenn er einmal nach ein paar Bissen seinen Löffel weggelegt hatte, ahnten wir sofort ein Unglück.

»Was ist . . .?«

»Žamp kaut schon zwei Tage nicht . . .«

Sofort war uns allen der Hunger vergangen.

Auch konnte uns keine Neuigkeit so beunruhigen und auf uns so niederschmetternd wirken wie die Nachricht von einem Unglück beim Vieh der Nachbarn.

»Beim Marog hat der Linke einen Haarballen . . .«

»Beim Jakob hat sich der Rechte überdehnt . . .«

»Beim Zdih haben sie den Ochsen schlachten müssen.«

Was waren schon dagegen Neuigkeiten wie:

»In Sarajevo hat man den Thronfolger ermordet . . .«

»Premisl ist gefallen . . .«

»Beim heiligen Rochus hat's in die Kirche eingeschlagen . . .«

Wir Kinder waren schon seit unserer frühen Jugend gewohnt, mit dem Vieh umzugehen. Ich ging noch gar nicht zur Schule und schon machte ich meinem Vater beim Eggen und Pflügen den Treiber. Das war eine sehr anstrengende Arbeit, denn die Äcker waren steil und mergelig, die Öchslein gewöhnlich schwächlich, kaum fähig, die Furche zu bewältigen, der Rain mit Dorngestrüpp und Brombeersträuchern bedeckt, ich aber war barfuß. Mein Vater geriet oft außer sich, und der Reitel traf nicht nur das Vieh, sondern gar oft auch mich. Sobald ich Schüler geworden war, wurde ich auch Hirte. Mit zehn Jahren fütterte ich schon, bald wurde ich Ochser, Kuhknecht, bis schließlich alle Stallarbeiten auf mich fielen.

Der Stall war also für mich nicht nur ein Schauplatz der Mühe und Arbeit, sondern wurde mir auch bald zur

Heimstätte stillen, jugendlichen Glücks, durchwoben von geheimnisvollen Träumen, voll lockender Pläne und versteckter Hoffnungen, die matt hervorglommen aus dem dicken Dunst des aufgetürmten Mistes. Im Stall sann ich ungestört nochmals den Ereignissen des Tages nach, lauschte mit verhaltenem Atem dem Pulsen meiner still aufflammenden Wünsche, in denen ich jenseits der Welt des Stalles schwelgte. Ich teilte Freud und Leid mit dem Vieh in einer Vertraulichkeit, die ich noch niemals einem Freund gegenüber empfunden habe. Das Vieh erfaßte jede meiner Ahnungen, jedes meiner Leiden nahm es mitleidvoll auf, für jeden Jubel hatte es seine fröhliche Antwort.

Unser Stall war langgestreckt und hatte eine flache, niedrige Decke aus unbehauenen Balken, die alle von Spinnweben voll ausgedörrter Fliegen verschleiert waren. Die Mauer war nicht verputzt, feucht, im Sommer wie im Winter rannen an ihr ununterbrochen Tröpflein in schmutzigen Farben nieder. Die kleinen, viereckigen Fenster waren ebenfalls mit Spinnweben verhangen, grünlich von Schmutz und undurchsichtig. Aber sonderbar! Trotzdem strahlte der helle Tag so fröhlich hindurch, und die Sonne durchbrach sie mit üppigen Strahlenbündeln. Die Spuren der Dunsttröpfchen funkelten dann auf den schmutzigen Mauern in mannigfachem Widerschein, im Raum aber leuchtete ein unermüdlicher Reigentanz von Myriaden winziger Mücken auf.

An Abenden, wenn sich die Dämmerung senkte, erwachte im Stall ein besinnliches, feierliches Leben. Die Tiere legten sich nacheinander zur Ruhe, schnaubten, klirrten mit den Ketten ... Ruhe zog langsam ein, die aber keine Stille war, sondern harmonisches, zu einem einzigen Klang verschmolzenes Aufatmen, Klirren der Ketten, Schütteln und Röcheln, gesättigt mit stickigem Dunst und mit Müdigkeit ...

Noch später, als ich erwachsen war, als ich anfing, das Leben kennenzulernen und die Ursachen seiner so verschiedenen Formen, als es mir allmählich bewußt wurde, daß es eben nicht einerlei ist, ob der Mensch auf Seidenpolstern schläft oder aber auf muffigem, stinkendem Stroh im Futtertrog eines Stalles, auch dann blieb meine Liebe zum Stall unverändert.

Schon vorher habe ich gesagt, daß wir beim Haus nur ein Paar Ochsen hatten. Zwei Paar konnte sich die Hube nicht leisten. Der Vater sorgte dafür, daß er — wenn es möglich war — die Ochsen zu Hause züchtete. So blieb ihm der Erlös für das verkaufte Paar, mit dem er dann die Pacht und andere Bedürfnisse deckte. Hatte er aber mit der Zuzucht kein Glück, kaufte er nach dem Verkauf des schweren Paares leichte, meistens noch nicht angelernte Jungochsen, damit ihm so wenigstens die Preisspanne als Gewinn verblieb.

Daher war bei uns das sogenannte Anlernen nahezu an der Tagesordnung. Während nämlich die schweren Bauern in der Gemeinde mit abgerichteten, klugen Ochsen allein, ohne Treiber, pflügten, hatten wir die ewige Mühe mit dem Abrichten junger Ochsen. Diese Plage steigerte sich zur Saatzeit gewöhnlich bis zum Kampf.

Der Tag, an dem die Öchslein zum erstenmal eingespannt wurden, war immer besonders bedeutungsvoll. Da war auch meine Mutter dabei, weil ich die Öchslein noch nicht bändigen konnte und sie der Vater selbst führte. Aber ich mußte dabei sein, um mich daran zu gewöhnen — so behauptete der Vater. Fast ohne Ausnahme erschraken alle Jungochsen vor dem Joch wie der Teufel vor dem Kruzifix. Als sie schließlich eingespannt waren und das plumpe Holz auf dem Halse spürten, überkam sie ein Grauen, daß sie am ganzen Leib schauderten.

Die Mutter kam mit dem Weihwasser, der Vater aber machte vor der Stalltür das Zeichen des Kreuzes mit dem Ochsenziemer, den er dann während der Lehre auf den Schultern der Öchslein zerschlug.

Der Mutter wurde es traurig zumute.

»Das Joch, das Joch... Jetzt fängt die Marter an...«

»Muß sein. Gehen wir's an...«

»Wie Menschen...«

Die Lehre begann gewöhnlich mit dem Eggen. Wenn die Jungochsen das schwere Gespann fühlten, blieben sie gewöhnlich widerspenstig stehen. Zuerst versuchten wir, sie mit Zureden vom Fleck zu bewegen, und der Vater besänftigte und lockte sie mit gesalzenem Brot oder Sauerteig. Hatte das nicht genützt — und so war es fast immer —, kam der Prügel zu Hilfe, und das schlug jedesmal an. Der Vater war mit einem pechigen Holzprügel bewaffnet, den er sich vorsorglich für solche Fälle aus den Tannenästen geschnitten und aufbewahrt hatte. Die Mutter war bei der Egge und hatte eine lange, starke Gerte in ihren Händen. Außerdem stand auch ich noch bereit, mit einer Peitsche in der Hand.

Ich wunderte mich, wie das Vieh so heftige und so zahlreiche Schläge ertragen konnte. Lieber duckte und verkrampfte es sich, als daß es gezogen hätte. Manchmal mußten wir während des Schlagens rasten, da uns die Hände erstarrt waren. Während der Rast aber versuchten es die Eltern abermals mit Zureden und Güte.

»Das ist eben euer Schicksal! Auch die armen Leute sind immerzu eingespannt«, pflegte die Mutter sich zu entschuldigen.

Dann legten wir uns wieder ins Zeug. Wieder fielen Schläge, daß das Haar von der Haut stob. Endlich hatten es die jungen Tiere eingesehen, daß diese Art des Widerstandes sinnlos und allzu schmerzhaft war, und probierten auf andere Weise, sich der Sklaverei des Joches zu entledigen. Plötzlich schossen sie auf und trachteten, samt dem Gespann zu flüchten. Den Vater, der sie an einem um die Hörner gewundenen Strick hielt, zogen sie hinter sich her und versuchten, ihn zu zertrampeln. Er aber ließ den Strick nicht los, selbst dann nicht, als sie ihn wahrhaft unter die Füße bekamen und auf ihm herumstampften. Sie zogen ihn über den Acker hin, er aber klammerte sich krampfhaft an den Strick, wußte er doch, daß die Ochsen verloren waren, wenn es ihnen gelang, mit der Egge Reißaus zu nehmen. Zugleich versuchte er, ihnen in die Mäuler zu hauen, in die Augen und wohin es sonst fiel, um sie zum Stehen zu bringen.

»Wö—haaa! Wö—haaa!...« dröhnte es über den Acker.

»Laß nicht aus, um Himmels willen, laß nicht aus!« schrie die Mutter und warf sich mit dem ganzen Körper auf die Egge, um die Flucht zu erschweren. Unter ihrem Gewicht bohrte sich die Egge tiefer in die Erde, die Öchslein liefen sich bald außer Atem und blieben mit verzweifelt stierenden, blutunterlaufenen Augen stehen:

»...Gibt es keine Aussicht, keine Rettung?« schien ich in diesen erloschenen Augen zu lesen.

Nachdem der erste Widerstand mit Schlägen gebrochen und mit den Lockungen verführerischer Worte überwunden war, ergaben sich die Jungochsen Schritt um Schritt ihrem Schicksal. Hie und da flammte der Widerstand gegen das Joch, gegen die Fesseln noch einmal auf, sie versuchten, über die Deichsel zu springen, die sie behinderte: doch das schwere Gespann, die brennenden Hiebe und die begütigenden, eintönig und betäubend klingenden Worte erstickten bald diese Ausbrüche. Und in gut einer Woche trotteten die Tiere als junge, jetzt bereits geeichte Öchslein im Gespann, trugen ruhig ihr Joch und ergaben sich in ihr Schicksal.

Wenn sie gebändigt waren, bekam ich sie in die Hände. Vorerst waren sie noch schwächlich, nicht abgehärtet, ihr Kreuz wand sich, ihre Muskeln knirschten und knackten, ihre Füße wankten müde. Aus ihren Leibern dampfte heißer Schweiß, die Striemen von den Hieben schwollen sichtlich an, die Augen traten aus ihren Höhlen, die Mäuler schäumten. Dann zogen sie Tag für Tag mit wachsender Ausdauer, traten immer fester auf, immer verläßlicher.

Sie waren zwei junge, schmächtige, scheue Gefangene, aber das Schlimmste war vorüber, jetzt mußten sie sich nur noch gewöhnen.

Solange sie noch schwach waren, war das Pflügen gar nicht angenehm. Waren sie aber einmal abgehärtet und kräftiger, der Furche vollauf gewachsen, war das Treiben ein wahres Vergnügen. Da kannten die Ochsen schon selbst ihren Weg, verstanden die Rufe des Ackermanns, und ich brauchte auf nichts weiter zu achten, als auf das Wenden am Ackerrain. Da konnte ich mich meinen eigenen Gedanken hingeben. In Träumereien versunken, schritt ich die Furche entlang, lauschte dem Gurren der Turteltauben im Walde, betrachtete das Spiel der Farben und Schatten, horchte hinüber auf die vielfachen Laute der Berghänge und Waldrücken. So vertieft in meine Gedanken, vergaß ich mich vollkommen und entfernte mich immer weiter vom Gespann. Schließlich wurde es dem Vater zu dumm:

»Willst nach Klagenfurt?«

Ruhten wir einmal aus, so streute der Vater den Stalldünger. Woanders war das Frauenarbeit, bei uns aber war die Mutter allein im Haus und kam mit der Zeit nicht zurecht. Es gab aber noch einen anderen Grund dafür.

Unser Boden war unersättlich, Stalldünger aber hatten wir niemals genug. Man beschuldigt zwar gerne die Pächter einer mangelnden Achtsamkeit beim Düngen gleichwie der offenkundigen Absicht, einen möglichst großen Ertrag herauszuschlagen. Aber das ist nur Verleumdung der großen Bauern, hielten wir doch den Dünger genau so in Ehren wie Brot. Wir nannten ihn den schwarzen Segen. Seine Bedeutung prägte sich in unsere Kinderseelen mit nicht minder geheimnisvoller Vorstellung ein als die Bedeutung der Hostie. Um die Streu war es bei uns schlecht bestellt, die Grafen ließen im Wald keinen Ast abhacken. Vieh hatten wir gleichfalls zu wenig und Kunstdünger konnten wir uns nicht leisten. Deshalb düngten wir nur für edlere Saat, für Roggen und Weizen, niemals aber für Hafer. So streute denn der Vater eigenhändig den Stalldünger, um ihn ja bis zum kleinsten Halm gleichmäßig zu verteilen.

Bei jeder Aussaat mahnte es:

»Dünger, Dünger, Dünger ...«

Mit Neid und Leid im Herzen schauten wir zu den Nachbarn, wo die Misthaufen dicht gedrängt auf den Äckern lagen, während auf unserem kaum ein Ruf vom einen zum anderen reichte.

Hatte der Ochse einmal auf die Pflugwende geschissen, stürzten wir zum Dunghaufen hin und brachten diesen mit viel Vorsicht auf den Acker. Ohne jede Überlegung trugen wir die noch warmen Fladen mit bloßen Händen. Niemals verrichteten wir unsere Notdurft im Walde. Wir achteten darauf, daß auch sie dem Wachstum zu Nutzen kam.

»Dünger, Dünger, Dünger ...«

So atmete es aus den Getreidesaaten und Feldern.

So blickten die Augen des Vaters und der Mutter unter der gefurchten Stirne, wenn sie an Sonntag-Nachmittagen von ihrem Feldgang zurückkehrten.

So mahnte es uns in einem fort aus der Tischlade und begleitete uns beim Schneiden des Brotes.

Damals war ich zehn Jahre alt.

Es war im Auswart, zur Fastenzeit. Der Schnee deckte noch mit glatter Kruste das Gebirge, in den Niederungen aber lag er nur noch schattseitig. Unsere Äcker trockneten schon, und die Wintersaat fing an zu grünen. Die Hangbauern begannen, den Stalldünger auszuführen, und trafen Vorbereitungen zur Aussaat, wenn es auch noch sehr zeitig war. Eines Morgens spannte auch der Vater plötzlich ein. Die Mutter hielt ihm entgegen:

»Willst mitten im Winter ackern?«

Der Vater aber schwieg und ging pflügen. In dieser Sache war er überaus eigenwillig. Eine Hube hatte er nur deshalb aufgegeben, weil ihm der Besitzer vorgeschrieben hatte, wo und wie er zu ackern und zu säen habe.

Ich war Treiber. Damals hatten wir ein ziemlich erwachsenes Paar Ochsen, vernünftiges, eingearbeitetes Vieh. Der Linksseiter hieß Jirs, der Rechtsseiter Bavh. Sie waren eigene Zucht, gewöhnt an Schläge, kannten jede Bewegung und jeden Zuruf der Ackerleute. So konnte ich sorglos treiben und meine Frühjahrslust stillen, indem ich meinen Blick in der Umgebung umherschweifen ließ.

Der Vater war anfangs ungewöhnlich schweigsam, nur sein gedehntes »hej, hap...« wiederholte er eintönig und sinnlos, denn die Ochsen beherzigten solche Aufforderungen gar nicht, sondern trotteten gleichmäßig ihren Weg dahin. Bald aber vertiefte er sich in ein Selbstgespräch, das immer lauter wurde. Ich wußte, daß er auf solche Art seine Sorgen verscheuchte. Seine Rechnungen, denen er versunken nachging, ließen mich teilnahmslos. Bald aber vernahm ich deutlichere Äußerungen:

»Verkaufen werd' ich sie, ja, verkaufen werd' ich sie.«

Darauf folgten abermals unverständliche Rechnungen, vermischt mit Flüchen. Ich erriet, daß er sich entschlossen hatte, die Ochsen zu verkaufen und neue einzuhandeln. Aber ich wurde dessen nicht froh, hatte ich mich doch an Jirs und Bavh ganz besonders gewöhnt: so vernünftiges Vieh hatten wir noch nie beim Hause gehabt. Zu widersprechen wagte ich jedoch nicht, weil mir bekannt war, daß der Vater in solcher Versunkenheit keine Widerrede duldete. Meine Hoffnung blieb noch die Mutter, die auch ihr Wort mitzureden hatte.

Und wahrhaftig, am Abend, als er ausgespannt hatte, sagte der Vater:

»Die Ochsen werde ich verkaufen!«

»Warum?«

Der Mutter konnte man es an der Stimme anmerken, daß ihr das nicht gefiel.

Der Vater gab keine Antwort; beim Abendessen erst eröffnete er den Plan, den er beim Pflügen ausgeklügelt hatte:

»Es bleibt mir nichts übrig ... Zu Georgi muß ich den halben Pachtzins zahlen, muß die Feuerversicherung begleichen, die Kinder brauchen Kleider, und auch wir zwei laufen schon barfuß. Wo soll ich sonst das Geld hernehmen? Der Winter hat uns nichts eingebracht. Setze ich aber die Ochsen gut um, so können wir uns viel ersparen. Wenn schon nicht mehr, so doch für die Pacht und die Versicherung, du weißt, daß die Herrschaft nicht wartet. Am Josefitag könnte ich sie auf den Markt bringen und aus der Steiermark neue holen. Dort unten gibt es im Frühjahr immer genug Vieh.«

»Und wenn es danebengeht?« meinte die Mutter, aber man sah ihr an, daß sie schon nachgab.

»Danebengeht? Was heißt danebengeht? Unsere haben getrost ihre elfhundert Kilo. Kauf ich junge mit achthundert Kilo, bleibt mir bei den jetzigen Preisen gerade genug für die ärgste Not.«

Wir Kinder verzogen das Gesicht, wir waren doch überhaupt gegen den Verkauf jedes Kalbes; unsere Gefühle zählten für uns vor allen wirtschaftlichen Schwierigkeiten.

Der Vater wandte sich an mich:

»Es geht nicht anders, wir müssen Geld haben, sonst vertreiben sie uns von der Hube! Du gehst mit mir auf den Markt, und ihr anderen bekommt ein Mitbringsel.«

Damit war die Sache klar. Mich aber konnte auch die Aussicht auf den Marktgang, der mich natürlich reizte, nicht recht beschwichtigen.

Dann ackerten wir in Eile. Der Vater rechnete damit, er würde mit ganz leichten, billigeren Jungochsen auskommen, um vom Erlös möglichst viel herauszuschlagen. Das Wetter war dauernd schön, und bis zum Markttag hatten wir tatsächlich bis auf einen kleinen Rest fast alles umgeackert. Zwei Tage vor dem Markt aber spannten wir aus, damit das Vieh ausruhte.

Während des Pflügens fielen unsere Ochsen immer vom Fleisch, diesmal aber fütterten wir sie nur mit Heu und legten ihnen viel Lecksalz vor, so daß sie jeden Tag aufgebläht waren wie zwei Trommeln. Die letzten zwei Tage widmete ihnen der Vater seine ganze Sorge. Sie bekamen fast nur Lecke, gekochten Hafer, Erdäpfel und Sauerteig. Mir schien das alles sehr rätselhaft. Vergeblich versuchte ich, diese plötzliche Abweichung von den Gepflogenheiten zu ergründen.

Der Vater behauptete, sie müßten ausgiebiges Futter bekommen, weil sie sonst unterwegs alles ausscheißen und zu viel an Gewicht verlieren würden. Allmählich aber ging mir ein Licht auf, und alsbald hatte ich es herausbekommen, welchen Zweck er verfolgte. Die Bauern, ganz besonders aber die Viehhändler, stopfen das Marktvieh mit allen erdenklichen nahrhaften Futtermitteln, um damit am erhöhten Gewicht zu verdienen. Da ich Bedenken äußerte, klärte mich der Vater auf:

»Das ist keine Sünde! Auf dem Wege geht sich das Vieh müde, schon gar wenn es wie unseres die harte Straße nicht gewohnt ist. Alle Vermittler und Händler halten es so. Und dann — weiß Gott wie lange das Vieh ohne Futter bleibt, besonders wenn es recht weit muß.«

Am Vorabend kam er fluchend vom Bürgermeister:

»Die Abgaben für die Viehpässe sind schon wieder höher! Verdammte Herrenleut'...!«

Ich aber mußte am Vorabend des Markttages noch eine geheime Pflicht erfüllen. In der Dämmerung schlich ich heimlich in den Stall, um von den Ochsen Abschied zu nehmen, allein, ohne jeden Zeugen. Je näher der Markttag kam, umso mehr schmerzte mich jedes Unrecht, das ich ihnen jemals zugefügt hatte. Sehr früh hatte ich es nämlich erlernt, das Vieh zu schlagen. Wenn ich in Wut geriet, tobte ich mich beim geringsten Anlaß an ihm aus. Eine unstillbare Zärtlichkeit überwältigte mich, und tiefe Reue. Lange schmiegte ich mich an ihre vollgepfropften Wänste, umschlang ihre mächtigen Hälse, küßte sie auf die Augen und nassen Mäuler.

»Verzeih mir, Jirs, verzeih mir, Bavh...«

Und die beiden schienen meinen Herzenserguß verstanden zu haben. Sie bliesen ihren warmen Atem in mich hinein, leckten mich mit ihren rauhen Zungen an den Händen und am Gesicht und beschwichtigten mich mit ruhigem Schnauben.

»Bei eurem neuen Herrn werdet ihr nur Klee fressen«, redete ich ihnen zu.

Die Ochsen schnoben zufrieden.

»Es wird euch nicht schlecht gehen...«

Am Morgen darauf tränkte sie der Vater bereits, als ich eben aufgestanden war. Sie waren so sattgefressen, daß die Mutter jammerte:

»Wird ihnen wohl nicht übel werden?«

»Bevor sie zum Markt kommen, werden sie sich schon herausmachen.«

Bis zum Markt waren es gute drei Stunden, so machten wir uns sehr früh auf den Weg. Im Osten kündigte sich schon der Sonnenaufgang an, die Himmelsröte aber überhauchte erst die höchsten Gipfel der Karawanken. In den Tälern lag schwerer Nebel, aus dessen Schwaden verschlafene Hügelkuppen ragten. Das bedeutete einen schönen Tag.

Der Vater nahm seine Tschedrapfeife, ich einen schön verzierten geschnitzten Knüppel, den ich mir eigens für den Markt angefertigt hatte. Als ich in den Stall trat, war bereits alles auf den Beinen. Das Vieh ahnte, daß etwas Besonderes bevorstand. Als die Ochsenketten aufklirrten, steigerte sich die Unruhe. Die beiden Ochsen umfingen noch ein letztesmal mit ihrem Blick den dämmerigen Stall. Am anderen Ende muhte die alte Bavha mit wehmütiger Stimme auf. Sie hatte Jirs geboren, aber sie kannten sich schon lange nicht mehr als Mutter und Sohn. Jetzt fühlte sie den Ernst des Augenblicks. Jirs antwortete ihr sofort mit einem lang gedehnten Klageruf, worauf der ganze Stall in ein herzzerreißendes Abschiedstrompeten einfiel.

Die Familie versammelte sich im Hof, um von den Ochsen Abschied zu nehmen. Breitbeinig standen sie da, schnüffelten hastig mit den Nüstern und witterten in die Ferne, als ob sie fremde Luft ahnen könnten. Die Mutter erflehte, Weihwasser sprengend, Glück und Segen.

»Ihr Hascher, so lang habt ihr uns das Brot verdient, nun geht ihr . . .«

»Vielleicht wird sie niemand kaufen wollen!« versuchte sie mein achtjähriger Bruder zu trösten.

»Für wieviel, hast du gesagt?« fragte sie der Vater.

»Unter drei gib sie nicht her!«

»Anbieten werde ich sie mit dreieinhalb!«

Die Familie schaute uns nach, als wir den Hügel hinter dem Haus hinaufstiegen. Als wir oben angekommen waren, schrie uns die Mutter nach:

»Unter drei gib sie ja nicht her! Sonst verkaufen wir lieber die Bavha!«

Über den Hügel führte bis zur Hauptstraße ein Abkürzungsweg durch die Wälder an Berghuben vorbei. Um uns her erwachte der junge Frühjahrsmorgen. Die ersten Vögel wurden laut, ein feuchtes Flattern huschte durch das Geäst, irgendwo im tiefen Wald schrie eine Eule. Tief über den Weg hingen Äste, bedeckt mit Rauhreif. Darunter verbargen sich die ersten Knospen der erwachenden Natur. Je tiefer wir ins Tal kamen, desto stärker entfaltete die Natur ihr Leben. Von den Ästen tropfte der Tau, der Rasen grünte, auf den Böschungen öffneten sich die Frühlingsblumen. Die Sonnenstrahlen fegten den grauen Nebel fort, daß er sich in schattige Mulden zurückzog. Unterwegs riß der Vater einen Strauß blühender Erika ab und steckte ihn auf den Hut. In der Einsamkeit durchdachte er noch einmal vom Anfang bis zum Ende den ganzen Plan des Handels. Mir verging der einsame Weg in Erwartung der Marktgeschenke. Ich gab mich der angenehmen Gewißheit hin, vom Erlös einen neuen Anzug zu bekommen. Hiebei vergaß ich, auf die Ochsen zu achten; das war jedoch gar nicht mehr nötig, gingen sie doch selbst, als sei ihnen der Weg schon von früher her bekannt. Als wir zur Hauptstraße gelangt waren, holten wir bald die ersten Marktgänger ein. Einer der ersten war der Bauer Galuf aus unserer Pfarre. Er trieb ein Paar alter, hängebäuchiger Ochsen auf den Markt. Bei sich hatte er ein Mädchen, das in der Schule zwei Jahre vor mir war. Der Vater betrachtete Galufs Ochsen, Galuf die unseren.

»Willst sie auch verkaufen?«

»Auch, für mich sind sie schon zu schwer.«

»Schön hast sie aufgepappelt.«

»Deine sind schwerer als meine.«

Auch andere Marktleute betrachteten mit Wohlgefallen unser Paar, daß ich mit stolzgeschwellter Brust vor der Mitschülerin angab:

»Unsere sind schöner als eure!«

»Aber unsere sind größer!«

Bald holten wir noch eine zweite Gruppe Bauern ein, von denen auch einige Vieh vor sich hertrieben. Unter ihnen erkannte ich den Zadih, einen Kuhmakler. Alle Marktgänger hatten Blumensträuße auf ihren Hüten. Galuf hatte weiße Veilchen aufgesteckt, ein anderer Schneerosen, mein Vater trug Erikablüten, Zadih und noch einer gewöhnliche Tannenzweiglein. Danach konnte man erkennen, aus was für einer Gegend der Marktgänger kam: ob aus dem Tal oder von der Alm, ob von kargen oder fetten Böden. Später sah ich auf dem Markt Leute aus wärmeren Gegenden, wie jene aus der Steiermark, die Pfirsichblüten, Weiden mit Blütenkätzchen und Kirschblüten trugen.

So ging es die breite Straße entlang unter unaufhörlichen Spekulationen über den Markt, über die Saatzeit. Der Vater stopfte ununterbrochen Tabak in seine Pfeife. Das große Wort aber führte Zadih.

»Wieviel haben deine?« fragte er den Vater.

»Hab' sie noch nicht gewogen.«

»Viel über zehn haben sie nicht.«

»Sie werden gegen elf haben«, widersprach jemand. Der Vater sah finster drein und schwieg.

»Wie hoch wirst du sie anbieten?« drängte Zadih weiter.

»Weiß ich noch nicht, ich kenn' den Preis nicht«, log der Vater.

»Wenn du zweieinhalb dafür bekommst, kannst du dir alle Finger ablecken.«

Galuf widersprach ihm:

»Wenn der Deutsche kommt, werden wir sie los wie den Honig.«

»Aber der Deutsche kommt nicht! Was erzählt ihr mir da? Ich bin auf jedem Markt und kenne die Lage. Auf der deutschen Seite war voriges Jahr Dürre. Der Deutsche hat selber zuviel Vieh. Der Wallische hat die Grenze gesperrt, der Jude ist nicht da, und ohne ihn ist der beste Markt für die Katz'. Dann wird sich noch der Steirer herandrängen, und wo der ist, hat das Vieh keinen Preis. Heut' vor acht Tagen hat der Steirer ganze Herden in Drauburg aufgetrieben.«

»Das ist leeres Händlergerede«, schnitt ihm Galuf die Rede ab.

Der Vater zog mit leerem Blick an seiner Pfeife. Ich merkte, daß Zadihs Worte ihn unangenehm berührten. Mir krampfte sich das Herz zusammen, und schon sah ich meine Hoffnungen auf einen neuen Anzug und auf die Marktgeschenke in den Abgrund einer häßlichen, unbekannten Welt versinken.

Zadih verschwand bald.

Nach einiger Zeit ergoß sich aus unserem Bavh ein wahrer Sturzbach schwarzbrauner Brühe, so daß es nach allen Seiten spritzte. Haferkörner blitzten darin auf.

»Hahaha!« grinste Galuf geheimnisvoll.

Der Vater kratzte sich hinter dem Ohr.

»Einen Zentner Dreck haben die in sich!« meinte boshaft ein weiterer Marktgänger.

»Schau lieber deine an!« wehrte sich der Vater. Galufs Paar war auch wirklich unglaublich vollgestopft. Die Ochsen kamen kaum vom Fleck.

»Auf einem so langen Weg scheißt sich das Vieh aus«, meinte der Marktgänger.

Galuf blinzelte dem Vater zu:

»Nur daß ich das anders anstelle ... Der Lecke misch' ich immer Ruß dazu. Und das hält ...«

Beide lachten laut heraus.

»Das macht man nur, damit das Vieh nicht zu sehr aushungert. Die ganze Welt gaunert, warum sollen wir nicht auf uns schauen, wo wir so hart schinden müssen ...«

Inzwischen waren wir in eine enge Schlucht gekommen. An der Straße und am Bach hielten hohe Felsen

Wache. Die steilen Böschungen waren unbesiedelt und mit dunklem Strauchwerk bewachsen. Die Schlucht atmete geheimnisvoll, aus irgendeinem Grund war mir beklommen zumute. Ich drückte mich ängstlich an den Vater. Doch auch den erwachsenen Marktgängern merkte man den Eindruck an, den die einsame Umgebung auf sie machte. Sie wurden schweigsam und kauten gedankenversunken an ihren Pfeifen. Über der Straße stand, zwischen Felsen gezwängt, ein gemauertes Kreuz mit trockenen Blumen. Vor dem Kruzifix flackerte das ewige Licht.

Die Marktgänger lüfteten ihre Hüte. Als wir das Kreuz schon hinter uns hatten, sagte der Vater zu mir:

»Hier sind viele Leute ums Leben gekommen.«

»Was...?«

»Hier haben in alten Zeiten Räuber den Marktleuten und Verkäufern aufgelauert.«

Ich beschleunigte meine Schritte.

Auf der Straße wurde es lebhafter. Von den Hängen eilten Marktbesucher mit Rindern und Schafen, Wagen mit wohlgenährten Besitzern und stattlichen Bäuerinnen ratterten an uns vorbei.

Neue unbekannte Eindrücke stürmten auf mich ein: die Umgebung, die Straße, der Deutsche, der Jude, der Wallische, das Räuberkreuz, die Maut. All das zog mich vollkommen in seinen Bann, so daß ich darüber die Ochsen gar nicht mehr beachtete.

Eine übermütige Stimmung bemächtigte sich allmählich der Marktgänger.

»Wird schon werden...«, munterten sie einander auf.

»Verspricht gut zu werden...«

Der Keuschler Janet aus unserer Pfarre jagte ein Paar Jungochsen im Joch vorbei. Sie waren klein und schwächlich, dem Joch kaum gewachsen. Sofort fielen die übermütigen Marktgänger über ihn her:

»Wieviel über zehn haben sie denn?«

Janet schwieg.

»Paß auf, daß sie dir nicht durch das Joch entschlüpfen!« schrie ihm Galuf nach. Als er schon hinter der Biegung verschwunden war, meinten einige noch:

»Tierschinder!«

Janet hatte eine kleine Keusche und lebte von Fuhren aus den gräflichen Wäldern.

Unser Tal ging allmählich in ein anderes, breiteres über, aus dem auf einem Hügel eine mächtige Burg aufragte. Schon von weitem bemerkten wir einen ununterbrochenen Zug von Vieh, Wagen und Menschen, der sich die Talstraße entlang wand.

Auf unserer Straße muckte man auf:

»Die Steirer . . .«

»Schau, ganze Herden treiben sie . . .!«

»Ich sehe. Das beste wäre, wir kehrten um . . .«

Der frühere Übermut war plötzlich verschwunden. Der Vater zog die Stirn in Falten. Beim Anblick der Steirerstraße zerfielen seine Pläne zu Staub. Auch ich wurde von seinem Kleinmut angesteckt.

Doch jetzt war keine Zeit zum Überlegen. Die Prozession der Marktgänger auf der Straße hatte uns schon aufgesogen. Der allgemeine Tumult erstickte die unangenehmen Gedanken. Ich hatte mich noch gar nicht richtig besonnen, da standen wir schon vor der Draubrücke, mitten in einem riesigen Gedränge.

»Maut . . .«

Vor der Hütte sahen wir uns zwei beleibten Herren und zwei Gendarmen gegenüber.

Der Vater mußte die Brückengebühr bezahlen.

»Das Räuberkreuz . . .«, seufzte es im Gedränge auf.

Darauf verschlang uns der reißende Strom, der sich über die Brücke ergoß. Seine halsbrecherische Schnelligkeit ließ mich meine Neugierde an der hellen, wallenden Wasserfläche der Drau nicht stillen. Ich konnte nur einige Worte aus der Umgebung auffangen:

»Der Deutsche kommt nicht, die Drau ist noch nicht braun, der Schnee schmilzt noch nicht im Oberland.«

Jenseits der Drau ergoß sich der Strom in den breiten See des kreischenden und bunten Marktes von Menschen, Tieren, Verkaufsbuden und Auslagen, in dem es zischte, trompetete, muhte und quietschte. Der Menschenstrom zog uns zum eigentlichen Markte hin. Vor dem Eingang wieder Herren in vornehmen Röcken und Gendarmen mit Bajonetten.

»Die Marktgebühr . . .«

Der Vater mußte wieder zahlen.

»Räuberkreuz . . .«, höhnte es neuerdings vom Himmel herunter.

Erst beim zugeteilten Standplatz atmeten wir auf.

So kam ich zum erstenmal in meinem Leben auf den Markt, wo ich meine frühesten bitteren Eindrücke aus dieser Welt empfing. Einer Welt, die ich mir von weitem, von unserem einsamen Hügel aus, glänzend und gut vorgestellt hatte, ganz so, wie der sonnige Horizont der bläulichen Ferne war, von einem geheimnisvollen Schleier verhüllt. Bis zu dieser Zeit hatte ich nämlich die Grenzen der heimischen Pfarre noch nicht überschritten. Der Gang zu Kirche und Schule war mein längster Weg gewesen. Aber schon mein erster Schritt über diese Grenze machte meine taufrische Jugendphantasie zunichte und ließ mich eine ganz andere Welt und ein ganz anderes Leben erkennen.

Auf dem Marktgelände banden wir unsere Ochsen neben den Galufschen an. Galuf ging bald fort, um — so sagte er — zu sehen, wie die Lage sei. Der Vater aber ließ sich mit rauchender Pfeife auf dem Holzzaun nieder und wartete auf einen Käufer.

Ich gaffte indessen umher. Auf den Markt war ich mit dem siegreichen Bewußtsein gezogen, daß alles geschehen werde, wie wir es wünschten: daß sich das Geschäft ganz von allein machen werde. Schon unterwegs fiel in diese hoffnungsvolle Stimmung ein bitterer Tropfen der Erkenntnis; auf dem Markt selber aber wuchs diese Erkenntnis wie eine Lawine an. Ich hatte erwartet, daß Käufer den Vater gleichsam belagern würden, jetzt aber erkannte ich, daß der Vater und ich mit unseren zwei Ochsen in diesem Lärm vollkommen übersehen wurden. Leute drängten an uns vorüber, schreiend oder in Gedanken versunken, aber niemand nahm Notiz von uns. Jirs und Bavh, die mir bis dahin als die zwei prächtigsten Ochsen auf der Welt erschienen waren, wurden plötzlich zu unbedeutenden Wesen, die niemand beachtete. Der Marktlärm, der mir im Kopfe dröhnte, berührte immer weniger mein Herz. Schließlich begann ich zu frieren und voller Kleinmut schob ich mich zwischen die Ochsen, um mit ihnen das Schicksal zu teilen und mich vor der Welt zu verbergen. Meine einzige Genugtuung war, daß auch Galufs Ochsen niemand kaufte, obwohl sie etwas größer als unsere waren.

Der Vater sprach sich mit tonloser Stimme Mut zu.

»Ist noch zu früh, der richtige Käufer ist noch nicht da!«

Inzwischen kehrte Galuf zurück.

»Der Wallische ist nicht da, der Deutsche ist gekommen, aber er kauft noch nicht!«

»Wie steht's?« fragte der Vater.

»Bis jetzt alles Scheiße!«

Dann verschwand Galuf wieder, kehrte jedoch bald mit der Neuigkeit zurück:

»Der Krainer ist da!«

»Dann wird's einen schlechten Markt geben!« mischte sich der Verkäufer ein, der auf unserer Seite angebunden hatte. »Der Krainer zahlt schlecht.«

Mittlerweile tauchte der erste Käufer auf.

»Wieviel?« fragte er auf zwei Schritte Entfernung.

»Dreieinhalb!«

Der Käufer lächelte spöttisch, drehte sich um und ging weiter. Vaters Pfeife knirschte. Jemand, der daneben stand, sagte:

»Werdet's müssen ein bißchen senken.«

Dann polterte Zadih herbei.

»Werdet's müssen wieder nach Haus treiben, der Jud ist nämlich noch nicht gekommen!«

Schadenfreude stand ihm im Gesicht.

»Werden wir halt treiben!«

Zwischen den Viehständen brauste es auf:

»Der Deutsche kommt . . .«

Der Vater sprang vom Zaun und stellte sich zu den Ochsen. Mit angehaltenem Atem bemerkte ich, wie sich eine Gruppe von Käufern in grünen Röcken näherte. Einer von ihnen war hoch gewachsen und rotwangig und hielt einen Knotenstock in der Hand. Aber die Gruppe machte nirgends halt, und es schien mir, daß sie unser Paar nicht einmal eines Blickes gewürdigt hatte. Das verstärkte nur noch meinen Kleinmut. Das ist also der Deutsche . . .

Allmählich verschwand auch der Vater irgendwo auf dem Markt. Vor dem Weggehen hämmerte er mir ein, ich sollte von den Käufern dreieinhalb verlangen. Ich blieb mit dem Mädchen vom Galuf allein zurück. Die hatte schon irgendwo Zuckerln bekommen und naschte davon. Sie gab auch mir eine Handvoll und fragte:

»Wieviel wirst denn Trinkgeld bekommen, wenn ihr verkauft?«

Zum erstenmal in meinem Leben hörte ich das Wort Trinkgeld. Daher mußte sie es mir erklären.

»Ich bekomm einen Zehner.«

»Ich aber einen Anzug«, wollte ich wichtigtun.

»Das ist nicht dasselbe wie Trinkgeld. Trinkgeld gibt es extra!«

Es schien mir seltsam, daß der Vater nicht selbst schon dieses Recht erwähnt hatte. Kaum war er zurückgekehrt, fragte ich ihn danach. Der Vater machte ein saures Gesicht, als wollte er sagen: Wer hat dir denn das bloß aufgebunden? Nun mischte sich Galuf ein:

»Wir werden sehen, wenn wir verkaufen!«

Die Zeit eilte, und wir hatten noch keinen Käufer. Der Vater konnte es auf dem Standplatz nicht mehr aushalten. Immer wieder besah er sich den Markt und kehrte unruhig zurück.

»Flau, flau . . ., nichts los . . .«

Auch die anderen Marktgänger stimmten ein:

»Flau, flau . . .«

Der Lärm steigerte sich, die Atmosphäre war gespannt unter der brütenden Sonne. Da und dort brandete ein wildes Gezank auf, besonders bei den Kühen, wo die Steirer handelten.

Zwei Käufer interessierten sich indessen für unser Paar. Einer schlug nur ganz kurz mit dem Stock über ein Hinterteil, winkte mit dem Kopf ab und verschwand wortlos. Der zweite fragte um den Preis. Als er ihn erfahren hatte, sagte er:

»Wenn ihr zweieinhalb bekommt, dann dankt Gott.«

Dann hatten wir Ruhe vor den Käufern. Der offensichtliche Mißerfolg hatte den Vater stark betrübt. Er wurde ganz grau im Gesicht. Galuf aber zeigte sich nicht bedrückt. Natürlich, er stand fester; er hatte den Stall voll Rinder, und die Verhältnisse bedrängten ihn nicht so sehr. Er hatte nur zu wenig Futter.

Um unseren Stand versammelte sich eine Gruppe von Verkäufern und besprach die Lage.

»Das müßte anders geregelt sein. Das Vieh müßte von einer Hand gleich in die andere wechseln, ohne Zwischenhändler . . . Die Zwischenhändler tragen an allem Schuld.«

Sie verwünschten die Herrenleute und ihre Zutreiber.

»Schaut«, sagte der Vater, »ich bin ein armer Pächter und habe, wenn's gut geht, alle drei Jahre einen Schwanz zu verkaufen. Jetzt bin ich da, hab die Viehpässe gekauft, die Brückengebühr bezahlt, die Marktgebühr bezahlt, den ganzen Tag verloren, und alles umsonst...«

Feindselige Blicke blitzten unter den Stirnen. Dort am Eingang tauchten Gendarmen auf.

»Schaut euch um...«, flüsterte jemand warnend.

Alle Blicke richteten sich dorthin. Jemand rief aufwieglerisch:

»Kaj nam pa morejo... Was können sie uns denn schon antun? Wir sind es, die sie ernähren müssen!« Aber schon ging seine Stimme im Schweigen unter.

Diese Eindrücke nahmen mir nun alle frühere träumerische Hingabe an den bunten Markt. Ich begann ihn zu hassen. Am liebsten wäre ich gleich nach Hause zurückgekehrt. Der Markt hatte mich enttäuscht, hatte mich um den Osteranzug gebracht, um alle Genüsse, und diese Erkenntnis erfüllte mich mit Grimm. Unter der Last dieser Eindrücke fühlte ich mich wieder Jirs und Bavh näher verbunden, von denen ich mich unter dem Einfluß händlerischer und eigensüchtiger Gedanken schon ganz entfernt hatte. Bei all dem hatte ich vollkommen übersehen, daß schon Mittag vorbei war, und hatte den Hunger ganz vergessen. Galuf, der dem Vater und mir seine Ochsen überlassen hatte, rief mich wieder in die Wirklichkeit zurück.

»Ich muß was Warmes kriegen! Dann geht ihr zwei und ich werde aufpassen.«

Da erinnerte ich mich, daß die Mutter vor dem Weggehen dem Vater aufgetragen hatte:

»Vergiß nicht, ihm Fleisch zu kaufen!«

Bei uns zu Hause war Fleisch viermal im Jahr auf dem Tisch. Daher war es kein Wunder, daß wir es besonders schätzten. Aber selbst diesen Genuß nahm mir der Markt heute. Der Vater verschwand gleich hinter Galuf und kehrte mit einem Laib Weißbrot wieder.

»Weil wir nicht verkauft haben, wird das unser Mittagessen sein...«

Mir brach er das größere Stück ab, das kleinere steckte er in die Rocktasche, zog ein Stück Bauernbrot heraus und fing an, daran zu kauen. Bitterkeit erfüllte mich, so daß mir nicht einmal das Weißbrot schmeckte. Doch ich verstand, es mußte so sein.

Als Galuf zurückkam, hatte ich das Weißbrot schon verzehrt.

»Jetzt geht aber ihr zwei. Beim Eckwirt geben sie heute große Portionen und billig.«

»Ich geh' nicht. Wir haben was mitgehabt und schon aufgegessen...« wand sich der Vater.

Galuf schwieg vielsagend, sein Mädchen aber schleckte sich schmatzend die Lippen:

»Wir haben Schweinsbraten gegessen. Das war fein!«

Nach einer Weile brachen wir auf. Im letzten Augenblick kam noch Zadih auf den Vater zugestürmt:

»Ich hab' einen Käufer. Gib sie unter drei!«

»Geb ich nicht!«

»Du wirst es bereuen...«

Der Weg vom Marktplatz durch den Ort zog sich unendlich in die Länge. Laute Gruppen von Marktgängern verstellten den Weg, handelten auf der Straße, drängten sich vor den Verkaufsbuden und schrien. Die Krämer tobten wie wild, vor den Gasthäusern scharten sich erhitzte Trinker zusammen, aus den Wirtsstuben ergoß sich ohrenbetäubender Lärm schreiender, singender und lachender Stimmen, Musik dröhnte und gellte, die Luft war erfüllt von starkem Wein- und Bratenduft. Rinder muhten und Schläge hallten wider. Hinter dem Zaun weinte eine Bäuerin.

»Hast zu billig verkauft...«

Ein Bauer sprang über die Straße dem Käufer nach:

»Meinetwegen, ich geb' sie für zweieinhalb...«

Dann schlugen sie klatschend ein, aber schon stieß der Verkäufer einen Fluch aus:

»Ich hab's verhudelt, aber was soll ich tun ...«

Voll Verbitterung beobachtete ich das Treiben auf dem Markt, und je weiter sein Echo hinter uns blieb, um so leichter war es mir ums Herz. Auf der Brücke mußte der Vater wieder die Gebühr entrichten. Jenseits des Flusses drängte Galuf in ein Gasthaus an der Straße. In mir brannte es vor Durst, aber der Vater wehrte ab:

»Wir haben einen schlechten Tag gehabt, unterwegs gibt es gute Quellen«, beschwichtigte er mich. Schweren Herzens ging ich am Gasthaus vorbei. Ich war müde und seelisch und körperlich gebrochen. Alles Schöne war im Abgrund der Marktgaunerei geblieben. Langsam kehrte ich ins alte Gleis zurück, allmählich fand ich mich mit dem Gedanken ab, daß wir nach Hause trieben, zog unklare Schlüsse und stellte neue Hoffnungen auf, suchte einen neuen Ausweg.

»Vielleicht haben wir auf dem nächsten Markt mehr Glück ...«

Die Straße, anfangs noch voll von Marktgängern, wurde immer leerer. Die einzelnen Bauern zweigten links und rechts ab und verloren sich bergan auf den Hügeln. Schließlich blieben wir mit Jirs und Bavh mitten auf der Straße allein. Die Ochsen waren lebhaft und man merkte ihnen an, daß sie mit Freuden zurückkehrten. Wir konnten kaum mit ihnen Schritt halten. Wiederum holte uns Janet ein, nun aber mit den Ketten über der Schulter. Er hatte verkauft. Noch einige andere Marktgänger klirrten und läuteten selbstbewußt mit dem Beweis ihres Marktglückes.

»Wieviel hast du bekommen?«

Janet blieb die Antwort schuldig und wollte sich drücken. Aber Galuf schrie:

»Warte, du wirst doch einen Liter zahlen beim Unteren Wirt, hast doch verkauft.«

Janet blieb ungern in der Gesellschaft, aber er blieb. Als wir aber beim Unteren Wirt zukehrten, kniff er heimlich aus.

»Geizhals!« schmähten sie hinter ihm her.

Wir banden die Ochsen am Zaun fest und gingen trinken. Das Gasthaus war voll von Marktleuten.

Beim Unteren Wirt aber geschah das, was niemand erwartet hatte. Dort waren auch die Talbauern, die sich für unsere Ochsen zu interessieren begannen. Plötzlich fingen sie mit dem Vater zu handeln an. Dieser war jetzt etwas nachgiebiger und setzte den Preis gleich auf drei herunter. Das ganze Gasthaus mischte sich in den Handel.

»Drei kriegst nicht, hast ja gesehen am Markt.«

»Aber schön sind sie, wie eigens zum Mästen!« prahlte der Vater.

Man sprach hin und her. Bekannte redeten dem Vater zu, den Preis nachzulasssen. Der wehrte sich mit heiserer Stimme um jeden Kreuzer, als würde ihm jemand die Seele aus dem Körper zerren, rechnete an den Fingern, schlug ab, rutschte dann auf zweihundertneunzig und blieb halsstarrig dabei.

»Ich kann nicht«, stöhnte er.

Der Talbauer bot zweihundertachtzig.

»Weil sie mir gefallen. Auf dem Markt hätte ich sie für zweihundertsechzig bekommen!«

»Dann bleibt mir nichts. Wie werde ich andere kaufen?«

»Auch du wirst billigere bekommen!«

Der Vater dachte, dachte.

»Meinetwegen! Aber ein Zehnerl Trinkgeld dem Buben und einen Liter Wein zahlen Sie.«

Sie schlugen ein.

Mir drehte sich alles im Kopf. Es geschah, was ich nicht erwartet hatte, Schwermut überlief mich jetzt. Die Ahnung, die sich in Vaters Gesicht offenbarte, daß er um solchen Preis nur unter dem Druck der Umstände verkauft hatte, beunruhigte mich nicht so sehr wie die Gewißheit, daß es nun doch Abschied nehmen hieß von den geliebten Ochsen. — Dann geschah alles sehr schnell. Dem Vater zählte man das Geld vor. Er besah es sorgfältig, Papier auf Papier, befühlte es mit seinen rauhen Fingern und schob zitternd den ganzen Stoß Banknoten hinter das Hemd.

»Wünsch viel Glück! Ist gutes Vieh!«

»Sind ehrlich bezahlt!« beteuerte der Talbauer. »Bei mir werden sie Klee fressen, und im Herbst werde ich sie nach Klagenfurt verkaufen.«

Wir tranken noch einen Liter Wein und machten uns auf den Weg. Draußen dämmerte es schon im Tal. Die Ochsen warteten ungeduldig auf den Heimgang und ahnten nicht, daß inzwischen im Gasthaus über ihr Schicksal entschieden worden war. Der Vater band die Ketten los, die nun ich über meine Schultern hängte, und band ihnen die Stricke des Käufers um die Hörner. Die Ochsen streckten neugierig den Kopf aus und schlappten mit den Zungen. Darauf tätschelte sie der Vater auf die Schenkel.

»Das ist euer neuer Herr!« stellte er den Talbauer vor.

»Wie heißen sie?«

»Der graue ist Jirs, der weiße Bavh!« erklärte ich.

Das war alles, was ich hervorbringen konnte. Es ging mir wahrhaftig ans Weinen. Schnell drehte ich mich weg, um nicht ihre Augen zu sehen, dann stürzte ich hastig dem Vater nach, um so rasch wie möglich hinter der Biegung zu verschwinden. Hinter uns stieg das dröhnende Brüllen der verkauften Ochsen auf und zerrte an meiner Seele.

Bei voller Dämmerung trennten wir uns von den letzten Marktgängern und stiegen von der Straße die Hügel hinauf. Waldungen umschlossen sanft die Höhen und

Hänge, darin sich noch nicht das Leben der Frühjahrs-
nächte regte, nur die Kühle des niedergehenden Reifes
erfüllte sie. Durch das Geäst blickte der klare, helle,
blaue Himmel mit seinen blassen Sternen. Im Osten
leuchtete der Mond auf und mehrfach unterbrach sein
fahler Schein die geheimnisvollen Schatten der Waldes-
schluchten, aus denen das Klirren der Ketten grausig
widerhallte.

Wir sprachen den ganzen Weg kein Wort. Der Vater
hüllte sich in ernstes Schweigen, doch seine Hand, die
hie und da durch die Nacht fuhr, bezeugte, daß ihn
schwere wirtschaftliche Sorgen bewegten. Mir schnürte
der Friede des Waldes die Kehle zu, so daß sich meine
Gefühle und Gedanken nicht Luft machen konnten.

Als wir die Anhöhe erstiegen hatten, hinter der unser
Anwesen lag, eröffnete sich uns ein wundervoller Anblick: alles, was unsere Augen erfassen konnten, war
von einem zarten Schaum fahlen Mondscheins bedeckt.
Darin zeichneten sich die tiefen Krümmungen der Tal-
senken ab, in denen schon dichter Nebel lag, hingebrei-
tet über die Wellen des bewachsenen Hügellandes. Zur
Rechten hin sank alles mählich in eine breite, schlafen-
de, nebelige Ebene ab — dort war das Jauntal. Vor uns
erhob sich die ungeheuerliche Wand der Karawanken
mit ihren Schründen, Klüften, Abgründen und drohenden Zacken, die von Schnee umhüllt in die Nacht glänzten. Der Mondschein zauberte uns die volle Gestalt dieses Gebirgsungeheuers so nahe vor die Augen, daß wir
mit ausgestreckter Hand seine Brust zu erreichen meinten. Doch das war nur Schein. Wir hielten den Schritt
an, damit sich unsere Augen satt sehen könnten an
dieser breiten und tiefen Schale voll geheimnisvoller
Reize. Dann kam es ganz plötzlich aus mir:

»Jetzt werde ich zu Ostern einen neuen Anzug bekommen ...«

Da kam es aus dem Vater:

»Der Preis hat ihn dir weggeschnappt.«

Es war mir nicht ganz klar.

»Schau! Die Ochsen haben nicht so viel ausgemacht, wie ich früher gedacht hab. Möglich wär's noch, wenn ich Glück hätte und auch die neuen Jungochsen billig bekäme. Der heutige Markt war ein schlechter Anfang. Bis zum nächsten kann alles anders werden, inzwischen kann der Preis wieder steigen. Die Pacht, die Feuerversicherung aber bleiben gleich, sie kümmern sich nicht um den Preis. Der Preisunterschied wird kaum reichen, das zu verstopfen...«

Mir wurde kalt. Die Karawanken neigten sich ganz über uns. Einen letzten Hoffnungsschimmer sah ich noch:

»Wer macht den Preis...?«

»Wer das Geld hat...«

»Kann man ihn nicht erschlagen...?«

»Es sind die Herrenleute...«

Mein Mut sank sofort, als ich das Wort »Herren« hörte. Was ich mir unter diesem Wort vorgestellt hatte, war es, wogegen sich der erste Haß meiner jungen Seele auflehnte... Graf, Förster, Gendarm, Beamter... In enger Verbindung, halb unbewußt, wähnte ich unter ihnen noch den Geistlichen, den Lehrer, obwohl mir die Eltern diesen Ständen gegenüber Ehrfurcht eingebleut hatten und obgleich sich das beinahe gegen die Existenz Gottes richtete. Ich empörte mich abermals:

»Aber wir sind mehr als die Herren...«

»Wir halten nicht zusammen!«

Ich verlor mich in unklaren, bitteren Überlegungen und im Gewirr jener seltsamen, hundertfach vermengten Begriffe, denen ich nicht auf den Grund kommen konnte. Doch in der Tiefe meines Herzens wurde eine neue Saite unbewußten Hasses angeschlagen. Ich erkannte einen neuen Feind, ich hatte ihn heute am eigenen Leibe erfahren. Jenen, der den Preis macht und der mir vielleicht den Anzug weggeschnappt hatte, mir und den anderen Kindern... Aus den ungeheuerlichen Schatten der Karawanken trat eine abscheuliche Gestalt mit aufgerissenen, stinkenden geifernden Kiefern. Das märchenhafte Mondlicht war im Abgrund versiegt...

Anstatt siegreich mit den Ketten über den Schultern zu Hause an die Tür zu scheppern, wie ich es mir am Morgen vorgestellt hatte, näherte ich mich mit dem Vater leise und geduckt dem Lichtlein, das uns schon lange durch das Hausfenster entgegenleuchtete. Mutter und Großmutter waren noch auf. Den Vater drückte die Sorge, daß er die Ochsen zu billig hergegeben hatte. Deshalb zog er gleich ohne Einleitung das Geld hervor und gab es der Mutter.

»Da ist, was ist.«

Das hoffnungsstrahlende Gesicht der Mutter wurde unruhig. Ohne das Geld anzusehen, fragte sie schonend:

»Wie war es?«

Der Vater berichtete alles in kurzen Worten. Die Mutter und die Großmutter versuchten ihre Enttäuschung zu verbergen, es gelang ihnen aber nicht. Deshalb wurden wir nur noch kleinmütiger. Das Abendessen schmeckte uns nicht, obwohl wir ausgehungert waren.

»Einen schlechten Markt bringt ihr mit«, seufzte die Mutter.

Wie ein begossener Pudel legte ich mich zur Ruhe. Nachts plagten mich scheußliche Träume, so daß mich die Großmutter einige Male wachrütteln mußte. — Alles war so gekommen, wie wir es befürchtet hatten.

Schon am nächsten Donnerstag ging der Vater auf den Markt ins Steirische. Und wie zum Trotz wimmelte es dort von Käufern, der Preis schoß in die Höhe, und für Jungochsen, die um drei Zentner weniger wogen als Jirs und Bavh, mußte er über zweihundert zahlen. Es war allgemein die Rede davon, daß der Preis noch steigen würde, und unter diesem Druck kaufte sie der Vater

— mit Verlust. Ohne Ochsen konnten wir nicht sein. Der Gewinn reichte kaum für die Pacht. Für die Feuerversicherung langte er nicht mehr. Noch weniger aber für Kleider und andere Erfordernisse... Am Ostersonntag, da alles in neuen Kleidern glänzte, drückten wir uns in unseren alten, zerschlissenen, zu engen Kleidern herum...

2

Der Häftling Til Oplaz, ein Bauernbursch von zwanzig Jahren, verstummte für einen Augenblick und drehte sich auf der Pritsche um, daß die Bretter ächzten. Der feuchte Dunst der Zelle hatte den beißenden Stallgeruch noch nicht aufgesogen, der von ihm ausging. Am frühen Morgen wurde er in die vollgepferchte Zelle gesteckt — zerfetzt, stoppelbärtig, zerschlagen, voller Beulen und mit blutunterlaufenen Augen. Er war so schwach, daß er gleich neben der Tür an der Mauer zusammengesackt war. Man konnte ihm ansehen, daß er verdroschen worden war. Die Häftlinge machten ihm Platz auf der Pritsche. Sie holten einen Landstreicher von dort herunter. Er war der elfte Bewohner der Zelle, die amtlich nur für vier Personen bestimmt war und auch nur so viele Plätze auf den Pritschen hatte. Die übrigen hockten auf dem angespuckten Boden herum. Zwei waren Diebe, zwei Landstreicher ohne Papiere, ein Betrüger, ein Gewalttäter, vier Kommunisten und er — der Totschläger.

Seine dunklen, rebellischen Augen hatten während seiner Erzählung unheimlich gestrahlt. Nun blickte er sich in der engen Zelle um, wie wenn er aus einem schweren Traum erwacht wäre:

»Also ist es doch wahr...«

Die engen Wände, die Decke, das Gitterfenster, alles schien zu antworten:

»Wahr, Kamerad...«

Alle zehn Paar Augen bestätigten ihm:

»Es besteht kein Zweifel, Freund...«

Tils Augen wichen vor dem widerwärtigen Bild zurück. In der Zelle war es still. Die Häftlinge auf den Pritschen und auf dem Boden waren noch unter dem Eindruck seiner ergreifenden Erzählung. Die Leidenschaft seiner Stimme, ihr aufrührerischer Klang, das Strahlen seiner Augen, sein hastiges Atmen fesselten sie noch immer an die sonst eintönige Geschichte. Sie wurden aus den engen Wänden ins Leben versetzt, zurück in die eigenen Jugenderlebnisse, die verschüttet lagen unter der Schicht ihrer Lebenskämpfe.

»Und warum seid ihr hier?« fragte er nun, als hätte er sich von einer Last befreit.

»Wir sind wegen der Politik...« erwiderten die Politischen.

»Was habt ihr getan...?«

Dann gingen ihm die Augen auf:

»Das seid ihr...!«

Ein Schatten schwerer Gedanken legte sich auf seine schweißnasse Stirn. Nach einiger Zeit blitzte es in seinen Augen auf und mit verkrampfter Stimme sagte er:

»Dann bin auch ich kein Totschläger...!«

Plötzlich überkam ihn ein Gefühl von Zuneigung und Vertrauen.

Die Zellenwände verloren ihre Enge. Ein Bild von bisher unbekannten, unsagbaren Ahnungen erstand:

»Erzähl zu Ende...!«

3

Warum erzählte ich euch alles lang und breit? Damit ihr den zweiten Teil meiner Geschichte leichter verstehen könnt. Was der Mensch in jungen Jahren erlebt, was einem im Kindesalter geschieht, bleibt beim Erwachsenen bestimmend. Daraus wachsen seine Neigungen und Taten. Wenn einer in jungen Jahren für etwas Liebe oder Haß entwickelt, bleibt es in ihm und zeigt sich später immer wieder in dieser oder jener Form. Was der Mensch dazulernt, wächst am liebsten auf der Grundlage dessen, was er in der Jugend gelernt hat.

Ihr sollt nicht denken, ich sei ein Schriftgelehrter. Ich war wohl sechs Jahre in der Schule, aber später hatte ich keine Zeit, mich mit Büchern zu beschäftigen. Bei uns zu Hause gab es nur harte Arbeit. Der Vater bekam im Pfarrhof ein Wochenblatt, solange wir Geld hatten, aber jetzt sind wir schon zwei Monate ohne Zeitung. Vielleicht hätte ich mich später weitergebildet wie die anderen, die in der Fabrik Arbeit fanden, aber ich wuchs eben damals auf, als die Wirtschaftskrise anfing. Ich mußte zu Hause bleiben und noch zufrieden sein mit dem, was die Hube hergab. Deshalb bin ich halt, wie ich bin.

Nach dem Krieg kamen Agenten aus der Stadt zu uns und erklärten, wir bekämen die Hube in unseren Besitz, wenn wir uns bei ihnen organisierten. Der Vater ließ sich beim Agrarverband organisieren und zahlte dort fünf Jahre lang Beiträge. Dafür erhielten wir Flugblätter. In jenen Jahren hofften wir immerfort, die Hube als Besitzer zu übernehmen.

Der Vater zahlte nur ungern den Pachtzins, wir vernachlässigten die Arbeit für die gräfliche Herrschaft und arbeiteten lieber auf eigene Faust dort, wo wir mehr verdienen konnten. Den Verwalter und die Jäger schauten wir schief an, sobald sie von irgendwoher auftauchten. Zu jener Zeit waren sie auch sehr demütig. Später aber, als aus dem Versprechen der Grundaufteilung nichts werden sollte, wurden sie wieder überheblich. Nach fünf Jahren begannen gerade einige Führer derselben Organisation Unterschriften dafür zu sammeln, daß die Pächter lieber Pächter blieben, da sie den Grunderwerb ohnehin nicht bezahlen könnten. Einer von ihnen durfte dann zwei Jahre im gräflichen Wald schlägern, und als die Korruption auf der Gemeinde abgeschafft worden war, wurde er zum Bürgermeister ernannt.

Wir und noch mehrere andere Pächter unterschrieben nicht. Wir sagten:

»Was nützt uns die Hube, wenn wir sie bezahlen müssen? Auf diese Weise wird sie nie uns gehören. Die Zinsen für das Darlehen werden mehr ausmachen als der Pachtzins...«

Wir spürten die Krise sehr früh. Bald gerieten wir mit dem Pachtzins in Verzug. In den Wäldern gab es immer weniger Arbeit. Schließlich steckten wir bis zum Hals in Schulden — bei der Steuerbehörde, der Gemeinde und auch beim Kaufmann. Dann fielen die Preise für das Vieh, und wir errechneten, daß es die Schulden nicht mehr deckte.

Wir nahmen das Los auf uns:

»Wenn sie uns auf den Huben lassen, werden wir schon leben...«

Wir fühlten, daß wir vielleicht etwas erreichen könnten, wenn alle zusammenhielten, aber das war nicht so.

Nach den Pächtern und Keuschlern spürten den Druck nun auch die Bauern. Solange es noch irgendwie weiterging, gab es unter uns überhaupt kein Gemeinschaftsgefühl. Als wir aber ganz unterm Hund waren, regte es sich.

Wir waren zusehends unzufriedener, konnten uns aber nicht helfen. Einige hielten noch immer zu irgendwelchen Führern, obwohl ihnen niemand so recht glaubte. Allmählich aber erkannten alle, daß jemand fehlte, der uns den Weg zeigen würde. Vielleicht gab es diesen Weg irgendwo, und wir sahen ihn nicht... erreichten ihn nicht...

Anfangs hatten wir Angst, über die Verhältnisse zu sprechen. Jeder versteckte seine Schwierigkeiten, jeder Bauer schämte sich wegen seiner Schulden. Aber diese Scham und diese Angst schwanden allmählich. Vor der Kirche hörten wir mit Verachtung und einer Art Genugtuung die immer längeren Ausrufungen der Konfiskationen und Pfändungen.

»Auf Rebra Nummer fünf Kuh mit Kalb, Nummer elf Stier, Nummer zwölf Ochse! ... Auf Pristava Nummer eins Kutsche, Nummer zwei Pferd, Nummer fünf Wagen, Nummer sechs Schwein mit Ferkeln, Nummer zehn Nähmaschine ... Im Hudi-Graben Nummer sieben drei Faß Most, Nummer neun Heu und Stroh, Nummer dreizehn ein Paar Ochsen.«

Die Zuhörer grinsten verbissen:

»He, Babin, ist bei dir Nummer fünf? ...«

»Bei mir sind die Ochsen, verstanden! ...«

Das dauerte aber nur so lange, wie die Menschen zusammenblieben. Sobald sie auseinandergegangen waren, fühlten sie sich elendig: Wie geht's weiter? ...

Wie wenn alles vereinbart worden wäre, nahm niemand am Ausverkauf teil. Niemand hatte das vorbereitet, niemand hatte sich vorher abgesprochen, alles geschah wie von selbst. Die ganze Pfarre grinste den Schergen schadenfroh nach, wenn sie mit langen Gesichtern abzogen. Trotzdem wuchs die Sorge:

»Wie geht's weiter ...?« Jeder ahnte, so konnte es nicht bleiben, es müsse etwas kommen, wodurch die Sache in sich zusammenbräche ...

»Der Staat muß Geld haben!« wußte jeder. Aber niemand besaß eines.

Dann kam noch eine andere, größere Überraschung. Eines Sonntags hielt der Pfarrer eine seltsame Predigt. Zuerst sprach er von schweren Zeiten, dann begann er zu erklären, die Gläubiger würden das Geld benötigen, das Gesetz schreibe es vor, daß Schuldner ihre Verpflichtungen der Gemeinschaft gegenüber zu erfüllen hätten, denn sonst würde die Welt kopfstehen, und es gäbe schon im Diesseits die wahre Hölle. Er rief alle Pfarrkinder auf, einander mit Geduld helfend beizustehen und danach zu trachten, daß der Kaiser bekomme, was des Kaisers, und Gott, was Gottes ist.

Die Folge davon war, daß einige noch mutloser wurden und sagten:

»Jetzt kommt der auch noch ...«

Einige begannen im stillen die Schuldenlöcher zu stopfen, jedoch vergebens.

Die Ausrufungen vor der Kirche zogen sich endlos dahin. Niemand hörte mehr richtig zu. Auch boykottiert wurde weiter. Dann gab man den Besitzern die Auszüge aus dem Grundbuch, die Gläubiger begannen sich dort einzutragen. Das brachte einige in Zorn, andere in Bewegung, so daß sie heimlich begannen, die Schulden zu bezahlen. So zog sich das ein Jahr lang hinaus, nützte jedoch nichts, da alles nur auf dem Papier blieb.

Plötzlich aber verbreitete es sich wie ein Lauffeuer durch die Gemeinde:

»Auf der Gmajna hat jemand gekauft ...«

Keiner fragte, was jener gekauft hatte, was verkauft worden war. Auch das war nicht wichtig, daß die Kuh für ein Drittel des Preises verschleudert worden war. Es genügte:

»Hat jemand gekauft ...«

Der Käufer zog sich einen unbeschreiblichen Haß zu, weniger der Ausrufer.

»Der hat angefangen ...«

Der Käufer war ein Kriecher aus der Nachbargemeinde. Nach gut einer Woche hatte er einen verbundenen Kopf, die Täter wurden bis heute noch nicht ausgeforscht.

In der Nachbarschaft wurden die Fäuste kräftiger geballt, die Leute waren aufgebracht, sie erwarteten schlimme Tage, aber niemand redete darüber. Vor der Kirche machte jemand den Vorschlag, man sollte ein Gesuch an die Obrigkeit richten, um solche Dinge aufzuschieben. Die Leute entfernten sich voller Unbehagen.

Im nächsten Quartal wurden neuerdings drei Viertel der Gemeinde ausgerufen. Wir warteten mit Spannung, was geschehen würde. Auch bei uns wurden eine Kuh und fünf Schafe ausgerufen. Alles schien irgendwie unbestimmt, gewagt, gefährlich. Aus anderen Gemeinden hörte man bereits von bewaffneten Schergen, die obendrein noch von irgendwelchen Schleichern aus dem Markt begleitet wurden. Bald nannte man sie »Windbeutel«.

Vorgestern fielen sie über unsere Gemeinde her. Am frühen Morgen, als noch Nebelschwaden auf den Feldern lagen, wimmelte das Anwesen von Adermaš vor lauter Menschen. Niemand hatte uns dorthin geschickt, wir hatten keinerlei Verabredungen, aber wir alle wußten, daß wir dort zu sein hatten. Vom Adermaš zogen sie zum Kresnik, von diesem zum Povž, sodann zum Lopan, und schließlich kam unsere Hube als letzte oben auf dem Hang an die Reihe.

Beim Povž hatten einige die ganze Nacht durchgesoffen.

»Soll alles der Teufel holen!« tobte Povž und trug im Eimer Most auf den Tisch. »Noch niemals hat's so etwas bei mir gegeben. Scheiß drauf!«

So kamen einige schon besoffen zum Adermaš.

Eigentlich beabsichtigten wir gar nichts, waren aber unermeßlich wagemutig und zu Frechheiten aufgelegt. Sobald sie jedoch da waren, überkam uns ein Gefühl der Beklemmung.

»Mit Wagen . . .«

Ja, mit ihnen kamen ein paar Gespanne aus dem Markt. Die »Windbeutel« standen da wie versteinert.

Unter uns flüsterte eine aufwieglerische Stimme:

»Die nehmen alles mit, was nicht niet- und nagelfest ist . . .«

Auf dem Hof herrschte mit Spannung geladene Stille. Einer der Ankömmlinge rief nach dem Adermaš. Der antwortete gleich durchs Fenster:

»Macht, was ihr wollt, ich habe kein Geld!«

Die Pfänder gafften uns an, eine solche Menschenmenge hatten sie nicht erwartet.

Einer sagte:

»Ich mach euch drauf aufmerksam, Ruhe zu bewahren . . .«

Hämisches, giftiges Lachen war die Antwort:

»Holt ihr die Aussteuer ab . . .?«

An die »Windbeutel« gewendet, sagte jemand:

»He, ihr Drescher, das paßt gut zu euch . . .«

Die Pfänder waren an solche Begrüßungen schon gewöhnt und verzogen nicht einmal das Gesicht. Sie gingen zum Stall. Dorthin drängelten auch wir uns. Im Nu war der Streuschuppen voll, die Pfänder standen in den Eingang geschoben.

Der erste Pfänder begann auszurufen:

»Kuh, hundert Schilling, zum ersten . . .«

Grabesstille.

»Hundert Schilling, wer bietet mehr . . .«

»Hundert, ist das überhaupt ein Geld . . .?« fragte jemand.

»Niemand hat Sie etwas gefragt. Gibt es keinen Käufer?«

»Niemand wird kaufen . . .«

»Von uns keiner . . .«

Der Pfänder schrie weiter, aber seine Stimme ging unter in dem Lied derer, die sich beim Povž die Nacht ums Ohr geschlagen hatten. Ins Lied mischte sich verächtliches, provokantes Lachen . . .

Die Bedrängnis wuchs zusehends, die Stimmung wurde immer schwüler — trotz des frühen Morgens.

»Keiner . . .«

»Keiner — unter uns gibt es keinen Judas!«

»Gut, dann machen wir es selbst . . .«

Die Pfänder rückten dicht zusammen, wie wenn einer die Faust ballt, die Fuhrleute auf dem Hof klammerten sich an die Pferde. Das Geschirr knarrte und klirrte, die Tiere wieherten, jemand pfiff, alles geriet in eine schaukelnde Bewegung, und die Hitze stieg in den Kopf wie bei der Kornernte auf dem Stoppelfeld unter der sengenden Sonne.

Da fiel plötzlich ein übermütiges Lachen dazwischen. Es war die Stimme des Harmonikaspielers vom anderen Eck des Stalles.

»Wer traut sich, etwas zu tun . . .«

Der Harmonikaspieler sang:

»Den möcht ich kennen . . .«

Die Worte weckten einen ausgelassenen Widerstand. Der wurde angestachelt von Hitze und Geruch der versammelten Menschen, vom beißenden Gestank des Düngerhaufens und des Stalles. Durch die offene Tür sah man das Vieh, das mit den Hörnern in diese außergewöhnliche Szenerie fuchtelte.

Alles dauerte bereits ziemlich lange, die Menschen wurden übermütig. Wir waren uns dessen bewußt, daß wir die Pfänder in Verlegenheit gebracht hatten. Da rief jemand:

»Machen wir doch Schluß!«

Die Gendarmen umstellten den Eingang und versuchten, uns wegzuschieben. Zwei »Windbeutel« sprangen gleichzeitig zum Futtertrog und wollten die lizitierte Kuh abketten. Vielleicht wäre gar nichts passiert, und die Sache hätte nicht anders geendet als sonst, weil sich ja die Leute gewöhnlich mit Schimpfen und Schreien zufrieden geben, während die Pfänder ihr Werk verrichten. Jemand schrie:

»Werden wir das wirklich zulassen . . .?«

Auch das wäre vielleicht ohne Wirkung geblieben, hätte der Zufall es nicht anders gewollt und hätte nicht in dem Augenblick, als die Kette gerasselt hatte, der ganze Stall losgemuht.

Ich stand die ganze Zeit hinten und beobachtete den Verlauf der Ereignisse. Bisher war ich noch niemals bei einem solchen Trubel und kannte alles nur vom Hörensagen. Dabei quälte mich die Sorge, daß sich in einigen Stunden dasselbe Bild auch bei uns wiederholen würde. Unter dem Eindruck so vieler Menschen wurde ich mutig, wuchs mein Widerstand, aber das alles staute sich hinter meinen zusammengepreßten Lippen. Die Sache schien mir ganz einfach: Wir alle hätten vor der Tür eine Kette bilden sollen, eine Mauer aus Menschenkörpern, und schreien:

»Wir weichen nicht! Geht nach Hause, laßt uns in Frieden, wir haben euch nichts getan...«

Die Pfänder waren zusammen mit den Schreibern, Gendarmen und »Windbeuteln« weniger als zehn, während wir mindestens hundert waren...

»Geht nach Hause, laßt uns in Ruhe, wir haben nichts verschuldet, wir wollen leben...«

Was sind das für Menschen, die wer weiß woher kommen und ein solches Recht für sich beanspruchen? Wer schickt sie...? Und in ein paar Stunden werden sie bei uns sein... Und wir sind noch ärmere Schlucker als der Adermaš.

Als ich das Muhen der Tiere hörte, schien es mir, als hörte ich von irgendwoher eine geheime Mahnung. Aus dem Stall wehte frischer, morgendlicher Düngergeruch so kräftig, daß mir schwindlig wurde. Und wie wenn mich eine unsichtbare Kraft gestoßen hätte, rannte ich mit einem Satz vom Zaun an den Pfändern vorbei zum »Windbeutel«, der inzwischen die Kuh losgebunden hatte, und stieß ihn in eine Jauchenlacke mitten im Stall, als wäre er eine Fliege. Damit wäre die Sache für mich

wahrscheinlich schon erledigt gewesen, aber im nächsten Augenblick umgab mich ein unbeschreibliches
Menschengewühl und Geschrei. Wie auf ein Kommando
waren mir alle nachgestürzt. Man konnte nichts mehr
unterscheiden. Vor lauter Trubel und Wehgeschrei hörte
ich nichts mehr, vor lauter Aufregung wurde mir
schwarz vor den Augen. Nur wie im Taumel hörte ich
einzelne heisere, schreckensvolle und wilde Silben:
»Dreht ihr völlig durch...? Was ist das...? Wirst
nicht lange wühlen, du Schwein, du...«
Eisen schlug auf die Wand, daß es blitzte und nach
Feuer stank. Meine Hände walkten irgendwelche Körper. Ich wußte nicht, ob es Rinder- oder Menschen-
fleisch war. Ich haute immer nur zu, ergriff und würgte.
Jemand stöhnte um Hilfe. Aber das ließ mich nicht zur
Besinnung kommen, im Gegenteil, ich wurde nur noch
rasender. Es schien mir, als hörte ich die Stimme des
»Windbeutels«. Auf dem Hof wieherten die Pferde,
stießen Wagen aneinander, fielen Schläge, weiter hinten
knarrte die Zauntür und zerbrach das Gatter... Alle
diese wilden, wutentbrannten Laute nahm ich unbewußt wahr. Bilder des Handgemenges der Gendarmen
und »Windbeutel«, der ineinander verkrampften Knäuel
und getretenen Körper tauchten blitzartig vor meinem
inneren Auge auf und verschwanden wieder...
»...Adermaš!«
Nichts!
Als ich die Augen öffnete, stand ich neben einigen
Kameraden mit nackten Armen, zerrissen, zerfleischt,
bedeckt vom Viehkot, bespritzt mit Jauche und Blut
mitten im leeren Schuppen. Auf dem Hof weinten Kinder und Frauen, ausgespannte Pferde sprangen umher,
Fuhrleute waren keine mehr zu sehen. Am Boden lagen
Gewehre, Bündel von Papieren und Kleiderfetzen. Die
Pfänder waren verschwunden. Auch die große Menschen-
menge war in alle Winde zerstreut. Im Eck des Schup-

pens lag unbeweglich der »Windbeutel«... Jetzt erst spürte ich den Stiel einer Mistgabel in meinen Händen...

Ach, wie hatte das gekracht!

Was war geschehen?

Die Lage war klar. Wir schlugen zu, als alles äußerst gespannt war, und zertraten das Pfänderpack. Einer von ihnen bekam dabei zuviel ab. Was hatte er aber auch dort zu suchen — der Schleimscheißer! Die anderen laufen nun über die Äcker hinunter zur großen Straße...

»Haha!«

Jemand rief:

»Fliehen wir!...«

Ich hielt noch immer die Mistgabel in den Händen. Inzwischen hatten sie den »Windbeutel« aus dem Eck gehoben und auf einen Wagen gelegt. Sie bespritzten ihn mit Wasser.

Erst jetzt warf ich die Gabel weg.

Rund um mich war der breite Hof gähnend leer. Ich wußte, daß etwas Schreckliches geschehen war, fürchtete mich aber nicht. Ich stand plötzlich vor einem klaffenden Abgrund und wußte nicht, was tun. Suchend schaute ich mich um, aber niemand aus der Nachbarschaft war zu sehen. Die jedoch müßte da sein, um zu sagen, was zu tun sei, wie wir uns vor den Folgen dieses Ereignisses zu schützen hätten.

»Versteck dich...«

Zugleich mit mir sprangen noch drei andere über den Zaun, hinein in den Wald in Richtung Berg. Dort versteckten wir uns in einem verlassenen Heuschuppen. Gestern auf die Nacht aber umstellten ihn schon Gendarmen und fingen uns ab wie Mäuse — alle vier. Jemand hatte uns ins Versteck fliehen sehen und verraten. Sie banden uns zusammen und trieben uns durch die Nachbarorte, zur Abschreckung und zum Zeichen dessen, was geschehen war...

Der Häftling Oplaz beendete seine Geschichte. In seinen Augen leuchtete Erstaunen und leiser Widerstand auf, seine Lippen bebten vor verhaltenem Schmerz. Dann nahm er den Krug und trank ihn aus.

DER BRUNNEN

Die Hube des Borovnik lag auf einem Hang. Die Gebäude standen auf einem Vorsprung, der gerade soviel aus dem breiten Berghang hervorragte, daß sein Rücken eine kleine Terrasse bildete. Auf dieser hatten die Vorfahren Borovniks ein bescheidenes Haus und einen Stall für acht Rinder gebaut. Die Felder selbst erstreckten sich den Hang abwärts. Die Wiesen reichten bis in die enge Schlucht, die sich gegen das Tal hin öffnete. Gleich hinter dem Haus erhob sich wieder der Hang und verlor sich allmählich in den breiten, bewaldeten Bergrücken.

Die Nachbarn sagten, daß beim Borovnik das Leben hart sei. Die Erde war karg, braun und voll Mergel. Aus dem Wald drangen überall Farnkräuter und Heidekraut in die Felder vor. Wollte man diesen Äckern etwas abringen, mußte man hart zupacken. Der größte Mangel aber, der die Hube bedrückte, war der, daß es beim Haus kein Wasser gab. Weit unten im Winkel, zwischen den Feldern und dem Wald war die Quelle, und man mußte das Wasser über den Steilhang hinauf tragen. Das Vieh tränkte man bei der Quelle. Im Sommer ging es noch irgendwie, aber im Winter, wenn der Weg den Hang abwärts vereiste, wurde es unerträglich. Die Menschen und die Tiere stürzten auf dem Eis hin, daß ihnen die Knie bluteten. Die jungen Hoferben hatten beim Borovnik mit dem Heiraten immer Schwierigkeiten. Die Wassernot war weitum so verschrien, daß jede Bauerntochter sich davor fürchtete, beim Borovnik den Haushalt führen zu müssen. Gewöhnlich konnten sie nur Mägde und Keuschlertöchter heiraten, die zufrieden waren, wenn sie wenigstens selbständig wurden.

Eine solche Erde und ein solches Hausen prägen auch einen eigenen Menschenschlag.

Schon seit Menschengedenken sind die Borovnikleute eigenartig, ruhig, düster, zäh und ausdauernd; die Männer haben alle niedere Stirnen, kurze, struppige Schnurrbärte, einen gebeugten Rücken und weiche, federnde Knie; die Frauen, die im Hause aufwuchsen, hatten breite Gesichter, lange Arme und dünne Beine mit breitem Tritt.

Schon mehrere Vorgänger hatten sich bemüht, auf irgendeine Weise zu einer Wasserleitung zu kommen. Der Vater des jetzigen Besitzers hatte den ganzen, mit Föhren bewachsenen Bergrücken bis zum Gipfel untersucht, um — wenn auch weitab — eine Spur von Wasser zu finden, und es dann in Röhren zum Haus zu leiten. Aber vergebens. Die Erde war trocken und öde, links und rechts. Einst ja, so hatte der Vater erzählt, habe er das Wasser unter der Erde murmeln gehört, als er irgendwo am Waldrand etwas oberhalb des Hauses lag. Er schlief, drückte das Ohr an die Erde und vernahm ganz genau das Gluckern der Quelle. Als er erwachte, vergaß er, an jener Stelle einen Stock in die Erde zu stecken und als er sie wiederfinden wollte, suchte er vergebens. Er legte sich bald da, bald dort im Obstgarten hinter dem Haus nieder und drückte sein Ohr auf jeden Zoll Erde; er suchte im ganzen Wald über der Straße, er suchte überall, das Gluckern wollte sich nicht wieder hören lassen und der Mann war überzeugt davon, daß sich die Wasserader verlagert hatte. Die achtzigjährige Großmutter, die tagsüber und in der Nacht auf dem Ofen betete, war sogar überzeugt, daß sich die Familie an etwas versündigt habe und daß sich das Wasser nur für einen Augenblick angekündigt hatte, dann aber gleich wieder verschwunden war.

Als der siebzigjährige Vater im Sterben lag und mit großen Augen in die Kerze starrte, die seine Frau angezündet hatte, wandte er plötzlich seine Augen zur Decke, in die schon viele Geschlechter ihre Wünsche hineingeträumt hatten, öffnete den Mund und rief:

»Wasser!«

Dann fiel er zurück in das Kopfkissen, neigte das Gesicht zur Seite, wo sein Sohn — der Nachfolger — kniete, und sagte mit stockender Stimme:

»Du, Miha! Wenn ich tot bin..., grab dort hinter dem Hof... wo der Holler wächst... dort ist — Wasser.«

Nach diesen Worten starb der alte Borovnik.

Die Worte des Vaters, auf dem Sterbelager ausgesprochen, hatte sich der junge Borovnik wie ein Vermächtnis ins Gedächtnis geprägt. Er sah sich die bezeichnete Stelle an und wurde kleinmütig. Der Zaun grenzte unmittelbar an die Straße, die in den Wald oberhalb des Hauses führte, und knapp hinter dem Zaun stand ein gerader Holunderstrauch. Der Grund schien ihm etwas gewölbt und als die trockenste Stelle rund um das Haus. Fast unmöglich, daß dort Wasser sein sollte. Hätte der Vater gesagt, dort in der Mulde, auf der anderen Seite des Stalles, wäre es ihm glaubhafter vorgekommen, doch hier war es fast ausgeschlossen.

So dachte der junge Borovnik, begrub den Vater und tränkte das Vieh weiterhin unten bei der Quelle. Die Zeit verrann und inzwischen hatte der junge Bauer unter großen Schwierigkeiten geheiratet. Er nahm eine Inwohnerstochter von einer der umliegenden Höhen. Und die junge Frau trug das Wasser den Hang hinauf, wie es so viele ihrer Vorgängerinnen getan hatten.

Der Frühling kam, warm und frühzeitig. Eines Nachts erinnerte sich der Bauer wieder an den Ausspruch seines Vaters. Er lag auf dem Rücken im Bett und hörte neben sich den schweren Atem seiner Frau. Es schien ihm, als käme ihr schweres, unnatürliches Keuchen vom Wassertragen. Lang wälzte er sich unschlüssig auf der Schlafstätte. Als er wieder eingeschlafen war, träumte er, der Vater sei in die Stube gekommen und habe ihm gesagt, er solle unter dem Holunderbusch graben. Ganz genau sah er seinen grauen Bart wie damals auf dem Totenbett. Am nächsten Morgen erzählte er den Traum seiner Frau. Sie zuckte die Schultern und sagte langsam:

»Grab! Vielleicht ist Wasser unter dem Holler. Ich helfe dir.«

Die Arbeit auf dem Feld ließ gerade etwas nach. Die Saat war in der Erde und bis zur Mahd blieben fast noch zwei Monate. Borovnik beschloß, nach dem Willen des Vaters zu graben. Eines Morgens nahm er die Schaufel und den Krampen und ging hinter den Zaun; mit dem Werkzeug machte er ein Kreuz auf die Erde und hob einen großen Rasenfleck samt einem Stück Straße aus. Als er, mit dem Krampen in der Hand, in der Mitte des ausgeworfenen Kreises stand, seufzte er und sah die Frau und die Mutter an, die daneben auf dem Rasen standen. Sein Blick war eine einzige Frage voll Zweifel und Hoffnung. Er ließ das Werkzeug fallen und lehnte sich mit dem Körper auf den Schaufelstiel. Die Frauen standen stumm neben ihm; sie fühlten das Gewicht und die Bedeutung dieses Augenblicks. So schwiegen alle drei. Dann aber stellte sich der Mann breitbeinig hin, spuckte einen gelben Saft in die Handflächen und schwang den Krampen, daß die Eisenspitzen tief in den mergeligen Boden drangen. Die Frauen atmeten auf.

Dann arbeiteten alle drei fast ohne Unterbrechung. Borovnik spürte große Freude, und sein Glaube, er müsse an dieser Stelle Wasser finden, wie es der Vater gesagt hatte, wurde immer fester. Die Frau half ihm bei der Arbeit. Während er die Krume aushob und aus der Grube warf, fuhr sie damit in einem Schubkarren auf den Ackerrain und schüttete sie auf die steinige Blöße.

Doch schon am vierten Tage reichte er mit der Schaufel nicht mehr bis zum oberen Rand und konnte die

Erde nicht loswerden. Er machte einen Aufzug. Vier Balken stellte er schräg über den Brunnen, hängte daran ein passendes geschnitztes Rädchen und spannte darüber einen zusammengedrehten Strick mit einem kleinen Zuber. Jetzt ging die Arbeit wieder weiter. Die Frau zog den Zuber aus immer größerer Tiefe hinauf.

Am Sonntag war der Schacht schon fünf Meter tief. Als Borovnik am Samstag beim Abendläuten herausgestiegen war und seine Arbeit besah, war er fast stolz darauf. Bis dahin hatte er ohne Unterbrechung in leidenschaftlicher Anspannung gearbeitet, so daß alle anderen Gedanken und Wünsche verstummten. Die ganze Woche hindurch kam ihm während der Arbeit nicht für einen Augenblick der Gedanke, er grabe vielleicht umsonst und werde das Wasser nicht finden. Jetzt aber, da er am Rande des Brunnens in die düstere Tiefe starrte und sah, wieviel Erde er schon ausgeworfen hatte, kamen ihm für einen Augenblick Zweifel auf. Zu Beginn seiner Arbeit hatte er sich nicht träumen lassen, er werde so tief graben müssen. Gott weiß, wo das Wasser sein mag. Sein düsteres Gesicht verfinsterte sich noch mehr.

Am nächsten Tag ging er nicht wie gewöhnlich zur Kirche; seine Frau und die Mutter gingen allein. Er aber lag rücklings in der Kammer auf dem Bett, auf dem sein Vater gestorben war, und starrte ausdruckslos zur verrußten Decke. Er dachte über den Brunnen nach. In der nächsten Woche hoffte er endlich auf Wasser zu stoßen. Manchmal schien die Erde doch schon etwas feucht, etwas lehmiger, und diesen Anzeichen nach mußte das Wasser nahe sein. Wenn er es fände, würde er einen Maurer aufnehmen, der den Brunnen ausmauerte, und die Borovnikhube wäre um die Hälfte mehr wert. Aus solchen Überlegungen rissen ihn die Frau und die Mutter, die mühselig über den Hang aus dem Tal heraufgestiegen kamen.

Der Nachmittag war schön, ein früher Frühlingstag. Die Sonne fraß sich in den braunen Hang hinein, so daß in der Luft ein Duft von schmelzendem Harz aus den nahen Wäldern lag. Es war angenehm und Borovnik saß beim Bienenhaus, betrachtete die Mückenschwärme und dachte an den Brunnen. Die Frau hockte auf der Hausschwelle und nähte. Die Alte aber verschwand irgendwo auf dem Berghang hinter dem Haus. Da kam auf dem Weg vom Nachbarn her der Holzbehauer Krivonog. An seinem Gang konnte man erkennen, daß er ein wenig betrunken war. Als er diese Menge aufgeschütteter, toter Erde auf dem Ackerrain sah, staunte er, weil er die Gewohnheit des Borovnik kannte, seine Ackerraine nicht zu verschütten. Noch verwunderter aber war er, als er dicht bei der Straße ein ausgegrabenes Loch erblickte, dessen Grund er kaum sah. Sogleich kam er auf den Gedanken, Borovnik grabe nach Wasser. In diesem Augenblick bemerkte er auch ihn selbst, der auf der Bank beim Bienenhaus hockte. Die Borovnik-Leute hatte er niemals gemocht; sie waren ihm zu hartherzig. Manchmal war er durstig und es gelüstete ihn nach Schwarzbeerschnaps, von dem die Borovnik-Bäuerin jedes Jahr einige Liter gebrannt hatte. Doch diese sauertöpfischen Gesichter gaben nichts her, schon gar nicht dann, wenn er ein bißchen guter Laune war; wie etwa jetzt, da es ihn gerade deshalb am stärksten dürstete.

Als er die Grube bemerkte und ihren Sinn erkannte, zuckte ihm ein höhnisches Lächeln um die Lippen. Er trat geradewegs zum Bienenhaus.

»Grüß Gott, Borovnik!« grüßte er und blieb vor dem gebeugten Bauern stehen, der den Gruß brummend erwiderte.

»Was seh' ich — Ihr grabt einen Brunnen — ha?« fragte Krivonog.

Den Borovnik verdroß es, daß gerade dieser Mensch ihn nach einer Sache fragte, die ihn nichts anging. Das

Graben nach dem Wasser schien ihm zu weihevoll, als daß er mit diesem widerwärtigen Menschen darüber sprechen wollte. Deshalb antwortete er nichts.

»Ihr sucht Wasser, was?« setzte Krivonog unverschämt fort und schielte gehässig auf Borovnik. »Hättet aber auch vorher jemanden um Rat fragen können, der Euch erklärt hätt, daß da jede Arbeit umsonst ist! Hehe! Und gerade auf der trockensten Stell', wo der Mergel schon aus der Erde schaut. Zum Teufel! Seid Ihr verrückt? Da könnt Ihr bis zum Jüngsten Tag graben. Früher kommt Ihr zur Hölle als zu einem Tropfen Wasser. He, schaut Euch den Boden an, Borovnik, der ist trockener als meine Gurgel.«

Borovnik schwieg. Es wurmte ihn, daß ihm dieser Mensch so zusetzte. Er fürchtete aber auch, daß ihn der Kleinmut, der ihn heute schon so oft überwältigen wollte, neuerdings befallen und sich seiner Seele bemächtigen könnte. Wie mit einer Keule schlugen die Worte des Zimmermanns in sein Wunschbild. Mit zornigen Blicken maß er Krivonog, der auf dem Rasen stand, und fauchte ihn an:

»Was kümmert das dich?«

»Kümmern?« erheiterte sich der Behauer, weil er den ruhigen Borovnik herausgefordert hatte. »Kümmern tut's mich wirklich nicht, kümmern — grab, bis du den Satan selbst ausgrabst — Wasser wirst keines finden. — He — ich weiß wohl, der Alte hat was prophezeit, wie er im Sterben war. Der hat ja den ganzen Hügel durchwühlt und dort Wasser gesucht, wo keins ist. Hättest wohl auch mich fragen können! So aber plagst dich umsonst — für nichts und wieder nichts. Wäre gescheiter, du tätst dich auf den Rücken legen, in den Himmel schauen und die Stern' zählen. Könntest dich wenigstens ausrasten. So aber arbeitest du und hungerst, daß du schon ausschaust wie eine Heugeigen . . .«

In diesem Augenblick verstummte Krivonog, denn das Gesicht des Borovnik nahm plötzlich so drohende Züge an, daß es ihm ratsamer schien, den Bauern auf der Bank in Ruhe zu lassen. Er ging ohne Gruß über den Hof, und als er das Gatter hinter sich schloß, drehte er sich noch einmal um und schrie, daß es in den sonnigen Himmel hallte:

»Wasser, Wasser! Der Borovnik sucht Wasser — Wassertocker!«

Dann ging er den Weg entlang, der durch die Wälder zum Nachbarn auf dem anderen Hügel führte. In der Schlucht jauchzte er sorglos auf, daß seine Stimme durch das Tal unter der Borovnikhube hallte und für einen Augenblick die Luft mit anmutiger Resonanz erfüllte.

Dem Borovnik aber war dieser Jauchzer, der sich einer unbeschwerten Brust entrungen hatte, äußerst unangenehm. Es ärgerte ihn, daß gerade dieser Mensch seine Nase in die Sache mit dem Brunnen gesteckt hatte und in der Nachbarschaft austragen würde, was er bei ihm gesehen. Er wußte, daß ihn die Nachbarn auslachen würden. Sie würden seine Arbeit ansehen kommen und ihm raten, lieber davon abzulassen. Er aber mußte sie beenden und das Wasser finden. Und wenn er es nicht fand? Es schüttelte ihn bei diesem Gedanken. Doch er wies ihn schnell von sich und gab sich wieder der Hoffnung hin. Es versteht sich, daß man bei fünf Meter Tiefe auf solchem Grund nicht bis zum Wasser kommen konnte.

Beruhigt ging er in das Haus, nahm das Nachtmahl ein und legte sich zur Ruhe. Am nächsten Morgen stand er früh auf, fütterte das Vieh, und kaum hatte die Sonne mit ihren ersten Strahlen den föhrenbewachsenen Waldrücken erreicht, ließ sich Borovnik schon in den Brunnen hinab. Mit doppelter Kraft fing er an zu graben und schickte Zuber um Zuber Erde nach oben.

Er grub, bröckelte mergelige Erdschichten aus dem trockenen Grund und fühlte, daß sein Ziel irgendwo tief in der Erde lag. Wenn die Frau mit der alten Mutter die Zuber heraufzog, hörten sie das Keuchen aus dem Schacht, als grübe eine Maschine, gleichmäßig, ohne Unterlaß. Und Borovnik wühlte sich jeden Tag tiefer in den Schoß der Erde. Das Wasser aber wollte sich nicht zeigen.

Die Befürchtung des Bauern, Krivonog werde die Kunde vom Ausheben des Brunnens in der ganzen Umgebung verbreiten, bewahrheitete sich. Schon in den nächsten Tagen kamen die Nachbarn den Weg am Haus vorbei. Die Männer blieben am Brunnen stehen, schüttelten die Köpfe, zuckten mit den Schultern und machten ernste Gesichter. Einige sprachen den Borovnik unten in der Tiefe an und hätten ihn gerne an den Tag gelockt. Doch Borovnik war froh, diese Gesichter nicht anschauen zu müssen, auf denen sich schlecht verhohlener Hohn oder gar Bedauern spiegelte, was ihm noch widerlicher war. Er antwortete kurz und seine Stimme schien seltsam verändert. Die Nachbarn gingen nacheinander ärgerlich fort.

Schon näherte sich die zweite Woche ihrem Ende. Borovnik stieß wieder einige Meter tiefer ins Innere der Erde. Allerdings machte die Arbeit nicht solche Fortschritte wie in der ersten Woche.

Die Erde wurde immer trockener, manchmal mußte er ganze Schichten ungewöhnlich harten Mergels durchgraben, der sich nur mit großer Mühe mit dem Krampen zerkleinern ließ. Schwierigkeiten gab es auch oben mit der Erde.

Die Frau und die Mutter kamen mit dem Fortschaffen solcher Mengen nicht nach, deshalb begannen sie die Erde auf einen Haufen jenseits der Straße abzuladen, Der Hügel wuchs und wuchs.

Am Sonntag ging Borovnik wieder nicht in die Kirche. Er war so ermüdet vom Graben, daß er ausruhen mußte. Da sich das Wasser noch immer nicht zeigte, quälten ihn außer der Ermüdung schwere Zweifel und die Angst vor dem Mißerfolg. Er erschauerte bei dem Gedanken, das Wasser nicht zu finden. Da wird der Krivonog grinsen!... Und die Nachbarn! Die werden ihn aufziehen. Die Mühe könnte er noch verschmerzen, wenn er nur den Mißerfolg verbergen könnte. So aber weiß es die ganze Welt.

Am Nachmittag kam der Onkel aus der Nachbarpfarre ins Haus. Er hatte erfahren, daß sein Neffe einen Brunnen grabe. Deshalb kam er trotz seines Alters über die Berge auf Besuch, um sich zu überzeugen, was an dem Gerede wahr sei. Als er die zerwühlte Erde und die tiefe Grube sah, erschrak er. Fast ängstlich sah er Borovnik an und wagte anfangs nicht, vom Wasser zu sprechen. Sie saßen nebeneinander und redeten ganze Stunden von verschiedenen belanglosen Dingen; endlich aber, als es an der Zeit war aufzubrechen, räusperte sich der Onkel umständlich und sagte geradeheraus:

»Glaubst, daß es dort richtig Wasser gibt?«

Borovnik, der sich schon den ganzen Nachmittag vor dieser Frage gefürchtet hatte, atmete auf. Kein Vorwurf lag in der Frage. Schon lange hatte er gewünscht, mit jemandem zu sprechen, dem er offenherzig seine Sorgen und seine Hoffnung erklären könnte. Nun erzählte er selbst des langen und breiten, wie schwierig es mit dem Wasser beim Haus sei, wie er sich entschlossen habe, dort zu graben, wo es ihm sein Vater auf dem Sterbebett geraten hatte. Er ging mit dem Onkel hinaus und sie besichtigten den Schacht, doch der Onkel antwortete auf alles gewunden und kleinmütig. Von außen war kein Anzeichen zu sehen, daß da irgendwo Wasser sein könnte. Ja, auf der anderen Seite des Hauses schon

eher. Dort sind im Boden einige Mulden, doch hier —
ausgerechnet auf dem Rand des Steilhanges?

Borovnik erklärte ihm, was ihm der Vater auf dem
Sterbebett prophezeit hatte, doch der Onkel verzog nur
den Mund und sagte:

»Wenn der Mensch im Sterben liegt, phantasiert er,
auf das geb' ich nichts. — Ich an deiner Stell' würde
nicht graben«, fügte er nach einer Weile hinzu.

Borovnik biß sich die Lippen. Immer dasselbe Lied!
— »Eine Woche grab' ich noch, wenn ich bis dahin kein
Wasser find', laß ich alles stehen«, sagte er schließlich
gleichgültig.

Als der Onkel gegangen war, wurde Borovnik traurig.
Beim Abendessen redete er überhaupt nichts. Auch die
Frau und die Mutter schwiegen. Nach dem Abendessen
legte er sich sofort nieder, obgleich er nicht schlafen
konnte. Bis spät in die Nacht wälzte er sich im Bett
herum; seine Frau, die an der gegenüberliegenden Wand
des Zimmers lag, hörte, daß er wach war.

»Kannst nicht schlafen?« fragte sie ihn.

»Ich sorg' mich«, antwortete kurz der Mann.

»Der Onkel meint, es gibt dort kein Wasser«, hauchte
ängstlich die Frau.

»Wer weiß!«

»Und wenn es keines gibt?«

»Ich sag' ja, eine Woche grab' ich noch, und wenn
sich das Wasser nicht zeigt, laß ich alles stehen«, beschloß der Mann die Unterhaltung.

Borovnik setzte das Graben die ganze nächste Woche
regelmäßig fort. Am Samstag steckte er so tief in der
Erde, daß er laut schreien mußte, wenn ihn seine Frau
aus dem Schacht heraus verstehen wollte. Er dachte
nicht mehr daran, das Graben aufzugeben. Er verbiß
sich in den Glauben, daß er an dieser Stelle zum Wasser
finden müsse. Manchmal unterbrach er die Arbeit, prüfte die Erde, die aus gleichen Mengen Schotter und Lehm

bestand, legte sie auf die Zunge, um vielleicht etwas Feuchtigkeit zu spüren. Doch die Erde war trocken wie oben. Hie und da schien es ihm, als höre er ein Glukkern. Dann legte er sich auf die Erde, preßte sein Ohr an den Boden und horchte lange Minuten, von welcher Seite sich das Wasser ankündigte. Doch das Gluckern wollte sich nicht wieder hören lassen. Er grub weiter.

Auch am dritten Sonntag ging Borovnik nicht in die Kirche. Verdrossen und in sich gekehrt lungerte er um das Haus herum, und es schien, als wiche er der Frau und der Mutter aus. Die Frauen nahmen ängstlich diese Veränderung wahr, am meisten beunruhigte sie, daß er schon den dritten Sonntag nicht in die Kirche gegangen war, während er früher die Messe nicht ohne Grund versäumte. In der nächsten Woche grub er wieder ununterbrochen. Die Frauen halfen ihm schweigend und keine wagte, seinem sonderbaren, trotzigen Blick zu widersprechen. Wegen der großen Tiefe genügte nicht mehr eine einzige Frau, die Erde aus dem Schacht zu heben; es mußten beide den fettig und schwarz gewordenen Strick ziehen, an dem der Zuber mit der Erde angebunden war. Breitbeinig, bloßfüßig und mit aufgeschürzten Röcken standen sie beim Brunnen und molken die Schnur, daß sich ihre Adern auf den Schenkeln spannten und ihre spitzigen Bäuche wölbten.

In der Umgebung aber verbreitete sich eine sonderbare Neuigkeit. Die Nachbarn erzählten einander, Borovnik sei nicht recht bei Verstand: Immerzu grabe er diesen Brunnen, rede mit niemandem, nicht einmal mit seiner Frau, gehe nirgends hin und vernachlässige jede andere Arbeit. Manch einer, der früher aus Neugierde beim Borovnik vorbeigegangen war, wich jetzt der einsamen Hube von weitem aus. Dieser und jener faßte Mut und kam trotzdem vorbei, um zu sehen, was an der Sache sei. Einige neigten sich sogar über die Tiefe und riefen mit lauter Stimme in den Brunnen:

»Was machst denn, Borovnik?«

»Wasser such' ich!« hallte es nach kurzer Pause aus der dunklen Tiefe.

Außer vom Wasser konnte man von Borovnik nichts erfahren. Die Frau wußte so gut wie nichts. Sie hatte verweinte Augen und wartete mit Bangen, was geschehen würde. Wenn nicht etwas Unerwartetes dazwischen käme, würde ein Unglück geschehen. Die Sommerarbeit auf dem Felde näherte sich, doch der Mann kümmerte sich um nichts mehr. Die alte Mutter war verstummt und hockte ganz ausgezehrt von der Überanstrengung der letzten Tage hinter dem Ofen; die Hände und Füße versagten ihr und ihr altes Hirn spürte Unheil. Deshalb betete sie noch mehr als früher.

So vergingen vier Wochen und mehr. Der Brunnen war schon fünfundzwanzig Meter tief, Borovnik aber hörte noch immer nicht auf zu graben. Er arbeitete mit doppelter Kraft. Die Frauen kamen kaum mit dem Wegräumen der Erde nach. Früher war der Mann zum Mittagessen noch den Strick hinaufgeklettert — jetzt war er schon seit Tagen in der Tiefe geblieben und die Frau mußte ihm das Essen hinunterlassen. Erst abends, spät in der Dämmerung, kroch er herauf, gebückt, über und über staubig und braun von der Erde. So setzte er sich zum Abendessen und so legte er sich ohne ein Wort schlafen, vollkommen gleichgültig für alles um sich her.

Eines Tages aber kam ungewöhnlich lang nicht das Zeichen aus der Erde, daß der Eimer voll sei. Gewöhnlich hatte ihn der Mann sofort angefüllt, so daß er immer gleichmäßig auf und ab gewandert war. Die Frau lehnte am Balken und hielt den Strick, die Alte hockte auf dem Haufen Erde neben ihr.

Da hörte man aus der Tiefe einen durchdringenden, freudigen, beinahe wilden Schrei:

»Wasser! — Wasser!«

Im ersten Augenblick verloren die Frauen die Sprache ob des unbekannten, erregenden Gefühls, dann sprangen beide zugleich zur Öffnung und bohrten ihre Blicke in den dunklen Schlund.

»Ist's wahr?« rief die Frau aus voller Kehle.

»Wasser — Wasser!« schrie er noch lauter aus dem Abgrund.

Auf wiederholte Rufe der Frauen kam aus der Grube keine weitere Antwort mehr. Es schien ihnen, als hörten sie von unten ein Aufklatschen, ein Geräusch, das dem Plätschern einer starken Quelle ähnlich war. Nach einer Weile aber legte sich auch das. Sie zogen am Strick, und als das Gefäß herauskam, war es voll Wasser, voll von schmutzigem, braunem, mit Erde vermischtem Wasser. Als sie die Hände hineintunkten; war es kalt wie Eis. Aus dem Brunnen aber kam kein Zeichen mehr, keine Antwort auf ihr Rufen. Als sie wie gewöhnlich den Strick in die Tiefe ließen, damit der Mann mit seiner Hilfe heraufstiege, versank er im Abgrund, hing dort, und niemand griff nach ihm.

Da überkam sie eine schreckliche Ahnung. Sie blickten einander an und schrien voll Angst auf: »Er ist ertrunken«. Die Freude über den Erfolg wurde blitzartig vom Schrecken hinweggerissen. Die Frau stürzte zum Nachbarn. Die Leute eilten mit Leitern und Stricken zur Hilfe. Der Behauer Krivonog, der zufällig beim Nachbarn war und samt den anderen dahergeeilt kam, stieg an einem Seil in den Brunnen. Lange, lange ließen sie ihn hinab; dann gab er das Zeichen. Eine Zeitlang planschte er unten im Finsteren herum, dann blitzte es zu den Augen hinauf, die nach ihm starrten, weil er eine Kerze angezündet hatte.

»Er ist ertrunken, zieht an!« schrie Krivonog. Die Männer zogen das doppelte Gewicht in die Höhe. Mit Mühe schleppte der Behauer den toten Borovnik mit sich herauf.

Das Wasser aber wuchs ungewöhnlich schnell an. In wenigen Stunden füllte es den Brunnen. Es floß schließlich über seinen Rand den Hang hinunter zu den Äckern und Wiesen, über die sie zwei Tage später den toten Borovnik auf den Friedhof trugen.

LIEBE AM RANDE

Beim Radman wimmelte es nur so von Kindern, und obwohl der alte Radman schon über sechzig war, strampelte das Jüngste noch in der Wiege.

Die ersten vier Kinder waren noch irgendwie einander ähnlich und die Nachbarn schrieben sie dem Radman zu, wenn auch mit Achselzucken. Doch gab es Leute, die behaupteten, sein ältester Sohn sei ein Kind seines Sohnes aus erster Ehe und der alte Radman sei nun von jenem Großvater und Vater zugleich und die beiden Söhne seien nicht nur Brüder, sondern zugleich Vater und Sohn. Jedoch diese Sache störte die Nachbarn nicht zu sehr. Sie meinten:

»Das ist nicht so schlimm, bleibt ja alles in der Familie!«

Diese Angelegenheit wurde vollkommen vergessen, als jener Sohn aus erster Ehe bald danach einrückte und nicht mehr zurückkehrte, da er in Mazedonien an Malaria gestorben war.

Das fünfte Kind ähnelte den ersten vieren überhaupt nicht. Während die hochaufgeschossen waren, war das fünfte klein, stämmig und fast ganz käsig.

»Wo nur die Frau Radman dieses Käsegesicht, diesen Jirs, aufgestöbert hat?« wunderten sich die Nachbarn.

Und der Name Jirs blieb an diesem blassen Buben haften.

Ein gutes Jahr nach Jirs' Ankunft in dieser Welt wurde beim Radman ein neues Bürschlein geboren, das zur Verwunderung aller wieder niemandem gleichsah, weder den ersten Kindern noch Jirs. Es war rothaarig, hatte schwärzliche Augenbrauen, das Gesicht aber war weiß und sommersprossig.

Die Nachbarn wunderten sich wieder:

»Wo hat die Radman bloß diesen Scheck erwischt?«

Nach zwei Jahren brachte die Frau wieder ein neues, ihr siebentes Kind zur Welt. Wieder war es ganz anders, bräunlich, großschädelig und von starkem Knochenbau.

Die Nachbarn konnten sich nicht genug wundern:

»Wo hat die Radman diesen Bräunling her?«

Seither nannten sie ihn Pram, das heißt Bräunling.

Und die Nachbarn lachten:

»Wenn es so weiter geht, gibt es beim Radman bald einen ganzen Viehstand.« Einigen tat der Radman leid; jedes Jahr wurde er dürrer und auch größer, ähnlich einem abgerupften Getreideschober. Der Anzug, den er schon an die zwanzig Jahre getragen hatte, schlotterte um die eingefallenen Lenden. Er sah dem Pferde, mit dem er täglich in der Umgebung fuhrwerkte, unglaublich ähnlich: beide waren lang, hoch und gebückt. Es schien aber, daß den Radman außer diesem Gaul nichts auf der Welt interessierte, und deshalb rümpfte die Nachbarschaft die Nase über all das, was bei ihm vorging:

»Wenn's ihm recht ist, soll's uns auch recht sein!«

Die Radman, diese Afra, war ein wahres Prachtweib. Sie war die uneheliche Tochter einer verwachsenen Magd und mit achtzehn Jahren verdingte sie sich beim Witwer Radman in Brege. Böswillige Leute meinten, daß sie nicht recht bei Trost wäre, doch das war eine falsche Einschätzung, weil sie sie nicht gut kannten. In Wirklichkeit entwickelte sie sich langsam. Den Radman heiratete sie, weil sie fürchtete, es könnte ihr wie ihrer Mutter ergehen und sie würde in ihren alten Tagen hin- und hergeschoben werden. Als sie schon Mutter war, wuchs sie noch immer und entwickelte sich mit der Zeit zu einer wahrhaft schönen Frau. Sie war ein mittelgroßes Weib, kräftig, mit prallen Schenkeln und Brüsten, aber alles im richtigen Ebenmaß. Ihr Gesicht war breit, schön und von gesunder und leicht gebräunter Haut, die gerne errötete, wenn jemand anzügliche Reden führte. Besonders eigenartig, lebensfroh und verfänglich war ihr voller Mund, der im feuchten, festen Zahnfleisch starke weiße Zähne sehen ließ, die beim Lachen bis zum letzten Backenzahn aufleuchteten. Wenn sie lächelte, wurden die Männer verlegen. Sie hatte große, braune, strahlende Augen und eine schwarze, sehr üppige Haarkrone auf dem Kopf.

So war die Radman, als schon das siebente Kind in der Wiege lag.

Beim Radman hatte man insgesamt vier Äcker; sie waren so steil, daß sie in alten Zeiten, als es noch genug Arbeitshände gab, nicht gepflügt, sondern mit der Haue umgegraben wurden. Jetzt wurden sie schon lange gepflügt, obwohl man dazu kein Joch benützen konnte, sondern die Arl, eine Art Pflug für die Arbeit auf Steilhängen. Dem Pflüger mußte immer noch jemand folgen, der mit Händen und Füßen die frische Furche niederdrückte, so daß sie nicht den Steilhang hinabkollerte und sich im Graben verlor.

Radman ackerte um, säte, doch weiter kümmerte er sich um die Äcker nicht; seiner Frau blieb noch viel Arbeit. Sie sorgte dafür, daß sie bei jedem Acker die Schollen vom untersten Rand auf die obere Ackerblöße schaffte. Das ist die Arbeit aller Steilhangbauern schon seit undenklichen Zeiten, denn würden sie es nicht tun, wäre bald die ganze Krume in die Tiefe weggepflügt, hinter ihr aber blieben nur trockene, steinige Blößen.

Weil dies eine zusätzliche, besondere Arbeit der Bergler war, die den Bauern im Tal und in weniger steilen Lagen unbekannt war, wurde sie Robot genannt.

Die Radman stand morgens auf, wenn es nicht einmal noch richtig dämmerte, nahm den Tragwulst und den Korb und ging den ersten und größten Acker an. Der Robot mußte neben der anderen alltäglichen Arbeit er-

ledigt werden. Beim Ackerrand angekommen, kniete sie
auf die Krume nieder und seufzte:

»Herrgot im Himmel, hoffentlich ist's keine Sünde.«

Nach alter Überlieferung ist es eine Sünde, die Erde
von einer Stelle auf die andere zu tragen; von dieser
Sünde mußte man sich durch eine besondere Bitte los-
kaufen.

Dann scharrte sie mit den Händen die frische Krume
bis obenauf in den Korb, hob ihn auf den Kopf und
trug ihn langsam den Hang hinauf bis zum Scheitel des
Ackers. Dort hockte sie sich wieder hin und schüttete
kniend die Erde auf die Blöße der obersten Furche mit
den Worten:

»Auf gutes Gedeihen!«

Bevor die Sonne ihr Licht über den Bergrücken ergoß,
war die Radman schon fünfzigmal den Acker auf- und
abgestiegen; fünfzig Körbe oder mehr als zweitausend
Kilo Erde hatte sie schon auf die Ackerblöße getragen.

Mehr als zweitausend Kilo Erde!

Aber die Erde ist verdammt, wenn sie ein armer Teufel tragen muß, der zu wenig davon hat, die Erde ist
etwas Höllisches, wenn du mit bloßen Händen hinein-
greifst. Du gräbst einen Korb voll zusammen, du trägst
sie, der Kopf will dir bersten und die Hüften knirschen
dir, aber den Schollen merkt man es gar nicht an; du
trägst zehn, zwanzig Körbe weg, doch die Erde scheint
nicht weniger zu werden. Sie liegt da am Ackerrand wie
eine schwarze, dicke, erschlagene Schlange...

Die Hände in die Hüften gestemmt, mit zusammengepreßten Lippen und geblähten Nasenflügeln schritt
die Radman auf und ab und zählte die Furchen:

»... Einundzwanzig, zweiundzwanzig, dreiundzwan-
zig.«

Schon einige Male hatte sie die Furchen von oben bis
unten gezählt. Anfangs stieg sie mit einem einzigen

Schritt über zwei oder drei Furchen, doch je mehr Körbe es wurden, desto zahlreicher wurden ihre Schritte.

»... Einundfünfzig, zweiundfünfzig, dreiundfünfzig.« Allmählich kam auf jede Furche ein Schritt ...

Da trägst und trägst du, denkst nichts dabei ... Mußt tragen, daheim sind sieben Kinder, der Tag ist lang ... der Tag ist kurz, du mußt sie tragen ... diese Erde ... immer fort diese Erde ...

Am nächsten Morgen war die Radman schon wieder zeitig auf dem Acker, vielleicht noch früher als den Tag zuvor. Über den Steilhängen lag noch nebelfrühes Dunkel, so daß man nirgendswohin sehen konnte. Doch das war für das Tragen der Erde unwichtig, denn die Frau hätte sie auch mit verbundenen Augen getragen. Mit stumpfen, gleichmäßigen Bewegungen trug sie schon den dreißigsten Korb hinauf, als über Radmans Abhang das erste Morgenlicht aufleuchtete. Das Dickicht, das den Acker umgab, ließ allmählich helle Durchblicke frei und in ihnen zeigten sich dunkelgrüne Wälder. Die Sonnenstrahlen konnten noch nicht alles mit dem goldenen Glanz überschütten, als sie aus dem benachbarten Wald, der an Radmans Acker grenzte, den Widerhall einer schweren Holzhaueraxt vernehmen konnte.

»Prh, tschoff, tschoff, tschoff ...«

Die Radman irrte sich im Zählen der Körbe. Ganz nahe, knapp hinter dem Rain! Sie blieb mitten auf dem Acker stehen und horchte auf.

»Jemand schlägert im Wald des Nachbarn.«

Eine seltsame Neugierde überkam sie, vielleicht der Einsamkeit halber, die sie hier umgab.

»Wer's wohl ist?« fragte sie sich selbst beinahe laut.

Im Walde bellte und knallte es gleichmäßig weiter, so daß sich der ganze wellige Hang mit diesem gesunden, gewaltigen, peitschenden Widerhalle erfüllte, der alle anderen Echos des Vorfrühlingmorgens erstickte. Demnach mußten die Hacke ungewöhnlich starke, gesunde

Hände schwingen, es war als ob man durch die Luft auch die angespannten Muskeln der Hände schwirren hörte, die den Hackenstiel umklammerten.

»Wer's wohl ist?« fuhr es ihr durch die Glieder.

Bald aber fand sie sich wieder, zitterte, als ob sie sich bei einer verbotenen Tat ertappt hätte, und mit den Worten: »Sei's wer's will!« stürmte sie wieder den Hang hinauf.

An diesem Morgen schaffte sie achtzig Körbe oder etwas weniger als viertausend Kilo Erde auf die Ackerblöße, und die unbewegliche Schlange verkürzte sich schon beträchtlich.

Am dritten Morgen schien es, daß die Furche zu Ende sei; wenn sie noch einen vierten Morgen trüge, ein wenig früher begänne, etwas länger arbeitete, wäre der Robot auf dem ersten Acker beendet. Mitten in der Arbeit wurde sie vom nahen Feldrand her plötzlich von einer Stimme angerufen.

»Guten Morgen, Radmanca! Was tust denn?«

Die Radman wollte eben den Korb auf den Kopf heben. Sie hielt inne, richtete sich auf und blickte zum Waldsaum, von dem her die Stimme gekommen war.

»Die Erde trag' ich auf die Sohle!« antwortete sie, ohne jemanden zu sehen oder zu erkennen.

»Machst Robot?«

»Ja!«

Noch immer war niemand zu sehen, nur die Stimme hallte aus dem Dickicht, eine angenehme, dunkle Stimme.

Während die Frau noch darüber nachdachte, ob das nicht der Holzhauer sei, der gestern im Wald des Nachbarn behauen hatte, regte es sich im Grenzgebüsch, es öffnete sich zu einer schmalen Lichtung und aus dem Dickicht trat langsam ein kräftiger, breitschultriger Bursch auf den Acker. Als er im Freien stand, schüttelte er den Tau ab, der in dicken Tropfen an seinen Kleidern haftete. Mit der Hand wischte er sich die tauigen Spinnfäden vom Gesicht, die an ihm hängengeblieben waren. Da er einen breiten, harzigen Schurz aus Schafsfell umhatte, war seine Erscheinung noch breiter.

»Ach, du bist es, Voruh!« sagte die Radman. Ihrer Stimme war anzumerken, daß sie peinlich überrascht war. Es war wirklich Mecnov Voruh von jenseits des Grabens, jener Voruh, von dem man erzählte, er sei nicht ganz bei Verstand, obwohl er in Wirklichkeit nur etwas langsam war. Eigentlich wußte man von ihm nur, daß er sich vor Frauen fürchtete und für seine alte Mutter, die Mecnovka, sorgte.

»Ich bin's!« sagte Voruh verlegen und grinste ein wenig.

»Du hast im Wald gespatzt?«

»Ich!« antwortete Voruh wieder verlegen.

Eine Weile schauten sie sich an, bis Voruh abermals ungeschickt anfing:

»Schwer — di Erde?«

»Leicht ist sie nicht!« meinte unwillig die Radman, dabei dachte sie aber: ‚Wozu kriecht dieses Kalb aus dem Gebüsch und stört mich bei der Arbeit?‘

»Warum bringt sie denn nicht lieber der Radman mit dem Vieh hinauf?« versuchte Voruh gescheit zu tun.

»Er hat doch ein Roß.«

Die Radman ärgerte sich.

»Warum behaust denn du nicht das ganze Holz auf einem Fleck, sondern suchst es im Wald zusammen. Dein Nachbar hat ja auch einen Gaul.«

»Das schon!« gab Voruh langsam zu und errötete, da er erkannte, daß er sich verhaspelt hatte.

Die Radman wollte ihn nicht in noch größere Verlegenheit bringen, deshalb gab sie dem Gespräch eine freundliche Wendung:

»Und du behaust?«

»Ich behaue!« Voruh verschlang sie mit seinen Augen.

»Ja, ich hab' dich gehört!«

Die Radman erinnerte sich, wie es sie durchzuckt hatte, als sie zum erstenmal aus dem Wald den Widerhall der Hacke gehört hatte. Nun, da sie diesen klobigen, stumpfen Menschen vor sich sah, schmunzelte sie beinahe.

Da faßte Voruh plötzlich Mut und sagte mit etwas freierer Stimme:

»Auch ich hab' dich gestern gesehen, wie du die Erde getragen hast.«

»Ah!« wunderte sie sich aufrichtig.

»Ich hab' dich gesehen, aber ich hab' mich nicht herüber getraut.«

Nach diesen Worten grinste der Holzer dumm.

»Warum grinst denn?«

Voruh antwortete nichts, er grinste nur noch mehr.

Das brachte sie auf.

»Du bist ja echt ein Tepp.«

Sie wollte die Arbeit fortsetzen.

»Radmanca, weißt, um was ich eigentlich gekommen bin? Möchtest mir nicht den Bloch anzeichnen helfen? Zwölf Meter hat er, ein bißl ist er krumm, und ich getrau mich nicht allein.«

»Das tu ich gern!« Die Radman war sogleich bereit.

Sie zwängten sich durch das Gesträuch hindurch; Voruh kroch voraus, wobei er mit beiden Händen die Zweige zur Seite hielt, um die Frau vor den Tautropfen zu schützen. Sie kamen bis zum Zaun.

»Wirst drüber können?« fragte er mit besorgter Stimme.

»Schau nur auf dich selber!« antwortete sie; mühelos schwang sie sich auf den Zaun und übersprang ihn.

Beim Springen blitzte unter ihrem Kittel ihr schönes, kräftiges Bein, bis zum Oberschenkel entblößt, auf. Voruh, der hinter ihr stand und sie anstarrte, war wie versteinert.

»Was stehst denn und gaffst?«

Seine Benommenheit tat ihr insgeheim wohl.

»Gleich komm ich!« gab er zurück und zog sich ungeschickt über den Zaun.

Der Behauplatz war in einer Mulde unweit des Zaunes. Auf den Schragen lagen fünf lange geschälte Blöcher. Voruh nahm den Farbtiegel, tunkte den Spagat hinein, worauf ihn die Radman an das andere Ende des Bloches zog.

»Drück' ihn fest ans Holz«, ordnete Voruh fachmännisch an. Nach dem Anzeichnen blieb die Radman ohne zu wollen auf den Schwarten stehen und sah Voruh zu, wie er den Spagat wieder aufwickelte. Dabei bemerkte sie, wie lebhaft seine kräftigen Muskeln spielten. Da näherte sich ihr der Behauer und lehnte sich vor ihr auf den Bloch.

»Wie narrisch du nach Erde riechst, Radmanca«, sagte er mit ruhiger Stimme.

»Und du nach Pech, pechiger Holzer du«, gab die Radman zurück.

Voruh stellte sich taub.

»Wirst morgen auch Erde tragen?«

»Freilich!«

Voruh senkte den Kopf und schwieg; die Radman betrachtete ihn noch eine Zeitlang, dann wandte sie sich um und ging langsam zum Zaun. Bevor sie ihn übersprang, blickte sie sich nochmals nach ihm um, der ihr, Mund und Augen aufgerissen, nachschaute. Vor Übermut konnte sie das Lachen nicht unterdrücken. Von weitem drehte sie ihm eine lange Nase.

»Kindskopf!«

Dann übersprang sie den Zaun und verschwand im Gesträuch.

Wie gewöhnlich machte sich die Radman auch am nächsten Morgen beim ersten Tagesgrauen mit geschürztem Kittel und barfuß zum Acker. Wie staunte sie, als sie mitten auf dem Acker Voruh antraf, eine dunkle Gestalt, mit dem Tragkorb auf dem Rücken, den Steilhang hinaufschreitend. Noch bevor sie etwas sagen konnte, sprach er sie schon an:

»Ich bin früher da gewesen als du.«

Als er ihre Verlegenheit sah, lächelte er gutmütig.

»Was tust denn?« fragte sie ihn.

»Die Erde trag ich!« antwortete Voruh und fügte hinzu:

»Ich muß dich für gestern entschädigen, weil du mir anzeichnen geholfen hast.«

»Ach, das ist nicht der Rede wert!« wehrte sie sich. Das Verhalten des jungen Holzbehauers rührte sie fast und sie wollte ihm gestehen: »Ich hab's ja gern getan...« Da sie aber freundliche Worte nicht gewohnt war, sagte sie mit einem derben Lachen:

»Du bist aber wohl ein richtiger Kindskopf!«

Als hätte er es nicht gehört, sagte Voruh:

»Wirst mir halt auch heut noch was anzeichnen helfen.«

Der Morgen war beinahe noch dunkel, den Abhang hinauf zog sich der Frühnebel über die frisch aufgeworfene Erde. In den Wäldern rings auf den Berglehnen hörte sie die Lockrufe der Vögel, aus den Gräben plätscherten die Frühlingswasser. Die Radman stand still inmitten des Ackers und konnte ein plötzlich aufkommendes, unbekanntes Gefühl nicht abwehren. Da hörte man von der Straße her, die von den Radman'schen in den Graben führte, das Scheppern eines Pferdegespanns — ihr Mann ging schon fuhrwerken. Dieser ferne Widerhall ließ sie wieder zu sich kommen. Sie atmete tief auf.

»Von mir aus!« sagte sie halblaut und bückte sich zur Erde.

Nun wühlten beide mit vereinten Kräften im letzten Rest der Schollen. Der breitschultrige Voruh lud riesige

Tragkörbe auf, außerdem half er ihr den Korb auf den Kopf heben. Als die Radman diesen fremden und sehnigen Menschen sah, wie er sich abmühte, wie er für sie im Steilhang grub, als hätte er diese Arbeit schon seit eh und je verrichtet, überkam sie eine Wärme, die sie bisher noch nicht gefühlt hatte.

»Lad nicht so viel auf!« redete sie ihm zu.

Voruh aber redete ihr zu:

»Mir macht das nichts, aber du sollst nicht so volle Körbe tragen.«

Inzwischen war es Tag geworden, ein Tag, in den die Sonne sogleich ihren Reichtum an Farben und Schatten strömen ließ. In den Ackerrillen glitzerte Tau auf, an den Sträuchern blitzten zarte, taubenetzte Spinngewebe, die zur Nachtzeit von geheimnisvollen Spinnen gezogen worden waren — zauberhafte Schleier und Perlenketten.

Die Radman warf den Korb auf die Erde und verschnaufte; sie war wie Voruh atemlos und trotz der feuchten Morgenkühle schwitzten beide. Ihre Augen schweiften über die Felder, doch sie schien nicht zu sehen, sondern sie staunte vielmehr über die Gefühle, die ihre fliegende Brust bewegten ...

»Jetzt wirst gehen müssen! Die Sonne steht schon hoch«, wandte sie sich an den Holzer, der schweigend hinter dem Tragkorb stand. In Wahrheit begann sich die Sonne kaum merklich vom Horizont zu lösen.

Voruh schwieg, die Radman aber sagte noch:

»Ist besser so, damit dich niemand sieht.«

Ihr selbst war nicht so recht bewußt, warum sie es gesagt hatte, doch sie hatte ein angenehmes Gefühl, daß sie bisher allein und unbemerkt gewesen waren.

»Dann geh' ich halt«, antwortete Voruh. »Nur anzeichnen hilf mir!« Sie ging ihm in den Wald nach. Als sie nach einiger Zeit zurückkehrte und sich wieder allein auf der Ackerlehne sah, erschauerte sie und lachte. Sie dachte bei sich: ‚Ein bißchen tolpatschig ist er, das

stimmt, aber er ist ein guter Mensch...' Obwohl sie
es für den kommenden Tag nicht ausgemacht hatten,
hoffte die Radman doch, daß Voruh kommen würde. Sie
stand vielleicht noch etwas früher auf als am Vortag
und schon von weitem horchte sie auf das Zockeln von
Voruhs Schritten. Sie hatte sich nicht getäuscht — Voruh stand schon mit dem Korb auf dem Rücken auf
der Ackersohle.

An diesem Morgen schütteten sie schon die zweite,
kleinere Ackerblöße zu. Bis zur Trennung arbeiteten
sie schweigend. Wie am Tag zuvor verabredeten sie
sich auch heute nicht für den kommenden Tag, trotzdem
kam Voruh auch am nächsten Morgen. Als sie schon
etwa zehnmal den Acker von unten bis oben durchschrit-
ten hatten, fragte die Radman: »Voruh, bist durstig?«

Er hatte noch nicht geantwortet, da zog die Frau
schon unter der Schürze ein flaches Fläschchen hervor
und reichte es ihm.

»Da, etwas Hollerschnaps hab' ich dir gebracht, daß
du besser Luft kriegst.«

»Du bist gut!« sagte Voruh heiter. Als er die Lippen
ableckte, gab er ihr das Fläschchen zurück.

»Da, trink auch!«

Die Radman setzte die Flasche wortlos an und tat
einen Zug; als sie aber auf den Lippen einen scharfen,
feuchten Dunst spürte, den Voruh an der Flaschen-
öffnung hinterlassen hatte, wurde ihr heiß im ganzen
Körper...

Morgen um Morgen trugen sie die Erde auf die Acker-
sohlen.

Die Radman schritt vorne, Voruh folgte ihr. Dabei
schwiegen sie meistens. Ihr gefiel gerade dieses schwere,
von Keuchen erfüllte Schweigen. Voruh aber schwieg
aus Verlegenheit. Vor Anstrengung strömten ihre erhitz-
ten Körper einen starken Dunst aus. Die Radman roch

nach gesunder Weiblichkeit. Der Hauch von Radmans Stall und den Säuglingen in den Wiegen vermischte sich hier mit dem frischen Dunst des umgepflügten Ackers und alles zusammen ergab den Geruch und Geschmack schwerer Sinnlichkeit. Voruh roch vor allem nach Fichtenharz, daneben kam von ihm der Dunst des Hammelfells. Die aufgebürdete Erde spürten sie nicht mehr so recht, obwohl sie gleichmäßig und tief Luft holten; sie atmeten gierig mit weit geöffneten, bebenden Nasenflügeln den berauschenden Duft der einander so nahen Körper.

Allmählich wurde Voruh redseliger.

Als sie wieder einen neuen Acker angingen und vor den fetten, lehmigen Schollen standen, rief er aus:

»Die könnt ich mit dem Zeppin wegziehen!«

Und einmal fragte Voruh seine Gefährtin plötzlich:

»Warum plagst dich so ab mit dieser Erde?«

Die Radman sah ihn verwundert an, wie wenn sie ihn nicht verstünde, bald aber wurde sie ernst und antwortete ihm freimütig:

»Weil ich so viele Kinder habe...«

Voruh neigte den Kopf wie unter einer Last.

Erst, als sie zum zweitenmal auf die Ackerblöße zugingen, sagte er:

»Warum hast du so viele Kinder?«...

Die Radman hatte eine solche Frage nicht erwartet; sie schaute ihn mit großen Augen an. Bald aber lachte sie auf:

»Da schau her, so ein Kindskopf bist du...«

Voruh schwieg.

Als sie wieder zwei Ladungen hinaufgetragen hatten, fragte er plötzlich:

»Man sagt, du hättest sie zusammengeklaubt...«

»Allein hab ich sie sicher nicht gemacht«, antwortete sie schnippisch.

Die Radman wußte nicht, sollte sie sich ärgern oder lachen. Sie spürte, wie Voruh unentwegt ihre Beine anstarrte, tat aber so, als merke sie es nicht.

Der Behauer wurde immer verrückter. Bei jedem ihrer Schritte lüftete sich ihr Kittel und entblößte weiße Kniekehlen, wo die rundlichen Schenkel ansetzten. Darüber war durch den dünnen Rock deutlich die Bewegung der Hüften erkennbar, die unterhalb des Kreuzes reizvolle Buchten entstehen ließ. Voruh hörte nicht auf, sie anzustarren.

»Radmanca!« schnaufte er.

»Was hast denn?«

Sie verhielt den Schritt und wandte sich halb um.

»Sag, warum hast denn so einen festen Hintern? . . .«

Nun wandte sich die Radman ganz um. Beim Anblick des breitbeinig dastehenden Voruh entrang sich ihrer Brust ein schallendes, verwegenes Lachen:

»Hahaha! . . .«

Nach diesem Heiterkeitsausbruch rückte sie mit den Schultern den schweren Korb auf dem Kopf zurecht, der aus dem Gleichgewicht zu geraten drohte, und stieg bergauf. Aber schon nach einigen Schritten hielt sie inne und sagte, ohne sich umzudrehen, mit ruhiger, nüchterner Stimme:

»Weil ich so einen alten Lotter hab . . .«

Als sie sich wieder gegen den Hang stemmte, hörte sie in Voruhs Hals gluckernde Töne.

Am letzten Morgen, als sie den Rest der Scholle zusammenscharrten, konnte Voruh seine Leidenschaft nicht mehr unterdrücken. Als er knapp hinter ihr den Steilhang aufwärts schritt, umfaßte er mit der rechten Hand ihr Fußgelenk. Obgleich es von Erde und Mist besprenkelt war, schienen ihm die Gelenke entzückend und verführerisch. Sein Griff war so stark, daß die Radman Mühe hatte, nicht hinzufallen.

»Was treibst denn?« entrüstete sie sich, sprang zur Seite und stieß mit dem Bein nach Voruh, dessen Blick nun die weißen, kräftigen Unterschenkel gefangennahmen.

Voruh grinste verwirrt.

»Was grinst denn? Dir fehlt's aber wirklich ein bißl!« ärgerte sich die Radman.

»Bist mir bös?« versuchte er zu beschwichtigen.

Die Radman beruhigte sich und machte ihm keinen Vorwurf mehr. Als sie die letzte Erde auf die Ackerblöße geschüttet hatten, war es noch früh am Morgen, obwohl die Sonnenstrahlen schon den Nebel über die Berglehnen jagten und durch die knospenden Bäume hindurch schon schleierhaft der helle, warme Tag flimmerte.

Wortlos setzte sich die Radman auf den Rain, wo man sie aus der nächsten Umgebung nicht sehen konnte und verbarg die nackten Beine unter dem Rock.

»Setz dich auch!« befahl sie dem Helfer.

Voruh setzte sich stumm zu ihr.

Von hier aus sah man weit ins Land. Und gerade zu dieser Stunde war dieses Land wunderschön. Zu ihren Füßen sah man alle Nachbarhöfe in den Gräben und an den Abhängen. Die Tiefen waren noch voll Nebelballen, während die Hänge um sie herum schon blank dalagen. Am untersten Rand sah man noch eine mit Nebel gefüllte Talschwelle, die in ein anderes breiteres Tal hinüberführte. Wäre es nicht von dichtem Nebel verhängt, hätte man dort sogar die Drau sehen können. Auf diese niedrige, sanfte Welt starrten von allen Seiten die blanken Schneegipfel der hohen Berge herab.

Die Radman konnte sich an dieser weit hingebreiteten Schönheit nicht sattsehen. Nach beendeter, langwieriger und schwerer Arbeit kam ihr alles angenehm und schön vor, so daß sie die Bitterkeiten und Unannehmlichkeiten ihres Alltags vergaß. Sie dachte weder an ihren alten Mann, noch an die Kinder, noch hatte sie irgendwelche

Wünsche. Ihr ganzes Leben versank in diesem Augenblick in den kleinen Fleck am Rain, wo sie im Augenblick eine einfache Zufriedenheit genoß. An den Behauer, der stumm neben ihr saß, dachte sie nicht, doch fühlte sie mit jedem Herzschlag seine Gegenwart.

Vielleicht hätten diese Augenblicke noch länger gedauert, hätte nicht Voruh das Schweigen unterbrochen

»Radmanca!« sagte er langsam und bedächtig, »wieviel Erde haben wir eigentlich hinaufgetragen?«

»Wer kann sie abwägen?«

Nach einiger Zeit setzte er fort:

»Ich bin ein gewöhnlicher Holzbehauer, die Leute sagen zu mir auch Kindskopf, aber wenn mir jemand so einen Grund geben tät, wo man Erde schleppen muß, nein, so was tät ich nicht nehmen.«

Die Radman antwortete nicht gleich. Erst nach einiger Zeit sagte sie mit abwesender Stimme:

»Hast recht!«

»Die Welt ist doch groß genug!«

Voruhs Blicke streiften über das Land.

Da hatte die Radman die träumerischen Empfindungen schon abgeschüttelt. Schnell erhob sie sich und sagte zu Voruh, der nun auch ungeschickt aus dem Grase aufstand: »Was bin ich dir denn schuldig?«

Voruh blickte sie entgeistert an. Das Wort, das er aussprechen wollte, blieb ihm in der Kehle stecken.

»Im Ernst!« fuhr die Keuschlerin trocken fort. »Allein hätt' ich mich noch eine Woche lang jeden Morgen abrackern müssen, aber du bist gekommen und hast mir geholfen. Dabei hast viel bei deiner eigenen Arbeit versäumt.«

»Ach, was soll das! Nichts hab ich versäumt ...« sagte er und wehrte mit der Hand ab.

»Sag's nur!« drängte die Radman.

Da drehte sich der Behauer mit beleidigter Miene weg. Sie hörte seine leise Stimme:

»Ich bin gern 'kommen, war ja für dich . . .«

»Ah so!« sagte die Radman froh und fügte nach einiger Zeit hinzu:

»Das ist aber wirklich schön von dir . . .«

Voruh fiel ihr ins Wort:

»Weißt was, kannst mir anzeichnen helfen. Willst?«

»Gern.«

Voruh aber beeilte sich:

»Wenn ich alles bereit hab, ruf ich dich. Mit der Hacke werd ich dreimal auf den Tram klopfen: Pompom-pom-rom-pom-pom. Dreimal lang und dann zweimal kurz, Pom-pom-pom-rom-pom-pom, Merk dir's gut, Radmanca!«

»Ich weiß schon! Pom-pom-pom-rom-pom-pom!«

»Rufen werd ich nur dann, wenn ich lange Trame auf dem Schragen hab.«

»Ruf, wann du willst!« sagte die Radman und lachte.

Dann ging jeder seinen Weg. Bevor Voruh mit dem Tragkorb durch das Gebüsch kroch, blickte er sich noch einmal um. Er sah, daß auch sie oben auf dem Rain stand und ihm nachblickte, groß aufgerichtet, mit dem Tragkorb an der Hüfte und in ihrem Kittel, der im Wind flatterte.

Am folgenden Tag hielt die Radman mit unruhiger Spannung die Ohren offen, wann aus dem Wald das verabredete Zeichen erschallen würde. Es verging der Morgen, es verging der Nachmittag, der Tag neigte sich dem Ende zu, aber das verabredete Rompompom konnte sie nicht wahrnehmen, obwohl vom Wald her fast ununterbrochen die Hackenschläge hallten. Allmählich wurde ihre Ungeduld zur Enttäuschung, ja, mit der nahenden Nacht zur leichten Kränkung.

»Wie's scheint, getraut sich der Kindskopf nicht zu rufen?« dachte sie und es kam ihr beinahe der Wunsch auf, selbst in den Wald zu laufen. Doch ein innerer Widerstand hielt sie davon ab. Der Tag verging ohne

Anruf aus dem Wald. Die Radman schlief traumreich, ermüdet von der Mailuft und den duftenden Gräsern.

Am nächsten Tag legte sich ihre Erwartung nicht, doch auch diesmal wartete sie vergebens. Am dritten Tag war ihr schon leichter. Dann und wann horchte sie wohl noch auf das Echo der Hacke, doch die Schläge verloren sich in ihr schon fast ohne Widerhall. Zuletzt lachte sie vor sich hin:

»Was geht mich denn dieser Kindskopf an?«

Am Nachmittag jedoch, als sie gerade beim Quelltrog stand, weckte sie unerwartet ein langgezogenes Meldezeichen aus dem Wald:

»Pom-pom-pom-rom-pom-pom!«

Der Radman erstarrte das Blut in den Adern. Sie konnte sich nicht rühren.

Das Zeichen wiederholte sich einmal, zweimal...

Beim Nachhall des letzten Schlages riß sie sich empor, verschwand hinter dem Stall und jagte durch den Obstgarten zum Wald. Sie dachte nicht einmal daran, ob sie die Kinder vor der Keusche gesehen hatten; es trug sie wie auf Flügeln. Der Ruf aus dem Wald füllte ihre Adern, Ohren und ihr Gehirn und trübte ihre Augen mit einem Schleier, durch den sie kaum noch sehen konnte. Erst als sie beim Waldsaum angelangt war, von wo aus ihr Heim nicht mehr zu sehen war, blieb sie stehen und kam zu sich:

»Was hab ich — dummes Weibsbild?«

Sie schüttelte sich, als ob sie all die Gefühle loswerden wollte, dann setzte sie ihren Weg durch das dornige Gestrüpp fort, überstieg den Zaun und näherte sich ruhig dem Behauplatz.

Voruh erwartete sie bereits bei den Schragen, die Spagatspule in der Hand.

»Hast gehört?« sagte er mit einer Stimme, die fast betäubend auf sie wirkte. Sie blieb am anderen Ende des Schragens stehen und betrachtete ihn, wie er mit geöffnetem Hemd dastand, mit dem kurzen, kräftigen Hals und der breiten, behaarten Brust.

Sie tat beleidigt.

»Wer hat dir denn die zwei Tage geholfen?« fragte sie ihn fast vorwurfsvoll.

»Niemand«, gab Voruh kurz angebunden zurück.

Er benahm sich wie ein echter Klotz. Er hantierte mit der Spule, als hätte er es mit dem Anzeichnen weiß Gott wie eilig.

Die Radman faßte unwillig die Schnur.

»Gib acht, daß du dich nicht pechig machst. Heut rinnt alles nur so, weil ein heißer Tag ist. Die Sonne brennt direkt her!«

»Keine Angst!«

Als sie fertig waren und Voruh Farbe und Schnur weggeräumt hatte, schritt er langsam über den Behauplatz und lehnte sich an den gekennzeichneten Bloch, während die Radman sich auf den Schragen stützte. Zwischen beiden war nur ein Meter Abstand.

Auf den Behauplatz in der Bodenmulde brannte die Sonne vom offenen Nachmittagshimmel hernieder. Unter ihren Strahlen dampfte und tropfte das Harz aus dem frischen, entrindeten Holz, aus dem Haufen der Schwartlinge, Rinden und Äste, daß es schien, als wäre es ein Kessel, vollgefüllt mit einem starken ozonhältigen, fast betäubenden Dunst, der sich auf die Brust legte und das Hirn lähmte. Man hätte in den nächsten Schatten taumeln und eindösen können. Der Glanz des frischen, nackten Holzes blendete die Augen.

»Heiß ist es bei dir«, redete als erste die Radman und atmete schwer.

»Stimmt!« erwiderte Voruh wichtig und fast stolz...

»Auch unser Behauerbrot ist hart...«

Die Radman dachte an etwas ganz anderes.

»Ich könnt's hier einfach nicht aushalten...«

Voruh grinste und zeigte seine starken, gelben Zähne.

Die Radman beunruhigte das.

»Narr!« zischte sie böse und wandte sich zur Seite. Auf einmal aber drehte sie sich zu ihm herum und fragte ihn:

»Ist es wahr, Voruh, daß du noch nie eine Frau gehabt hast...? Die Leute sagen es...«

Voruh verzog den Mund und schaute sie an.

»Wahr, noch nie...«

»Was hast denn bei den Soldaten getan?«

»Nichts! — Die anderen sind zu den Schlampen gegangen, ich nicht.«

Voruh sagte es mit schwerer, etwas gedämpfter Stimme, aber gerade diese Stimme verwirrte die Radman, so daß sie sich am Schragen anklammerte, als fürchtete sie, auf die Schwartlinge zu sinken, aus denen die harzige, kochende Hitze brodelte. Einige Augenblicke blieb sie mit geschlossenen Augen angelehnt, dann kam sie wieder zu sich und richtete sich schweratmend auf. Wie durch einen Schleier erblickte sie den Behauer, der noch immer unbewegt auf den Schwarten stand, breitbeinig und grinsend.

»Warum hast du mich dann letztesmal beim Fuß gepackt?...«

Voruh rührte sich noch immer nicht.

Da erzitterte die Radman, ihre Augen blickten feindselig. Schnell sprang sie mit einigen Schritten zur Seite auf die braune Erde, blieb stehen und rief gereizt:

»Schafskopf, wozu bist denn auf der Welt...?«

»He, he, he!...« kicherte Voruh mit meckernder Stimme. Dieses Kichern reizte sie noch mehr und trieb sie in die Flucht. Nach ein paar Sprüngen erreichte sie den Zaun und verschwand. Als sie auf der Höhe ankam, wo sie mit Voruh nach getaner Arbeit gesessen war, zitterte sie am ganzen Leib und mußte sich setzen. Lange saß sie ruhig auf dem warmen Heidekraut und konnte nichts denken, nur dem eigenartigen, schweren

128

Pochen ihres Blutes hörte sie ununterbrochen zu. Es dauerte einige Zeit, ehe sie sich beruhigte. Als sie schließlich aufgestanden war, versuchte sie sich einzureden:

»Was soll ich schon mit so einem Verrückten...?«

Und sie drohte in Richtung Wald:

»Nicht einmal mehr anzeichnen komm ich!«

Als es aber am nächsten Tag wieder aus dem Wald hallte, zögerte sie nicht einen Augenblick, sondern folgte sofort dem Ruf. Sie war ruhig und kühl, als sie in den Wald kam. Aber sobald sie auf den erwärmten Schwarten stand und den harzigen Duft von Voruhs Gegenwart einatmete, überkam sie der Rauschzustand vom Vortag. Unterwegs hatte sie gedacht, nach dem Anzeichnen gleich wegzugehen und dieses Rindvieh von einem Behauer allein zurückzulassen. Jetzt aber war es wie am Vortag. Als sie die Schnur ausgelassen hatte, blieb sie stehen. Voruh kam auch heute langsam auf ihre Seite herüber und lehnte sich lässig knapp vor ihr mit gekreuzten Armen an den Bloch.

Verstohlen blinzelte sie zu ihm hin.

Nach einiger Zeit fragte er:

»Hat's dich heute auch?«

Wieder hörte sie jene kichernde, beunruhigende Stimme. Sie antwortete nicht, sondern blinzelte ihn verschlafen an.

Voruh rülpste, dann stotterte er:

»Schade, daß du nicht dableiben darfst.«

»Was soll ich bei dir?«

»Mir helfen!« stotterte der Behauer.

Aus den Schwarten dampfte schwerer harziger Dunst und durchtränkte und erhitzte die Radman derart, daß sie sich kaum dagegen wehren konnte, in einen Dämmerzustand zu sinken. Die Zunge wurde ihr schwer und sie konnte nicht mehr sprechen. Ohne es zu wollen, lehnte sie sich mit dem Oberkörper über den Schragen zurück und schloß die Augen... Plötzlich wurde sie kräftig an den Schultern gepackt. Durch die zuckenden Wimpern sah sie Voruhs bleiches, verzerrtes Gesicht... auf der Wange verspürte sie einen heißen Atem.

»Voruh, laß diese Dummheiten!« hauchte sie und ihre Schultern zitterten leicht, doch nur einen Augenblick; dann wurde sie von einem unerklärlichen Gefühl und einer sanften, betäubenden Müdigkeit erfüllt. Sie streckte die Hände aus und schlang sie um den schwitzenden, bebenden Nacken und löste sie nicht mehr los...

Von nun an schallte es täglich aus dem Wald:

»Pom-pom-pom-rom-pom-pom.«

Anfangs rannte die Radman wie verrückt in den Wald, aber nach einigen Tagen sagte sie zu Voruh:

»Du, das müssen wir anders anstellen.«

Der Behauer antwortete nicht. Ein sattes Lächeln umspielte seine Züge.

»Wir müssen aufpassen. Dein Rompompom hört man weit und die Leute sind schlecht. Leicht könnte jemand die Sache ausschnüffeln und sie meinem Alten auf die Nase binden. — Zwischendurch werde ich dir auch meine Kinder zum Helfen schicken.«

So geschah es auch: noch zwei Monate schallte das Rompompom aus dem Wald, worauf die Hacke nicht mehr zu hören war. Alles Holz war behauen. Es schien, als hätte die Nachbarschaft nichts gemerkt. — — —

Wie jedes Jahr feierten die Radman'schen auch heuer zusammen mit den Nachbarn den Kirchtag. Radman saß in der Stube und gab auf Pram acht, der unter dem Tisch krabbelte. Die Radman tanzte.

Da tanzte ein Nachbarbursch an ihr vorbei.

»He, Radmanca, fest, fest!« rief er und grinste. Auch die Radman lachte auf. Der Bursche drehte sich hurtig weiter. Wie auf einen Schlag ebbte der Wirbel ein wenig ab und die Tänzer trampelten ausgelassen im Takt des Harmonikaspieles über den Tanzboden.

»Pom-pom-pom-rom-pom-pom! He — He — rom-pom-pom ...!«

Alle auf dem Tanzboden blickten zur Radman, einige grölten. Afra verstummte im ersten Augenblick, dann errötete sie bis unters Haar. Bald aber faßte sie sich, drückte ihren Tänzer an sich, drehte ihn wild herum und antwortete so den Nachbarn.

»Pom-pom-pom-rom-pom-pom! He! — He! — Rom-pom-pom!«

Jemand sagte:

»Das ist ein Weib! ...«

Indessen wurden alle auf dem Tanzboden vom Kirchtagsübermut erfaßt, und das Haus wiegte sich unter den Schlägen von hundert Fersen:

»Pompompom — pom — rompompom ...«

Im nächsten Winter kam bei den Radman'schen das achte Kind zur Welt. Die Nachbarn nannten es einstimmig Mec, das heißt Kindskopf.

Bald darauf erklärte die Radman ihrem Mann:

»Ich geh in die Rauchstube schlafen! Da halt ich's nimmer aus. Du schnarchst in der Nacht wie ein alter Futterkessel und ich kann nicht schlafen.«

Radman schwieg, Afra aber tat so, wie sie gesagt hatte: Sie packte ihr Bett und stellte es in der Rauchstube auf. Mit sich nahm sie noch Pram und Scheck, die anderen drei Kinder blieben beim Alten in der besseren Stube — zwei Buben hatten schon vorher im Stall geschlafen.

Die Nachbarn wußten, warum die Radman das tat, und entrüsteten sich eine Zeitlang darüber. Schließlich aber beruhigten sie sich und meinten:

»Wenn's dem Radman nichts macht, soll's auch uns recht sein!«

Radman schwieg, wurde immer dürrer und krummer, die Radman aber mit jedem Tag blühender.

»Woher sie nur diese Kraft nimmt, wo sie sich doch wie ein Zugtier abrackert und nur Erdäpfel und Kraut ißt?« wunderten sich die Nachbarn.

Aber die Radman war eben die Radman ...

An einem Sommermorgen stand Radman wie gewöhnlich sehr zeitig auf. Die Keusche war noch in Dunkelheit gehüllt. Der Tag, der im Osten zu dämmern begann, war noch weit. Als er sich am Brunntrog gewaschen hatte, blieb er am Hauseck stehen und schaute nach dem Wetter. Plötzlich weckten ihn eilende Schritte vom Saumpfad her aus seiner Versunkenheit. Er sperrte die Augen und Ohren auf und erstarrte: Aus dem Baumschatten huschte eine dunkle Gestalt hervor und rannte fast in ihn hinein. Er erkannte Afra.

»Du bist da?«

Die Frau blieb dicht vor ihm stehen, barfuß, keuchend und erhitzt, mit flüchtig zugezogener Bluse und geöffnetem Kragen. Überall war unter den engen Kleidern die weiße Haut zu sehen und sie roch nach einem seltsamen, herben Schweiß.

Sie standen höchstens zwei Handbreit voneinander entfernt.

»Wo warst?« Radmans Stimme klang bestürzt und gehässig. Er neigte sich vor, so daß sein Gesicht fast das ihre berührte.

Aber auf die Antwort mußte er ein wenig warten, denn die Radman faßte sich nicht gleich. Sie mußte ein paarmal tief atmen, dann erst sagte sie mit frecher, entschlossener Stimme:

»Was fragst denn so dumm, wo du es selbst genau weißt! Bei meinem Liebsten war ich!«

»Ah so!« kam es aus Radmans Mund.

»Ja so, du alter Lotter! Warum fragst denn, wo du doch wissen mußt, daß ich das schon mehrere Jahre mach.«

Ihre Stimme war unerbittlich, schadenfroh.

Aus Radmans Kehle kamen röchelnde Laute. Er stand vor ihr wie ein Gespenst. Im Hof war es still; kein Geräusch war zu hören; nur das gleichmäßige Plätschern des Wassers und die Rufe der Morgenvögel. Einige Zeit standen sie sich so gegenüber. Die Augenblicke dieses Wartens mußten sehr lang sein, so kurz sie den beiden auch schienen, denn inzwischen wurde es um die Hauswände immer heller.

»Du!« stöhnte Radman schmerzlich auf und streckte die Hände gegen die Frau aus. Sie fuhr zusammen und sprang zur Seite. Diese Hände kamen ihr grauenhaft vor. Einen Augenblick dachte sie: »Vielleicht hat er doch nichts gewußt«, und fast tat er ihr leid. Doch ihr Gefühl, im Recht zu sein, überwog: »Es stimmt nicht, er hat's gewußt, er tut nur so — und wenn er es auch nicht wußte — was geht es mich an!«

Radman stürzte nicht auf sie los, nur mit den Händen fuchtelte er vor ihren Augen herum.

»Hündin! — Von wem ist der Jirs?«

»Von dir nicht!« antwortete Afra kalt.

»Von wem ist der Scheck?«

»Von dir nicht!«

»Von wem ist der Pram?«

»Von dir nicht!«

»Von wem ist der Mec?«

»Mec? — Den hat die Erde gegeben . . .«

»Ich hab gearbeitet und du hast mit anderen geschlafen.«

»Ich hab gearbeitet und geschlafen, zuerst mit dir, dann mit den anderen, seit du für die Katz bist. Was willst du mir vorwerfen?«

»Warum hast du mich geheiratet?«

»Weil ich noch ärmer war als du!«

Der alte Radman geriet in heftigen Zorn. Sie hatte seinen männlichen Stolz verletzt. Er griff mit der Rechten unter das niedrige Hausdach, zog hinter dem Tram einen kräftigen Buchenstiel hervor und holte wild gegen die Frau aus.

Die Radman sprang zur Seite und riß den Mund auf. Sie war zwar auf alles gefaßt, trotzdem überraschte sie dieser Ausbruch.

»Willst mich verprügeln?« fragte sie langsam.

Radman brachte kein Wort hervor, sondern schlug nur hemmungslos auf die zurückweichende Frau ein. Einige Hiebe fing sie mit den Händen ab, einige aber trafen ihren Körper. Schließlich erfaßte sie den Buchenstiel und ließ ihn nicht mehr los. Dann rangen sie und stießen sich eine Zeitlang. Dabei erkannte die Radman, daß ihr Mann noch eine unglaubliche Kraft in seinen vertrockneten Knochen hatte. Sie erschauerte fast aus Ehrfurcht vor ihm. Das hinderte sie an der Flucht. Ebenso fühlte auch der Mann, daß die Muskeln der Frau ungewöhnlich stark und widerstandsfähig waren. Keiner von beiden verließ sich auf sich.

Zuletzt keuchte die Radman:

»Hau nur zu, nur nicht auf den Schädel, dort hab ich das Hirn...«

Radman wußte, daß er sie nicht leicht überwältigen würde, wenn er sie nicht betäubte, daher zielte er vor allem auf ihren Kopf. Endlich hatte er die Gelegenheit, daß er mit aller Gewalt den Nacken traf. Die Radman sank zur Erde und verlor die Besinnung. Der Mann neigte sich über sie und schlug auf die Liegende ein. Anfangs keuchte er bei jedem Schlag:

»Das für den Jirs! — Das für den Scheck! — Das für den Braunen! — Das für den Mec, Mec, Mec...«

Er drosch, bis seine Hand erschlaffte. Dann steckte er den Buchenstiel wieder hinter den Tram, schirrte das

Pferd an und ging fuhrwerken. Die Radman blieb unter der Dachtraufe liegen.

Aber sie lag nicht lange: ihre starke, widerstandsfähige Natur ließ sie rasch zu sich kommen. Als sie hingefallen war, war sie soweit bei Verstand gewesen, daß sie den Kopf geschützt hatte. Sie versteckte ihn unter den Ellbogen und blieb so liegen. Der Mann hatte auf ihre Hüften, Schenkel und Hände eingedroschen, aber der Kopf blieb unversehrt.

Mühsam erhob sie sich vom Boden, schleppte sich zum Brunnen und kühlte sich mit kaltem Quellwasser die brennenden, blutunterlaufenen Flecken. Als sie ihre Kraft wiedererlangt hatte, ging sie in die Rauchstube, band einige Sachen in ein Bündel zusammen, nahm den Mec auf den Arm und verließ die Keusche mit den Worten:

»Mit ihm bin ich quitt auf dieser Welt.«

Am Abend fand Radman in der Keusche sieben verzweifelte Kinder vor. Die Nachbarn rieben sich zufrieden die Hände, daß es beim Radman nun doch zu einem Ende gekommen war, und Schluß mit der Sünde sei. Doch die Sünde nahm kein Ende, sie veränderte sich nur und wurde offensichtlicher, jetzt erst Ärgernis erregend: Die Radman war nun bei Voruh.

Am ersten Abend fragten die Kinder den Vater:

»Wohin ist die Mutter gegangen? Wann kommt sie wieder?«

Radman schwieg, er schwieg auch am zweiten Abend, am dritten sagte er mit grober Stimme:

»Sie wird nie mehr kommen. Wir werden auch ohne sie leben!«

Die Kinder starrten den Vater wortlos an...

Vier von ihnen gingen zur Schule. Eines Tages vertrauten ihnen einige Mitschüler an:

»Eure Mutter ist beim Mec in der Keusche!«

Nach dieser Neuigkeit zogen abends nach der Schule alle vier Kinder gleich in den Seitengraben, wo die Keusche des Mec stand, und gingen die Mutter suchen. Vorsichtig näherten sie sich und als sie die Keusche von weitem sahen, stiegen sie in den Wald des gegenüberliegenden Hanges und schlichen sich in seinem Schutz unbeobachtet heran. Sie hockten sich im Jungwald nieder und starrten schweigend, mit angehaltenem Atem, zur Keusche auf dem gegenüberliegenden Hang, um die Mutter zu sehen. Sie warteten fast bis zum Einbruch der Dunkelheit, aber die Mutter war nicht zu sehen. Wohl schlich eine Frau um die Keusche herum und ging öfters zum Brunnen, doch das war nicht die Mutter, sondern die alte Mecnovka.

Sie kamen mit großer Verspätung nach Hause und antworteten auf Radmans Frage, wo sie so lange gewesen wären:

»Die Schule hat so lange gedauert.«

Am folgenden Abend taten sie dasselbe, doch auch diesmal warteten sie vergeblich auf die Mutter. Sie zeigte sich nicht. Zu Hause fragte sie der Radman wieder, wo sie sich verspätet hätten. Sie antworteten:

»Wir waren eingesperrt, weil wir gerauft haben!«

Am dritten Abend lauerten sie wiederum der Mutter auf. Diesmal hatten sie Glück: Sie kam heraus und holte Wasser.

Die zwei Jüngsten wollten schreiend zur Keusche laufen, doch die beiden Älteren hielten sie zurück und sagten:

»Seid ruhig, die Mutter könnt' erschrecken.«

Noch lange danach, als die Mutter schon verschwunden war, schauten die Kinder zur Keusche.

»Sollen wir zu Hause sagen, daß wir die Mutter gesehen haben?« überlegten sie, als sie heimgingen. Sie beschlossen, dem Vater nichts zu sagen. Am nächsten Morgen trug Radman den beiden Ältesten auf:

»Bringt den Jirs, den Scheck und den Pram zur Mutter in die Mec-Keusche und laßt sie dort.«

»Ja«, sagten sie.

Bald pilgerten alle sieben Kinder zum Graben: Pram und Scheck stolperten über die Wurzeln und Mulden, fielen immer wieder hin und weinten. Die älteren trösteten sie:

»Seid still, wir geh'n zur Mutter!«

Bei diesen Worten beruhigten sie sich.

Sieben Kinder blieben vor der Keusche stehen und warteten, daß die Tür aufginge und die Mutter sich zeigte, denn einzutreten getrauten sie sich nicht.

Als erste betrat die alte Mecnovka die Türschwelle. Sie war erstaunt, und es schien, als wollte sie die Kinder ansprechen, doch sie war dem Weinen nahe und verschwand gleich wieder in der Keusche.

Lange mußten die Kinder warten, schließlich kam doch die Mutter heraus. Sie blieb auf der Türschwelle stehen und blickte die Kinder der Reihe nach an. Dann sprach sie mit harter Stimme:

»Kinder, was wollt ihr da?«

»Euch holen; der Vater hat's gesagt!« log der älteste Sohn, der auch zerschundener Karmuh hieß. Die Kinder hielten sich an den Händen und ließen nicht los.

Die Mutter überlegte, dann sagte sie:

»Das stimmt nicht, Kinder, ihr lügt!«

Dann überlegte sie wieder:

»Geht nach Hause, Kinder!« befahl sie ihnen.

»Ohne Euch gehen wir nicht!« schnitten ihr die jungen Radman'schen das Wort ab und drängten sich enger zusammen.

Nun war die Radman in Verlegenheit. Ihre strengen Augen blickten über die Reihe der Kinder irgendwohin den Hang hinauf, doch ihre Wangen zitterten ganz leicht. Nach einiger Zeit sagte sie mit mutiger Stimme:

»Kinder, ihr müßt nach Hause, hier habt ihr nichts zu essen!«

Die Schar der Kinder kam in Bewegung wie eine Mauer, die nachgibt.

»Nichts zu essen? . . .«

»Nichts!« beeilte sich die Mutter, »auch ich werde nichts zu essen haben!«

»Dann kommt mit uns!« sagte die zarte elfjährige Afrula.

»Das geht nicht!«

Mit großer Mühe bewog die Radman ihre Kinder zur Heimkehr. Beim Abschied versprachen sie ihr:

»Morgen kommen wir wieder, Euch holen.«

Daheim log der älteste Bub den Vater an:

»Wir sind alle zurückgekommen, weil die Mutter keinen behalten will.«

Radman biß sich in die Lippe und schwieg. Am folgenden Morgen lud er alle drei Kuckuckskinder, das waren Jirs, Scheck und Pram, auf den leeren Karren und fuhr selbst mit ihnen zur Keusche. Dort stieß er mit dem Fuß die Tür auf, stellte alle drei Kinder in die Diele, schloß hinter ihnen die Tür zu und rief laut:

»Da hast deine Bankerte!«

Doch am Abend fand er wieder alle sieben Kinder daheim . . .

Eines Tages ging die alte Mecnovka die Radman an:

»Du, wird's bei uns immer so weitergehen?«

Die Radman war überrascht, obwohl sie erwartet hatte, daß die Alte einmal darüber reden würde. Bis jetzt hatten sie noch nie über die Angelegenheit gesprochen, die sie ins Haus gebracht hatte. Eigentlich hatte sich auch nie eine richtige Gelegenheit dazu ergeben, da die alte Mecnovka tagsüber ihrem Taglohn nachging, am Abend aber war auch Voruh zu Hause. Das störte die Mutter.

Die Radman schwieg, die Mecnovka aber fuhr fort:

»Was hast denn mit den Kindern vor?«

»Mit den Kindern?« fragte die junge Frau. Sie blickte die Alte mit verlorenen Augen an, meinte aber trotzig:

»Was gehen mich die Kinder an?«

»Es sind doch deine!«

»Dem Radman gehören sie — alle. Soweit sie nicht von seinem Blut sind, sind sie von meinem Schweiß, den ich fünfzehn Jahre Tag und Nacht auf seinen Berglehnen vergossen habe.«

Die Mecnovka wandte sich wie eine alte Füchsin und fuhr mit der ruhigen Stimme von früher fort:

»Überleg dir, was mit den Kindern wird.«

Das brachte die Radman auf:

»Seid auch Ihr gegen mich — Mutter? Wollt auch Ihr haben, daß ich zurückkehr zu diesem alten Klotz und bei ihm erstick?«

»Ich red nicht von deinem Lotter, ich zwing dich nicht, mit ihm zu leben, nur frag ich dich, was aus den Kindern werden soll!«

Die Alte ließ nicht nach. Die Radman begann sich zu wehren:

»Mutter, ich weiß, was die Leute reden, aber ich scher mich nicht drum. Was ich gemacht hab, hab ich selbst so wollen. Dem Radman geschieht kein Unrecht. Damals war ich dumm und hab gedacht: Hauptsache daß es ein Mannsbild ist! Dann hab ich mir gedacht: eine Keusche hat er doch und ich werd meinen Kopf wohin legen können. Armut hat mich in sein Bett getrieben. Euch, Mutter, die Ihr genug erlebt habt, kann ich sagen, daß ich es teuer genug bezahlt hab — meinen Kopf in den alten Tagen wohin legen zu können! Als ich zur Vernunft kam, hatte ich schon zwei Kinder. Bis dahin hab ich in einem Wahn gelebt, hab nichts gesehen, an nichts gedacht. — Dann hat er mir noch zwei Kinder angehängt. Man muß das selbst mitgemacht haben, damit man es versteht. Jahr für Jahr sich ins Bett legen und

dabei denken, man legt sich zu einem morschen Klotz
— — Brrr!«

Die Radman schüttelte sich.

Die Mecnovka legte die Hände unter der Schürze ineinander und hörte stumm zu. Die Radman aber setzte nach kurzer Pause fort:

»Sie halten mir die anderen Kinder vor — den Jirs und die übrigen. Ich weiß! Aber sie sind teuer bezahlt. Fünfzehn Jahr hab ich mich selbst betrogen. Fünfzehn Jahr hab ich die Erde gegraben und auf die Blößen getragen. Auf diesen Rainen sind die Kinder angebaut worden, und deshalb gehören sie zu Recht dem Radman. Ihm soll das der Lohn sein für sein Vergnügen. Geschieht ihm recht!«

Lang und durchdringend sah sie auf die Alte. Diese schüttelte sich wie ein nasser Pudel und sagte langsam: »Radmanca, glaub nicht, daß mir was dranliegt, wenn du es jetzt mit meinem Sohne hast. Das ist eure Sache! Kannst dich herumtreiben, wie du willst, doch du darfst dabei die Kinder nicht vergessen. Du hast ihnen das Leben gegeben und ohne dich sind sie eben keine Kinder.«

»Die Kinder . . .«

Langsam, Silbe für Silbe, wiederholte nun die Radman das Wort. Man merkte, daß es ihr zu Herzen ging.

»Ist das wirklich das Wichtigste?« fragte sie nach einiger Zeit.

»Das Allerwichtigste, Radmanca!« beeilte sich die Alte mit der Antwort. »Tu, was du willst, leb so oder so, aber verstoß nicht die Kinder, verlaß sie nicht, vergiß sie nicht!«

»Aber wie soll ich das machen, Mutter? Wie kann ich das eine mit dem anderen verbinden?« Die Radman wandte sich mit heißer fordernder Stimme der unerbittlichen Alten zu.

Diese erhob sich langsam, zog die Hände unter der Schürze hervor und sagte mit fast feierlicher Stimme:

»Das mußt selbst herausfinden. Ich weiß es nicht!«

Voruh übernahm einen größeren Holzschlag in der Schlucht hinter der Radman-Keusche. Da gab es Arbeit für mehrere Monate. Eigentlich bewog ihn die Radman dazu. Auf diese Weise käme sie aus der Keusche weg und würde dort für einige Zeit Ruhe vor den Leuten haben, die samt der alten Mecnovka immer unangenehmer geworden waren. Sie stellten sich im Wald aus Stämmen und Rinde eine schlichte Holzhütte auf, trugen Stroh hinein und übersiedelten zusammen mit dem kleinen Mec dorthin.

Der Holzschlag war an einsamer Stelle, mitten im dichten Wald: wohin man auch blickte, überall dunkelgrün, darüber der blaue Himmel. Der Frühling war schon vorbei, und die Natur ruhiger und ausgewogener. Sonnendurchtränkte Fichten und Föhren atmeten einen warmen harzigen Duft aus. Überall herrschte Frieden, so daß auch weiter entfernte Quellen zu hören waren, die in den Waldtiefen murmelten.

Die Radman und Voruh gingen mit allen Kräften die Waldarbeit an. Wie einst, als sie beim Radman die Erde auf die Ackerblößen trugen, standen sie auch jetzt zeitig auf und fällten bis zum Sonnenaufgang die Fichten; dann entrindete die Radman, Voruh behaute die Stämme.

»Es werden zu viele sein!« meinte Voruh.

»Zu wenig werden es sein!« meinte die Radman.

Sie hatte noch nie den Schöpser in den Händen gehabt, doch mit welcher Freude und Geschicklichkeit sie damit umging!

Wie kräftig schwang sie die Hacke! Und wenn ein Baum fiel, durch die Wipfel und das Astwerk splitterte und krachte und mit großem Getöse auf dem Boden aufprallte, wie genoß sie das!

»Schön ist's im Wald!«

Ihre Wangen glühten vor Glück und Zufriedenheit.

Am ersten Tage fällten sie zehn Fichten. Die Sonne hatte kaum den Zenit überschritten, da waren schon alle geschält.

Am nächsten Tage fällten sie fünfzehn, am dritten zwanzig, am vierten fünfundzwanzig.

Die Radman arbeitete vom Morgengrauen bis zur Dämmerung und kochte in Sonne und Harz. Sie hätte unaufhörlich fällen, den ächzend stürzenden und sterbenden Bäumen zuhören und auf das weiche, weiße, harzige Holz loshauen können. Vor der Hütte kugelte der kleine Mec und schrie; unterhalb des Holzschlages, in der Schlucht, behaute Voruh. Alles war fern. Manchmal fühlte sie, daß Voruhs Hacke nicht mehr klang und dann blickte sie sich um. Voruh stand unten auf den Schwartlingen, stützte sich auf den Hackenstiel und starrte sie an.

»Was gaffst denn?« rief sie ihm zu.

Voruh rührte sich nicht.

Da erst besann sie sich, wie breitspurig sie auf dem Hang gestanden war, so daß ihre Schenkel weit über den ganzen Holzplatz hin zu sehen waren. Sie errötete, änderte ihre Haltung und rief:

»Kindskopf, kindischer!«

Daraufhin kam der Kindskopf auch zu sich, grinste breit und begann wieder kräftig die Blöcher zu bearbeiten.

Die Radman selbst verließ den Wald nicht. Voruh holte jeden Sonntagmorgen vom Holzhändler, für den er arbeitete, die Lebensmittel. Wenn er zurückkehrte, fragte sie ihn nicht einmal nach den Neuigkeiten. Am ersten Sonntag wollte Voruh, nachdem er eingekauft hatte, sofort wieder aus dem Laden verschwinden, doch der Kaufmann hielt ihn zurück:

»Na, willst einen Halben? Bei so einem Helfer verdienst ihn wohl, sonst gehst noch ein.«

Voruh grinste nur und stimmte in stolzer Verlegenheit zu. Als er sein Maß ausgetrunken hatte, ließ ihn der Händler noch nicht gehen:

»Na, wirst deine Helferin im Trockenen lassen? Bring ihr auch einen Liter.«

Voruh gehorchte und trug einen Liter Wein und einen Liter Rum für den Tee in den Wald.

»Wozu bringst denn das herauf?« nörgelte die Radman.

»Der Händler hat gesagt, es ist für dich.«

Er grinste, doch die Radman verzog das Gesicht.

»Das nächstemal brauchst nichts bringen!« sagte sie schließlich ruhig. Nach einigen Tagen kam der Händler die Arbeit anschauen. Das behauene Holz prüfte er nur oberflächlich und brummte: »Gut!« Aber bei der Radman, die hoch ober dem Holzplatz schälte, blieb er wie angewurzelt stehen. Er ließ sich in den Schatten auf den moosigen Waldboden fallen und beobachtete sie lange. Dann sagte er:

»Geht's wohl?«

»Wohl!« erwiderte die Radman.

Nach einiger Zeit fuhr er fort:

»Und wie steht die Sache mit dem Radman? Wird sie immer so bleiben?«

»Welche Sache? Ist doch alles in Ordnung!«

»Glaubst deshalb, weil du einen jungen Mann hast?« Der Händler lachte anstößig. Dann überlegte er ein wenig und sagte:

»Die Geschichte ist peinlich genug, Radmanca. Deinetwegen hab ich jetzt alle Nachbarschaft auf dem Hals: Die Leute, der Pfarrer, die Gemeinde — alle setzen mir zu. Sie wollen, daß ich den Voruh entlasse, damit es kein Ärgernis gibt. Was sagst du dazu?«

143

Die Radman unterbrach die Arbeit, richtete sich auf und sagte nach kurzer Überlegung entschlossen:

»Macht, was Ihr wollt, zum Radman geh ich nicht mehr zurück!«

»Sieben Kinder hast verlassen, tut dir das nicht weh?«

»Und wieviele habt Ihr verlassen, von denen Ihr nicht einmal wißt, wo sie sind?« warf sie ihm ins Gesicht.

Der Händler biß sich in die Zunge und blickte verlegen in den graublauen Himmel. Dann wandte er sich der Radman zu:

»Hehe, ein Weib bist wohl, wie es wenige gibt. Bis jetzt hab ich dich noch nicht gekannt. Wie wär's, wenn wir zwei uns ein wenig gut wären? . . .

Die Radman war verblüfft.

»Haltet Ihr mich für eine Hündin? Das bin ich nicht.«

Ihre Worte waren hart und schroff.

Der Händler schaute sie groß an, dann räusperte er sich:

»Ich hab nur einen Spaß gemacht. Jetzt bist natürlich versorgt, hast ja ein junges Mannsbild, hehe!«

Dann ging er fort.

Nach einigen Tagen kam der Besitzer mit einem Gespann in den Wald.

»Die Äste nadeln schon, wir müssen sie nach Hause schaffen!« rief er schon von weitem. Als er den Karren umdrehte, sagte er zur Radman:

»Du — wie soll ich zu dir sagen: Radman'sche oder Voruh'sche, hilfst mir auflegen?«

»Warum nicht?«

Die Radman stieg auf den Karren. Der Bauer reichte ihr das Reisig.

»Na, was ist mit dir?« fragte er sie.

»Nichts!« antwortete sie ruhig.

»Wie — nichts? Und die Sache mit dem Radman?« fuhr der Bauer fort.

»Das ist schon vorbei!«

»Und die sieben Kinder, die du verlassen hast?«

Die Radman schwieg.

Der Bauer warf wieder ein paar Lagen Reisig auf den Karren und meinte:

»Eigentlich müßte ich das Voruh sagen, aber es geht nur dich an: In der Nachbarschaft ist der Teufel los, alles schreit auf mich ein, daß ich so was zulasse . . .«

»Was heißt zulassen?«

»Weil ich zulasse, daß du dich mit dem Voruh in meinem Wald paarst.«

»Wen geht das was an?«

»Alle geht es an: die Gemeinde, den Pfarrhof, die Gendarmen. Der Pfarrer war schon zweimal beim Radman und hat ihm zugeredet, er soll dich zurückholen. Der Alte ist aber hart und will nicht. Auf der Gemeinde sagen sie: Die zwei Kalbeln werden noch weiß Gott wie viele Bankerten in die Welt setzen. Wer soll die denn ernähren! Man muß sie auseinander treiben!«

»Zum Radman geh ich nimmer!« sagte sie.

»Und wenn dich die Gendarmen hinbringen?«

»Das wird der Radman nicht zulassen. Er haßt mich!«

Eine Art Genugtuung war in ihrer Stimme.

Der Bauer wälzte einen großen Reisighaufen vor sie hin. Während sie die Äste auf dem Wagen zurechtlegte, beobachtete er sie eine Zeitlang, dann sagte er:

»Ein Weib bist wohl, ein Weib!«

Als die Radman mit nacktem Bein an den Karrenrand trat, griff er plötzlich nach ihrem Fußgelenk und hielt es fest. Sie packte einen Ast und schlug ihm damit auf seine Hand.

»Laß mich! Hast kein Weibsbild zu Haus?«

»Schau, schau, die Heilige!« sagte der Bauer und ließ sie aus.

Als er davonfuhr, glitt die Radman den Holzschlag hinab, setzte sich über dem Behauplatz auf den Boden und betrachtete lange und still Voruh, der ebenmäßig die Hacke über einem Balken schwang. Dann rief sie:

»Voruh!«

»Was willst?«

»Weißt, daß ich nicht mehr so bin, wie ich war.«

»Wie?« staunte Voruh, der sie nicht verstand.

»Dir bleib ich treu, dich werd ich nie verlassen, weil du ein guter Mensch bist . . .«

Voruh schaute sie an, schaute und verstand sie immer noch nicht. Sie aber sprang ihm entgegen und umarmte ihn heiß . . .

Am Sonntag kehrte Voruh recht früh in den Wald zurück. Er aß sich satt, und nach dem Mittagessen verzog er sich zufrieden in das Jungholz hinter der Hütte. Er streckte sich auf dem kühlen, moosigen Boden aus und schlief bald ruhig ein. Als die Radman in der Hütte alles aufgeräumt hatte, ging auch sie in den Schatten.

Auf dem Holzschlag war es angenehm, ruhig und feierlich; das weiße, tote Holz lag kreuz und quer, der Boden war dick mit Reisig bedeckt, teils noch dunkelgrün, teils ohne Nadeln. Auf diesen friedlichen Kahlschlag brannte die Sonne so kräftig nieder, daß das dürre Reisig knisterte und knackte, und das Harz quoll so stark, daß sich in der Luft eine schwüle Duftwolke bildete, die wie ein Bann auf der Waldlichtung lastete. Auch der Wald ringsum war friedlich und feierlich und zu dieser Zeit war nicht einmal das Murmeln des Wassers vernehmbar.

Auch die Radman überkam bald eine schläfrige Mattigkeit. Sie nickte ein. Plötzlich weckten sie Kinderstimmen. Sie stand auf, rieb sich die Augen, blickte im Holzschlag umher und staunte: Vor der Hütte sah sie neben ihrem Mec alle sieben Radmankinder.

Sie traute ihren Augen nicht.

»Kinder!« rief sie unwillkürlich.

Sieben Köpfe wandten sich ihr zu.

146

»Kinder, wie seid ihr hierher gekommen?«

»Himbeeren klauben sind wir gegangen, sie sind aber noch nicht reif«, antworteten ihr die Stimmen wie im Chor.

Das unerwartete Auftauchen der Kinder in dieser Stille weckte in ihr eine sonderbare Empfindung: Alles ruhte, in der Luft bewegte sich nicht einmal ein Ästchen, nicht ein einziges Vöglein piepste und in diesem Frieden bewegten sich langsam, gleichmäßig, nicht fern von ihr vertraute kleine Kindergestalten. Einige Wochen waren verstrichen, seit sie von ihnen gegangen war, gespannte und aufregende Wochen, die sie an nichts anderes denken ließen, als an den rettenden Halm, an den sie sich geklammert hatte. Nun aber sah sie plötzlich ganz ruhig und überlegt diese Kinder an. Eine wohltuende Entspannung überkam sie und lange saß sie regungslos da. Auf der einen Seite bewegten sich die Kindergestalten durch das flimmernde Blattwerk, von der anderen kamen die langgezogenen Schnarchlaute des schlafenden Voruh.

Es zog sie zu den Kindern hin. Langsam erhob sie sich und ging hinter die Hütte.

»Kommt her!« sagte sie und setzte sich mitten in die abgefallenen Reisignadeln. Die ganze Schar stürzte hinter ihr her. Die zwei Jüngsten, Pram und Scheck, kletterten ihr auf die Knie, während sich die übrigen im Kreis um sie stellten. Nur Mec, ihr jetziges Waldkind, blieb ruhig ein wenig abseits, in der Streu, stehen.

»Was macht ihr, Kinder? «

Sie schwiegen und schauten.

»Wer kocht euch denn?«

»Ich koche!« meldete sich die zwölfjährige Afrula.

»Wer wäscht für euch?«

Die Kinder schwiegen.

»Wer putzt und kämmt euch?«

Auch darauf gab keiner eine Antwort.

Die Kinder waren verschmutzt und zerrissen. Vielleicht waren sie so auch früher gewesen, als die Mutter noch bei der Keusche war, doch heute traf sie der Anblick der armseligen Kinder besonders schwer.

»Kinder, zuerst werdet ihr euch waschen!« sagte sie und ging in die Hütte, um Seife zu holen. Ein wenig abseits rann aus der Holzrinne der starke Strahl einer Quelle. Die Kinder traten der Reihe nach unter die Rinne und wuschen sich, die größeren allein, den kleineren half die Mutter. Und merkwürdig, während die kleinen Kinder früher einmal eine große Abscheu vor dem Wasser hatten und jedesmal schrien, warteten nun Pram und Scheck geduldig, bis die Mutter sie gewaschen und mit dem Unterkittel abgetrocknet hatte.

Die Mutter blieb mit den Kindern bis zum Sonnenuntergang. Dann befahl sie ihnen:

»Geht jetzt nach Hause. Wenn ihr wiederkommt, schau ich, was ihr zu flicken habt.«

Die Kinder zogen gehorsam los, ohne zu trotzen oder sich zu widersetzen wie an den ersten Tagen, als sie zu Voruhs Keusche gekommen waren. Lautlos verschwanden sie hinter dem Holzschlag. Als die Radman allein war, fühlte sie sich glücklich. Sie ging zum Jungwald und weckte Voruh, der noch immer schlief.

»Stell dir vor, die Kinder sind da gewesen«, sagte sie ihm freudestrahlend.

Voruh erwiderte ihr mit ruhiger, männlicher Stimme:

»Warum hast mich nicht gerufen?«

Am nächsten Tag aber erlebte der Holzschlag eine noch größere Überraschung. Die Radman und Voruh fällten gerade die letzten Fichten, die für diesen Tag bestimmt waren, als sie hörten, daß jemand auf der anderen Seite Äste ausspatzte, wo sie an diesem Morgen zu schlägern begonnen hatten. Die Radman ging nachschauen und blieb an Ort und Stelle sprachlos stehen: Zwei von ihren Kindern, Karmuh und Lukač, waren dabei, den geschlägerten Stamm zu schälen. Karmuh schlug die Äste vom Stamm und kerbte gleichzeitig die Rinde ein, der andere entrindete ihn schon mit dem großen Schöpser. Wie zwei Spechte klebten sie am Stamm und sahen sich nicht einmal um: erst als die Mutter sie rief, fuhren sie zusammen.

»Wir schälen, damit du es leichter hast!« sagten beide gleichzeitig.

Dann erklärten sie ihr, wie sie zu Hause abgewartet hatten, bis der Vater fuhrwerken ging, dann waren sie heimlich herübergelaufen.

Die Radman konnte es nicht gutheißen.

»Das geht doch nicht! Wer wird denn zu Hause arbeiten, wer wird in die Schule gehen?« Der älteste Sohn war schon schulentlassen, der jüngere noch nicht.

Die Kinder aber ließen sich nicht aus dem Wald vertreiben. Die Radman gab schließlich nach und meinte:

»Na gut, schält halt, da könnt ihr noch was verdienen.«

Am ersten Tag schälten die Kinder bis Mittag, dann gab die Radman ihnen Polenta und schickte sie nach Hause.

»Heute haben wir nur vier geschält, morgen sind es mehr!« sagten sie noch vor dem Weggehen.

Von nun an kamen sie täglich für einige Stunden.

Am zweiten Tag prahlten sie schon vor dem Weggehen:

»Heute haben wir aber sechs.«

»Das sind zwölf Dinar!« sagte die Mutter.

Am dritten Tag gaben sie an:

»Heute haben wir nur sieben, weil sie so lang gewesen sind.«

Die Mutter sagte: »Das macht vierzehn Dinar!«

Am vierten Tag taten sie wichtig:

»Heute sind es acht.«

Und die Mutter:

»Das gibt sechzehn Dinar. Noch einen Morgen und schon hat jeder von euch ein Hemdchen.«

»Und wie viele Morgen noch, daß es sieben Hemdchen werden?« fragte Karmuh.

»Und wie viele Morgen noch, daß es sieben Anzüge sein werden?« fragte Lukač.

Der Radman schnitt es ins Herz.

»So viel könnt ihr zwei nicht verdienen, weil ihr keine Zeit habt.«

»Wir müssen, früher hören wir nicht auf!«

»Und so viele Fichten gibt es auch nicht!«

»So viele Fichten gibt es nicht?« wiederholten die Buben traurig.

Der Mutter tat es weh, daß sie ihnen die Hoffnung und die Freude zerstören mußte. Alle drei blieben stumm und schauten sich an. Von der Unterseite des Holzschlages hallte Voruhs Breitbeil herauf. Die Radman horchte auf, dann meinte sie:

»Gut, wir werden schon sehen. Was dann fehlt, wird der Voruh geben.«

»Der Voruh?« fragten die Buben verwundert.

Es trat eine kurze Stille ein, in die plötzlich Karmuhs ablehnende Stimme fiel:

»Vom Voruh nehmen wir nichts!«

»Warum?«

»Weil er uns die Mutter genommen hat!«

Die Mutter traf es hart; sie erkannte, daß sie zu weit gegangen war, daß sie sich übereilt hatte, deshalb versuchte sie, sich rasch zu verbessern:

»Gut, werde ich dazulegen, was fehlt.«

Die Buben waren wieder zufrieden.

»Wann werden wir denn die Kleider kaufen gehen, Mutter?« wollte Karmuh wissen. — »Auf dem Frühjahrsmarkt. Ihr beide werdet gehen und Afrula und ich, und wir werden für alle sieben Kinder kaufen.«

»Und für dich nichts?«

»Für mich nur, wenn noch Geld übrigbleibt.«

Schon einige Tage war der Holzschlag still und traurig. Dem sonnigen Wetter folgte ein langanhaltender
Regen und wie einzigartig auch die Waldlichtung im
flimmernden atembeklemmenden, brennenden und bro-
delnden Sommerwetter war, so eng, drückend, trübselig
und niederschmetternd war sie bei Regenwetter.

Zwei Tage goß es in Strömen, dann plätscherte es
etliche Tage in Abständen etwas ruhiger, machte aber
doch jede Arbeit unmöglich. Dicke Nebelschwaden, die
den Himmel bedeckten, sogen unentwegt aus den
Schluchten und Gräben den grauweißen, feuchten
Dunst. Es war, als hätte die Erde ihren Schoß geöffnet,
dem unaufhörlich Nebel entstieg.

Die schmale Lichtung war in den Hang geschnitten.
Die Baumwipfel, die sie umsäumten, ragten wie tote
Ungeheuer aus den Nebelfetzen. Der Boden und die
Streu waren schwer mit Regenwasser getränkt. Die um-
gelegten, kreuz und quer hingeworfenen Stämme wur-
den gelb, und statt nach Harz roch es nach feuchtem
Reisig, modriger Erde und faulenden Baumstrünken.
Auch Vogelgezwitscher war fast keines zu hören. Statt
dessen rieselte es im Geäst, es brauste in den Gräben
Tag und Nacht.

Solange es in Strömen goß, verließen die Radman und
Voruh die Holzhütte nicht. Auf den Pritschen hingestreckt, genossen sie die unerwartete Rastzeit. Zwei
Tage ruhten sie zufrieden, dann aber begannen sie sich
zu langweilen und zu recken. Das Wetter wollte sich
nicht ändern. An das Behauen war nicht zu denken,
weil der Regen immer wieder die Farbe von den Blö-
chern wegspülte; es gab aber genügend Arbeit mit dem
Zerschneiden und anderen Dingen.

Immer, wenn Voruh in den Regen hinaus wollte, hielt
ihn die Radman zurück:

»Geh nirgends hin! Verkühlst dich und wirst mir krank.«

Voruh sah sie mit seinen gutmütigen Augen an:

»Mir macht das nichts.«

»Was weißt denn du. Bleib unter dem Dach, wir pakken halt tüchtiger zu, wenn das Wetter wieder schön ist.«

Doch der Behauer war ein Dickschädel und es trieb ihn aus der Hütte hinaus. Die Radman folgte ihm.

»Ich helf dir.«

Voruh wehrte ab:

»Laß das und bleib in der Hütte. Verkühlst dich und wirst mir krank.«

»Ich werde nicht krank, wenn es nur du nicht wirst!«

»Ich bin mehr an Regen und Kälte gewöhnt.«

»O du Hascher, du!« rief die Radman und lächelte. »Hast vergessen, daß ich fünfzehn Jahre die Radman'sche war?«

An einem langweiligen Morgen, als es leicht, aber hartnäckig nieselte, kam Karmuh vom Radman. Er guckte in die Holzhütte und sagte:

»Fangen wir an?«

»Noch nicht, ist noch alles naß!« sagte die Mutter zu ihm. Der Bub blieb ganz bedrückt vor der Hütte stehen und überlegte.

»Dann wird's keine Kleider geben!« meinte er traurig.

Die Mutter besann sich eines Besseren:

»Geh zur Keusche und bring alle Kleiderfetzen! Ich will sie waschen und flicken, solang ich Zeit habe.«

Der Bub kehrte bald mit einem Bündel schmutziger und zerrissener Wäsche und Kleidungsstücke zurück. Die Radman wusch und nähte zwei Tage. In der Hütte konnte man sich nicht rühren, denn von der Decke herab hing die Wäsche und trocknete im Rauch des offenen Feuers, das den ganzen Tag über auf dem Herd flackerte. In der engen Hütte duftete es nach Wäsche.

Am Abend drückte sich die Radman zu Voruh, der satt auf dem Stroh lag. Auf das Rindendach trommelte der Regen und kroch in trägen Tropfen über den Boden, der ihn nicht mehr lautlos in sich saugen konnte, sondern ihn in dünnen Rinnsalen abfließen ließ.

»Was hast du? Ist dir kalt?« fragte Voruh.

»Nein, nur glücklich bin ich!« erwiderte die Radman.

»Du bist verrückt!« meinte Voruh gutmütig.

»Ich bin nicht verrückt, wenn ich deine Liebste bin.« Ihre Stimme war warm und bebend ...

»Wie lang wirst mir bleiben?«

»Auf ewig, dir und meinen Kindern!«

Nach der feuchten Nacht, die voll von dem unruhigen Glucksen und Gurgeln der abfließenden Wasser war, erwachte ein heller Morgen. Im Nebel taten sich allmählich Ausblicke auf, erweiterten, vertieften sich und verschmolzen zu geräumigen Fenstern eines grellen, heiteren, sonneversprechenden Tages. Die Luft wurde wärmer und reiner, ein kaum merklicher Wind blies sacht vom Westen her und rüttelte leicht an den Bäumen, so daß sie die letzten Tropfen ihrer Nässe versprühten. Schon sah man den blauen Himmel. Auch der Holzschlag lichtete sich, wurde breiter und höher, farbiger und voller.

Vor der Hütte standen Voruh und die Radman. Sie blickten sich im Holzschlag um und atmeten tief. Vor ihren Augen wich die Düsterkeit, aus ihrer Brust die Beklemmung, Licht und Kraft kehrten zurück in ihre Körper und Herzen. Der Boden unter ihren Füßen schien sich zu bewegen und die beiden emporzuheben.

»Ein schöner Tag wird!« sagte die Radman.

Voruh sagte nichts. Schweigend langte er hinter die Rinden, zog dort die Säge und den Zeppin hervor und verschwand in Richtung auf den Behauplatz. Als er hinter dem Waldsaum verschwunden war, jauchzte er übermütig auf.

Dreimal antwortete ihm die Natur: einmal kurz und kernig der Holzschlag selbst, das zweitemal schon langgezogener und ferner der Graben unter ihm, das drittemal aber, weit entfernt und schwächer die Berglehnen jenseits des Grabens. Als der letzte Nachhall seines Jauchzers erstarb, klang oberhalb des Schlages, wo der Weg über die Steilhänge zum Radman führte, ein neuer jugendlicher Freudenlaut auf. Ihm aber konnten die Gräben noch nicht dreimal antworten, als sich auf derselben Stelle ein dritter noch jüngerer Jubelruf Luft machte.

‚Die Kinder sind da!‘ dachte die Radman.

Bald darauf hallten von dort oben herab harte Hakkenschläge.

»Pom-pom-pom-rom-pom-pom!« klang es auf dem dicken, geschälten Fichtenstamm.

Der Radman prickelte die Haut. Welch ein Zeichen! Welch ein Widerhall!

Die Gräben konnten diesen Hall noch nicht verschlingen, als Karmuh mit starker, reiner Stimme zum Holzschlag hinunterrief:

»Die Radmankinder sind da!«

Nun schien die Radman von der Erde abzuheben; sie ergriff die Hacke, die Säge und den Schöpser und stürmte den Steilhang hinauf.

Über die Hänge ergossen sich die Sonnenstrahlen und überhauchten die Lichtung von oben bis unten, daß sie sich in ein einziges Gewebe von unzähligen Farben und Formen verwandelte. Schon sangen die Sägen; auf dem Grund des Behauplatzes gleichmäßig; auf dem oberen Ende stoßartig und übertrieben. Der Holzschlag belebte sich, atmete, stöhnte und fraß.

Karmuh und sein Bruder gingen schon die dritte Fichte an. Sie war mächtig, aber schlank und lang, ihr Geäst war weich und knospig, ihre Rinde zart wie Wachs und gab ohne Widerstand und klatschend dem Druck des Schälers nach.

Karmuh putzte schon nahe dem Wipfel, sein Bruder war ihm hart auf den Fersen.

»Acht Rinden!« zählte er.

»Neun!«

»Zehn!«

»Zwölf Rinden!« schloß er mit stolzer Stimme und riß unter dem Stamm die letzte zerfetzte Rinde hervor.

Karmuh, der knapp vor dem Bruder den schlanken Wipfel von den Ästen säuberte, wollte gerade mit ausladendem Hackenschwunge dem geschälten Stamm den buschigen Wipfel abhacken. Er holte zweimal, dreimal aus, wollte zum viertenmal ausholen, als aus der Nähe die Mutter rief:

»Laß das, schlag ihr nicht den Wipfel weg! Heut ist alles so glitschig und der Stamm kann leicht in den Graben rutschen.«

Doch es war zu spät. Der Stamm war schon bis über die Hälfte eingehackt, die Schwere des Baumes begann ihn zu drehen, die Hackkerbe krachte und mit einer einzigen knackenden Wendung riß der Wipfel ab. Der Stamm drehte sich um und begann den Hang hinunterzugleiten. Zuerst langsam, dann sich durch die Streu und das Astwerk windend, dann immer hurtiger und rücksichtsloser, alle Hindernisse überspringend.

Er stieß in einen Baumstrunk, blieb aber nicht stehen, sondern übersprang ihn und glitt weiter, stieß in einen Felsblock, prallte zurück, wühlte sich in einen Streuhaufen, durchbohrte ihn und jagte weiter. Er traf einige andere Stämme, brachte auch diese in Bewegung, so daß sie mit ihm zusammen weiterschossen gegen das untere Ende des Holzschlages.

Karmuh und sein Bruder starrten dem davonjagenden Stamm nach.

»Schau, wie er springt!« rief Lukač mit strahlenden Augen.

In diesem Augenblick rief sie ein erschreckter Warnruf der Radman zur Besinnung.

»Aufpassen!«

Ihre Stimme überschlug sich im Graben, prallte von den gegenüberliegenden Hängen zurück, von denen gleichmäßig Voruhs Hacke widerhallte. Die gleitenden Stämme schossen mit unheimlicher Geschwindigkeit in die Tiefe und verschwanden lärmend unter dem Waldsaum. Das grausame Getöse aus dem Graben meldete, daß dort unten der ganze Rutsch zum Stehen gekommen war.

Noch war dieser Widerhall nicht zu hören, als den Holzschlag ein gräßlicher Aufschrei erfüllte:

»Voruh!«

Die Radman, die bisher regungslos auf dem Hang gestanden war und mit zusammengepreßten Lippen nach dem gleitenden weißen Ungetüm gestarrt hatte, setzte in wilden Sprüngen zum Behauplatz hinunter. Die Hacke, die vorher knatternd bis zu den jenseitigen Hängen gehallt hatte, war jäh verstummt.

Die Kinder stürzten nach.

Inmitten des Behauplatzes lag regungslos Voruh, das Gesicht in die Schwartlinge gedrückt. Die Zimmermannshacke lag unter den Tramen, ein Fuß steckte im Zockel, der zweite war bloß, der Schuh lag hinter einem Stoß von behauenem Holz.

»Voruh! Voruh!«

Mit einem einzigen Satz übersprang die Radman den Schragen und beugte sich mit einem verzweifelten Schrei über den Behauer. Als sie ihm den Kopf aus den Schwarten hob, bemerkte sie Blut um den Mund. Auch die Schwarten waren davon bespritzt.

»Voruh! Mein Voruh!« Sie nahm seinen Kopf in den Schoß und schüttelte ihn zärtlich.

Doch ihr Bemühen war vergeblich: Voruhs warmer, schwerer Körper blieb leblos, und seine Augen öffneten sich nicht. Der Stamm, der über den Behauplatz gesaust war, hatte ihm mit einem einzigen, unblutigen Stoß das Genick gebrochen.

Mit langsamen, ängstlichen Schritten näherten sich die Kinder der Mutter. Auf den Schwarten war so wenig Blut, daß sie es gar nicht bemerkt hatten. Verängstigt hockten sie sich zur Mutter, jeder an eine Seite, und drückten sich an ihre Schultern.

Die Mutter hielt noch immer Voruhs Kopf im Schoß. Sie atmete stoßweise.

»Was ist, Mutter?« fragte sie Karmuh mit sanfter, schonender Stimme.

Die Mutter hob den Kopf, blickte durch Tränen einmal auf das eine, dann auf das andere Kind. Sie nahm ihre beiden Köpfe, drückte sie zärtlich in den Schoß zu Voruhs Kopf und sprach mit leiderfüllter, aber fester Stimme:

»Der Tod!«

DER LETZTE WEG ZUR OFENBANK

»Um Gottes willen — Lenz, versteck die Kinder, der Kaspar kommt...«

»Der Svetneči Kaspar?«

»Der Svetneči, wer denn sonst!«

Vožniks Frau, die mit einem leeren Schweinezuber aus dem Stall gekommen war, blieb mitten im Hof stehen und starrte erschreckt hinunter zum Wald, wo sich eine sanft ansteigende Straße über die Felder zur Hube heraufwand. Ganz unten am Rand hatte sie eine schwankende männliche Gestalt wahrgenommen.

Der Bauer trat mit einer leeren Reiter in den Händen, von Spreu und Getreidestaub bedeckt, vor die Tennbrücke. Borstige Streifen von Spreu, Grannen und Staub hingen ihm vom stoppelbedeckten Gesicht und nur drei Öffnungen ließen erkennen, daß dieses Ungeheuer einen Mund und zwei Augen hatte.

Ein Blick, und er stellte fest, daß die Frau recht hatte: der da unten, der mit einem Ranzen auf dem Buckel heraufwankte, war der Svetneči Kaspar, der alte Holzbehauer, ein verrufener Säufer und der abscheulichste Flucher, den man in diesem Teil Kärntens je gekannt hatte.

»Schaut aus, als ob er schon wieder einen sitzen hätt'!« wandte sich der Bauer an die Frau, die immer noch unschlüssig an derselben Stelle stand.

»Freilich, siehst doch, wie's ihn schmeißt. Was wirst machen?...«

Etwas Unverständliches in seinen verstaubten Schnurrbart murmelnd, ging er auf die Tenne zurück. Mit zornigen Stößen drehte er die Reiter in den Händen, so daß dabei zuviel Blumach durch das Sieb fiel. Das hatte zu bedeuten, daß Vožnik aufgeregt war. Das Auftauchen des Svetneči Kaspar weckte in ihm eine Reihe von Bedenken. Dieser alte Säufer war offensichtlich auf dem Weg zu seiner Hube. Daß er betrunken war, konnte man schon von weitem sehen. Und gerade das war ungewöhnlich. Zu seiner Hube hatte sich Kaspar nie getraut, wenn er betrunken war. Er wußte gut, daß ihm Vožnik keinen Tropfen Most geben würde, weder auf seine Bitten, noch auf seine Flüche. Gewöhnlich trieb er sich herum, wenn seine Zeit gekommen war. Ganze Wochen lang trank er, zuerst in Gasthäusern, dann, wenn ihm das Geld ausgegangen war und ihn die Wirte auf die Straße gesetzt hatten, zog er von Bauer zu Bauer, von Haus zu Haus und belästigte alte Bekannte; der Vožnik-Hube aber wich er aus.

»Hm, hm, hm!« brummte Vožnik und schlug voller Zorn die Reiter im Takt an seinen rechten Oberschenkel.

Dabei überlegte er. Jetzt ist Oktober — der Winter vor der Tür, wo du die Bettler nicht los wirst. Auch der Tag neigt sich schon; am Fuß der Bergwände sammeln sich schon die Abendschatten und zu einer solchen Zeit ist es schwierig, einen Herbergsucher vor die Tür zu setzen. Vožnik konnte so etwas nicht tun, denn wie könnte er dann noch als ehrlicher Mann des alten Christentums gelten. Das wäre eine Schande für sein Haus... Wie ließe sich die Sache mit dem Kaspar drehen? Heuer war die Obsternte nicht weiß Gott wie. Das wußte auch der Kaspar und es würde nicht schwerfallen, sich auszureden. Für jeden Fall steht ein Faß Gleger bereit, der für Leute vom Schlage Kaspars gut genug sein sollte. Und Kaspar ist nicht wählerisch beim Trinken — Hauptsache, daß es sauer ist und in der Gurgel brennt. »Hm, hm, hm...« Vožnik verwickelte sich so in seine Gedanken, daß er fast den ganzen Blumach durch das Sieb getrieben hatte und nachher die Ährenreste mit der Hand vom Haufen auflesen mußte.

. . . wie, wenn ich ihn zu einer Arbeit einspannen tät? Es ist keine Streu aufgehackt und im Wald liegt Brennholz herum. Der Kaspar würde das bestimmt angehen. Aber damit tät ich ihn vielleicht binden, und das gerade jetzt für den Winter. Außerdem — wohin soll ich ihn stecken? Mit dem Quartier ist es nicht schwer, aber wo soll ich ihn vor den Kindern verstecken? Der Kaspar ist eine wahre Gefahr für die Kinder. Jedes zweite Wort bei ihm ist ein Fluch, eine Gotteslästerung, und an den Kindern bleiben solche Dinge hängen wie die Zecken.

Aus solchen Erwägungen wurde er vom Klirren der Hacken herausgerissen. Jetzt steht er da vor der Keusche, dachte Vožnik, tat aber so, als ginge ihn Kaspars Ankunft gar nichts an. Er zwang sich, in die tanzende Spreu in der Reiter zu starren und arbeitete hastig weiter. Bevor er Kaspar noch erblickt hatte, hörte er seine Stimme auf der Tennbrücke:

»'n Abend, Vožnik, meiner Seel'!«

Schwere Schritte machten auf der Schwelle der Tenne halt.

»Auch soviel!« Vožnik blickte sich nicht einmal um.

»Reiterst diesen Teufel, diesen verdammten!«

Die altbekannte, ausgeschriene Säuferstimme Kaspars.

Vožnik rüttelte weiter. Erst nach einer Weile preßte er heraus:

»Bist wohl durstig, was?«

Kaspars Antwort auf diese schroffe, vorwurfsvolle Andeutung war gewöhnlich ein bejahendes: »Teufel!« Auch heute entgegnete er mit diesem kurzen Fluch, aber mit einer so gebrochenen Stimme, daß sie alles andere ausdrückte als den Wunsch eines durstigen Trinkers.

Jetzt blickte sich Vožnik doch überrascht um. Vor sich sah er den Svetneči Kaspar, der sich an die Dreschmaschine lehnte und ihn mit leeren Augen anblickte. Wirklich, der Svetneči Kaspar war es, aber noch nie hatte er ihn so gesehen. Niemandem sah er ähnlich, weder dem nüchternen Holzbehauer, der mühelos mit dem schweren Plankatsch die astreichen Blöcher spatzte; noch dem draufgängerischen Mäher, der mit aufgekrempelten Hemdärmeln inmitten der Schwaden stand; nicht dem Trinker, der sich tagelang hinter den Zäunen reckte. Etwas Fremdes war in seiner Stimme und seine Flüche klangen nicht so schamlos wie sonst.

Er stand bei der Maschine und Vožnik bemerkte zum erstenmal, daß der Kaspar ein siebzigjähriger Greis war, gebeugt und dürr, mit hängenden Schultern und grauem, von Tabakrauch gebräuntem Schnurrbart. Als er diese ausgemergelte, knochige Gestalt betrachtete, konnte er sich das gewohnte Bild von Kaspar nicht recht ins Gedächtnis rufen, das er Jahrzehnte gekannt und zuletzt noch vor ein paar Monaten gesehen hatte. Jenes alte Bild war jetzt verblaßt. Vielleicht war es nur ein Trugbild gewesen, das schon lange anstelle des echten Kaspar in der Welt umherzog, das die anderen aber nicht bemerkt hatten. Etwas rührte sich in Vožnik und fast vergaß er seine Härte und Schroffheit gegenüber den Vagabunden und Säufern, als er sagte:

»Was ist denn passiert, Kaspar?«

»Hol's der Teufel, Vožnik!« fluchte Kaspar, jetzt mit einer noch gebrocheneren Stimme: »Jetzt hat's mich erwischt. Was ich schon lange befürchtet hab, jetzt ist es da.«

Der Bauer schaute ihn an. Allmählich fing die Sache an, ihm Sorge zu machen. Was dann, wenn der Kaspar wirklich krank wäre und beim Haus liegenbliebe? Was für Scherereien ... — »Schau mich nicht so an, wie ein abgestochenes Kalb, Himmelsakra! Wie ich's dir g'sagt hab, es hat mich erwischt. Gestern hab ich noch beim Janeč behauen, heut in der Früh aber, wie ich aufg'standen bin, hat's in mir g'sagt: Kaspar, das ist dein End; pack deine Klamotten z'samm' und geh irgendwohin, wo du in Frieden deine zottige Seel auspiepsen kannst.

Dann hab ich mir gedacht: Schinderaas, elendiges, wie wär's, wenn ich zum Vožnik gehen tät, zu diesem Teufel, dem Geizhals, dem lumpigen. Der hat Platz genug auf der Ofenbank, wo ich mich hinhauen kann und auf den Tod warten, auf diese Kanaille, diese gottverdammte, verfluchte. — Heut bin ich nicht zu dir kommen, daß ich mir mit deinem Essig die Gurgel ausbrenn, mit diesem Satan, dem ausgehurten. Ich bin kommen, daß du mir auf deiner Ofenbank Platz machst zum Sterben.«

Vožnik hatte noch nie so etwas aus Kaspars Mund gehört. Jetzt ging es ihm so nahe, daß er zu rütteln aufhörte und sich ihm zuwandte.

»Wird wohl nicht so schlimm sein, Kaspar! Vielleicht hast gestern beim Janeč zu viel erwischt und dir ist was in den Kopf gestiegen, daß es dir nur so vorkommt.«

»Dir kommt's nur so vor! — Ich spür, wie's mit mir steht. Ich spür, daß die Zeit da ist, wo der Teufel seinen Kessel bereit macht für meine Seel und wo sich der Luzifer schon freut, wie er sie schmoren wird. Da hab ich halt gedacht: Ho, du Höllenhund, du Warmer, wie wär's, wenn ich zum Vožnik krepieren ginget, Saudreck, verfluchter! Wir zwei haben uns nie mögen — das heißt, du hast mich nie mögen. Ich hab dich behauen angelernt, wie du noch ein Rotzbub g'wesen bist. Damals haben wir uns noch verstanden. Und wärst du nicht an dieser Vožnik-Huben picken geblieben und noch ein Holzbehauer, wie ich einer geblieben bin, täten wir uns vielleicht besser verstehen. Aber lassen wir das! Wie ich g'spürt hab, daß mein Stünderl kommt, wo ich mit dem Teufel tanzen muß, hab ich mir gedacht: Nein, du gehst mir nicht zum Pokrov; nicht zum Podpečnik, nicht zum Gačnik, sondern zum Vožnik gehst. Vožnik ist ein lumpiger Aasfresser, daß es keinen größeren gibt, aber er ist ein ehrlicher Mensch; Platz hat er und er wird mich auf die Ofenbank nehmen für mein letztes

Stünderl. Jetzt bin ich da, gib mir die Bank, daß ich drauf verreck.«

Vožnik sah ein, daß es dem Kaspar anscheinend ernst war. Deshalb räusperte er sich tief, spuckte eine schwarze Brühe auf den Tennboden, wischte sich den Staub und die Spelzen von den Wangen und sagte:

»Du nimmst alles zu schlimm, Kaspar. Wenn du einen guten Most getrunken hast, wird's dir leichter sein und du wirst deine schwarzen Gedanken los werden. Gehen wir in die Stube, dort ist es warm, das wird dir guttun.«

Er führte Kaspar in die Küche, setzte ihn hinter den Tisch, nahm einen großen irdenen Krug und ging um Most. In der Laben wechselte er ein paar Worte mit seiner Frau:

»Hoffentlich will er nicht bleiben? Ich mein, wegen der Kinder . . .« sagte sie.

»Wie's ausschaut, will er. Mir kommt vor, daß etwas nicht stimmt mit ihm.«

Als Vožnik über den Hof zum Keller ging, war er noch fest entschlossen, für Kaspar den guten Birnmost aus dem Faß zu ziehen. Der Hascher erbarmte ihn, und weil er wußte, daß für ihn ein guter Tropfen immer die beste Arznei gewesen war, hoffte er, den Kaspar damit wieder auf die Beine zu stellen. Aber als ihn die warme Kellerfeuchtigkeit umfing und ihm die süßliche, gärende, alkoholgesättigte Luft, vermischt mit dem Geruch von Äpfeln, entgegenschlug, überkam ihn plötzlich ein seltsames Gefühl, das ihm für einen Augenblick Glieder und Gehirn lähmte. In Erinnerung an die Plackerei, durch die diese Gottesgabe auf so beschwerlichem Weg in die mächtigen Fässer verfrachtet worden war, ließ er die ursprüngliche Absicht fallen. Statt nach dem Schlauch zu greifen und in den Winkel zum Birnmost zu treten, machte er hinter der Tür halt und hockte sich vor dem Säuerling nieder, drehte die Pipe auf und füllte den Krug bis obenan. Dann verschloß er rasch die Tür hinter sich. Erst, als er draußen war, verspürte er einen leichten Gewissensbiß, weil er etwas anderes getan, als er sich vorgenommen hatte.

»Ah!« winkte er wie zur Entschuldigung mit der Hand ab. »Dem Kaspar ist es ja egal — diesem Saufbruder. Der kommt nicht einmal drauf, was er trinkt. Der würde auch Petroleum trinken, Hauptsache, daß es rinnt.«

Als er ins Haus kam, stellte er ruhig den Krug vor Kaspar hin und meinte:

»Trink, Kaspar, so verjagst die Gedanken. Er ist nicht weiß Gott wie gut, aber schlecht ist er auch nicht. Einen andern hab ich noch nicht angezapft. Nachher wird dir die Mutter was Warmes richten.«

Kaspar, der recht selten hinter Vožniks Tisch gesessen war, schaute zuerst ein wenig ungläubig in den gewaltigen grünen Krug auf dem Tisch. So große Gefäße pflegte dieser Knauser nicht vor Gäste wie ihn zu stellen. Die Gestalt des lockenden Kruges fachte in seinen kranken Knochen das alte Feuer des unstillbaren Durstes an. Sein ganzer Körper kam in Bewegung. Ein aufmerksamer Beobachter hätte aber bemerkt, daß seine Augen müde blieben, ohne das alte Leuchten lustvollen Genusses. Er streckte die dürre Hand aus, um zum Trunk anzusetzen, doch es zeigte sich, wie schwach er war, da die zweite Hand nachhelfen mußte, den Zweiliterkrug an die Lippen zu führen.

Dann goß er in sich hinein. Kaspar trank nicht, wie andere Leute trinken, sondern er stürzte hinunter; seine Kehle schluckte nicht und der Adamsapfel blieb während des Trinkens ganz still und hüpfte erst, als er absetzte. Auch jetzt schien es anfangs so, und Vožnik, dem keine Bewegung des Kaspar entging, dachte schon im stillen: ‚Ich hab ja gewußt, was ihm fehlt!‘

Doch Vožniks Zufriedenheit verwandelte sich gleich darauf in ein sichtliches Entsetzen. Kaspar schob den Schnabel des Kruges weit in seinen breiten offenen

Mund und setzte mutig an. Kaum aber war das Glucksen des Getränkes zu hören, das über die Zahnstummel gluckerte, hüpfte unerwartet sein langer und knorpeliger Adamsapfel auf und ab. Kaspar streckte die Hände von sich, verzerrte das Gesicht und stierte, an die Wand gelehnt, den Bauer noch lange an.

Drei-, viermal schloß und öffnete er die Augen, beim fünften Blinzler quollen Tränen daraus, so daß er sie mit den rauhen Händen wegwischen mußte. Dann krümmte er den Rücken, als ob er Kräfte sammeln müßte, und erst nach einer Weile sagte er mit heiserer Stimme:

»Kruzitürken noch einmal, hast mir Teufelsöl ein-g'schüttet? Haaa?«

»Was hast?« fuhr der Bauer auf.

»Bei meiner gegeißelten Seel! So einen Essig hab ich noch nie getrunken.«

Der Bauer und die Bäuerin blickten einander an, dann entfuhr es Vožnik zur Entschuldigung:

»So schlecht ist er wieder nicht. Das letzte Obst hab ich zusammengeklaubt, das stimmt, und etwas weiches war auch dabei. Was willst denn, wo wir doch allein sind für die Arbeit. Wir trinken ihn alle.«

Kaspar ächzte weiter und wischte sich die Tränen, die ihm noch immer aus den Augen quollen.

Vožnik wechselte einen Blick mit seiner Frau, dann sagte er mit aufrichtiger, fast warmer Stimme:

»Jetzt seh ich, Kaspar, daß du krank bist. Schnell was Warmes, dann aber unter die Decke. Was möchtest denn?«

»Milch oder eine starke Einbrennsuppe oder Kaffee?« fragte die Hausfrau.

Kaspar begann es zu frösteln.

»Zu tausend Teufeln mit deiner Milch und mit allen deinen Kaspeln. Einen Most koch mir, Zimt und Zucker hinein! Zwei Liter Most! Aber nicht von dem giftigen Gsüff, dem zusammeng'schleimten, von dem könnt noch ein Hund verrecken, wenn man's dem Teufel auf den Schwanz schüttet.«

»Gut!« schloß Vožnik in gequältem Ton.

Kaspar fügte sogleich hinzu:

»Lenz, brauchst nicht plärren, deshalb wird dich der Teufel nicht holen, dich nicht und nicht deine Kaluppen. Sollst wissen, daß du mich das letztemal bewirtest und daß ich dir nie mehr lästig sein werde. Kannst es vom Satan selbst g'stempelt haben.«

Vožnik ging in die Nacht hinaus, die inzwischen schon den Graben heraufkroch; die Mutter kochte zwei Liter Most auf. Ein angenehmer Duft erfüllte die Küche. Inzwischen kehrte der Bauer zurück und sagte:

»Gehn wir jetzt. Schlafen wirst in der Keusche und das Feuer brennt schon im Ofen. Den Most wirst im Bett trinken, daß er mehr ausgibt.«

Kaspar kroch langsam hinter dem Tisch hervor, als trüge er zehn Schragen auf dem Buckel.

»Wünsche dir eine verflucht gute Nacht, Bäuerin!«

Der Bauer leuchtete mit einer kleinen Petroleumlampe und trug das Gefäß mit dem heilsamen Getränk. In der Keusche, die am Ende des Hofes stand, traten sie in ein kleines Zimmer, das für Auszügler gedacht war. Im gemauerten welschen Ofen prasselte ein lustiges Feuer und die Wärme breitete sich fühlbar im engen Raume aus. Im Winkel stand ein schmales Bett. Der Bauer deckte es sogleich ab.

»Siehst, Kaspar, da legst dich her. Die Kammer wird bald warm sein und außerdem hab ich dir noch eine Decke gebracht, daß dir warm wird. Morgen bist wieder gut beisammen, glaub mir's.«

Kaspar stieg umständlich ins Bett, setzte den Häfen mit dem Glühmost an und trank ihn fast in einem Zug aus, dann krümmte er sich unter der Decke zusammen, ohne noch ein Wort zu sagen.

»Geht's?« fragte ihn der Bauer, während er noch die schwere Decke über ihn breitete.

»Geht schon«, erwiderte Kaspar.

Am nächsten Morgen trat Vožnik vor dem Frühstück in die Keusche. Absichtlich trat er stark auf und schlug die Tür zu, als ob er die Ungewißheit verscheuchen wollte. Mit der gleichen Absicht grüßte er auch sehr laut:

»Morgen, Kaspar. Wie war's?«

Der unbewegliche schwarze Haufen auf dem Bettgrunde begann sich zu rühren und Vožniks Gesicht hellte sich auf. Er lebt noch, stellte er zufrieden fest.

Daraufhin wand sich Kaspars Kopf unter der Bettdecke heraus. Im Zimmer graute ein düsterer Herbstmorgen. Vožnik sah zwei recht glasige Augen und die schweißnasse Stirn.

»Himmelsakra, es ist schon Tag? Da hast den Teufel! Mir ist aber vorgekommen, daß ich eing'schlafen bin.«

»Stehst auf?«

Kaspar schwieg, strengte die Augen an, als ob er sich selbst prüfte, dann entgegnete er entschlossen:

»Das aber nicht.«

»Ich denk auch, es ist besser, wenn du im Nest bleibst. Was wirst denn essen?«

»Jetzt nichts, aber zu Mittag, hardigatto, tät mir so ein Häfen Glühmost wieder gut.«

Vožnik kratzte sich im Genick.

»Immerzu so ein Trankl wird nicht gut sein. Das macht Fieber, du müßtest aber etwas gegen das Fieber trinken. Meine Alte könnt einen Tee anrichten, einen Lindenblütentee, Kamillentee oder so was.«

»Pfui Teufel über solche Kaspeln. Wenn du mir nicht das vergönnst, was mir gut tät, dann lieber nichts!« sagte der Kranke ärgerlich.

Vožnik antwortete nichts, heizte den Ofen ein und ging. Schon auf der Türschwelle des Hauses begegnete ihm sein Weib mit fragenden Augen.

»Schlecht, Fieber hat er und die Augen sind schon glasig. Geh du zu ihm, wenn er was will.«

Vožnik betrat die Keusche den ganzen Nachmittag nicht, wohl aber seine Frau und die Magd. Kaspar schlug jedes Getränk außer Glühmost ab.

Gegen Abend machte sich Vožnik zu ihm auf. Gleich als er eintrat, bemerkte er, daß der Kaspar schwach war. Seine Augen waren noch glasiger, die Gesichtshaut noch gelblicher, die dürren Hände hatten schon fast eine Leichenfarbe. Kaspar war wie ein erstorbener Meiler, in dessen Mitte noch heiße Glut schwelt, während er von außen wie erloschen aussieht.

Die beiden Männer schwiegen lange. Kaspar starrte ausdruckslos zu der niederen Zimmerdecke, Vožnik blickte übers Bett hin in den Winkel hinter Kaspar. Und, als ob sich dort die Glut, die indessen Kaspars Körper zerfraß, widerspiegelte, sah er dessen ganzes Leben vor sich, wie es allen Nachbarn von außen her bekannt war.

Der Svetneči Kaspar, zwanzig Jahre älter als er, ein versoffener Bauernsohn, alter Junggeselle, Holzbehauer, schon in seiner Jugend ein Hallodri, später ein unverbesserlicher Säufer, der immer weniger vertrug. Als er, Vožnik, noch jung war und kaum mit der Axt umgehen konnte, lehrte ihn der Kaspar das Behauen. Damals war er auf der Höhe seiner Gesundheit. Was er an einem einzigen Tage an Holz bewältigte, konnte kein anderer. Aber auch trinken konnte niemand so wie er. Manchmal verbohrte er sich wochenlang in die Wälder, schindete Gulden auf Gulden zusammen, nährte sich von bloßer Polenta, dann aber packte es ihn plötzlich, und er trank, bis er den letzten Groschen verjubelt hatte. Nun war er daran, der Gemeinde zur Last zu fallen und die Nachbarn warteten nur, wann das geschehen würde.

Doch so bekannt er als Saufbold war, noch berüchtigter war er als Flucher und Gotteslästerer. Jedes zweite

Wort war bei ihm ein Fluch. Weiß Gott, wo er das gelernt hatte. Seine beiden Brüder, die noch lebten, fluchten nicht. Die ganze Nachbarschaft wußte, wie Kaspar seine letzte Beichte verrichtet hatte. Die Pfarre hatte einen neuen Geistlichen bekommen, der die Verhältnisse nicht kannte. Als er am Gründonnerstag die Beichte hörte, kam auch Kaspar in den Beichtstuhl. Er betete das Vaterunser herunter und starrte durch das Holzgitterchen in das große Ohr, das von der anderen Seite daran gelehnt war. Da lange nichts geschah, fragte der Priester:

»No, was hast denn angestellt? Trinkst?«

»Ja, ich trink ... diesen ...«

»Das ist eine schlechte Gewohnheit, Christ ...«

»Ist's auch, eine gottverdammt schieche Gewohnheit«, unterbrach ihn Kaspar.

Da zuckte das angelehnte Ohr zurück und durch das Gitterchen blickte das überraschte Gesicht des Geistlichen.

»Wo bist denn ...?«

»O, blutige Seel, fast hätt ich vergessen«, kratzte sich Kaspar rasch hinter dem Ohr.

Da reichte es dem Pfarrer.

»Stinkkerl, schau, daß du weiterkommst aus dem Gotteshaus. Bist beim Streumachen oder beim Beten? Wenn du einmal beichten gelernt hast, komm wieder!«

Ohne Absolution scheuchte er Kaspar aus dem Beichtstuhl.

Das war schon vor langer Zeit gewesen, vielleicht vor vierzig Jahren, und alle wußten, daß sich Kaspar seit damals nie in einen Beichtstuhl kniete.

Daran erinnerte sich jetzt auch der Vožnik voll Bitterkeit. Die Sache war nicht so einfach. Dieser verstockte Sünder lag jetzt bei ihm auf dem Sterbelager. Als gläubiger Mensch war er überzeugt, daß Kaspars Seele noch warm in die Hölle getragen würde, falls sie ohne Segen diesen ausgetrockneten, sündhaften Leib verließ. Außerdem ist es nicht angenehm, wenn ihm da ein Mensch ohne die letzte Wegzehrung stirbt, umso mehr noch einer wie der Kaspar.

Entschlossen platzte er mit seinem Gedanken heraus:

»Na, Kaspar, hast schon über die Abrechnung mit dem Herrgott nachgedacht?«

Kaspar riß den Mund auf.

»Zum Teufel, was sagst?«

»Das, was ich sag. Schwach bist, und es ist an der Zeit, daß du dich auf das Schlimmste vorbereitest.«

Kaspar versuchte, sich ein wenig aufzurichten, sank aber rasch zurück auf den Strohsack.

»Ich weiß, daß ich am End bin — aber daß ich dir ehrlich sag — daran hab ich nicht gedacht, an dieses Kreuzelement, das höllische . . .«

»Aber man muß auch an das denken. Rein bist nicht.«

»Blitzsakra, wer sagt denn, daß ich rein bin. Keiner von uns ist rein, auch du nicht. Blutiger Heiland, wenn wir zwei die Sünden auf die Waag legen täten, ich weiß nicht, welche Seite sinken tät.«

Vožnik fuhr innerlich zusammen. In der Kammer war es dunkel, nur hie und da flackerte es vom Ofenfeuer an der Wand auf.

»Du hast mordsmäßig getrunken«, sagte der Bauer, als wollte er die Beklemmung loswerden.

»Ich hab getrunken, bei meiner heiligen Seel, das stimmt. Warum soll ich diese Sünd beichten, warum verlangt der Herrgott nicht von denen Rechenschaft, bei denen ich g'soffen hab; die mir ein schlechtes Gsüff um gutes, schwer verdientes Geld verkauft haben. Blutschwitzender Herrgott, hast g'sehn den Tonač? Eine Keusche hat er sich aufg'stellt. Hast g'sehn den Križan? Ein Haus hat er sich gebaut. Und überall ist mein Geld dabei. Wie könnt'st du den Most verkaufen und das Geld in die Sparkasse tragen, wenn es keine Trinker geben tät. Und schau, Höllenbock, verdammter, du hast ja auch nicht weniger g'soffen als ich. Tät man alle Fässer, die du ausg'soffen hast, im Hof aufstellen, bliebet kein Fleckerl frei. Nur daß du jeden Tag g'soffen hast, ich war aber oft einen Monat trocken oder zwei, bis ich dann hab trinken können. Wenn das aufgeteilt wär, könnten wir uns die Händ reichen.«

Vožnik schwieg.

»Was hab ich denn schon Unrechtes getan?« fragte Kaspar vorwurfsvoll.

Vožnik kratzte sich hinter den Ohren, Kaspar aber fuhr ruckweise fort.

»Zum Höllenhund, dem zottigen, was hab ich getan! G'arbeitet hab ich und g'schuftet mein Leben lang und nicht einmal Zeit g'habt, an die Sünd zu denken. G'stohlen hab ich niemandem was ... hie und da ein Mensch, wenn's grad so gekommen ist. Ist das eine Sünd! Judas ist Kirchenkämmerer, dabei hat er drei Sorten von Bankerten, von diesen Teufeln, den ausg'schamten.«

Der Bauer rülpste, dann meinte er:

»Ist wahr, was du sagst, aber du bist ein heilloses Lästermaul. Und bei der Beicht warst auch schon so lang nicht, daß du es selber nicht mehr weißt. Denk ein bissel, wenn du jetzt so die Patschen streckst, unvorbereitet für den letzten Weg! Nicht einmal ausläuten können wir dich.«

»Der Schloßherr Vušin von Črneče ist von Jugend auf nicht mehr beichten g'wesen und hat sich selber erschossen. Trotzdem haben sie ihn in fünf Kirchen mit allen Glocken ausg'läutet, mit diesen Tschreppen, diesen verdammten.«

Nun gab Vožnik nach und trumpfte mit dem letzten Einwand auf:

»Gut, Kaspar, wir wissen alle, daß du dein Leben lang nur gearbeitet und nie was Gutes g'habt hast. Weil du aber gerade zu mir kommen bist, um dein letztes Stünderl zu beschließen, ist's ein bissel z'wider für unser Haus, wenn du so sterben tätest ...«

Kaspar riß es erneut in die Höh'.

»Blutiger Heiland, Lenz, das ist was andres. Warum hast mir das nicht gleich g'sagt. Über das muß ich nachdenken.«

Vožnik stand ganz erschüttert auf.

»Denk nur schnell nach, und sag mir's morgen früh. Solche Sachen darf man nicht aufschieben. — Und was möchtest zum Abendessen?«

»Dreihundert leibhaftige Teufel! Weißt, was ich möcht? Hast noch G'selchtes unter Dach und einen Krug Glühmost, das möcht' ich noch verkosten.«

»Kriegst!« sagte Vožnik.

Nach dem Abendessen, als der Bauer und die Bäuerin allein in der Küche zurückgeblieben waren und für Kaspar das Abendessen richteten, sagte Vožnik: »Heut nacht müssen wir ihm beistehen.«

Beide trugen das Abendessen in die Keusche.

Doch bald erwies sich, wie sehr Kaspar schon am Ende war. Ein Stück Schweinernes, das er voll Begehren in den Mund gesteckt hatte, war für ihn ohne Geschmack und schon beim ersten Bissen widersetzte sich der Magen.

»Kann ich nicht«, sagte er und legte die Gabel weg.

Den Glühmost aber schlürfte er zur Gänze in langen Zügen.

»Ein gutes Trankl hast mir gekocht, Bäuerin. Vergelt's Gott und der Sakramenter selber!«

»Was fluchst denn so, Kaspar? Warst ja einverstanden, daß wir den Pfarrer rufen?« verwies es ihm sanft die Bäuerin.

Vožnik wachte beim Kaspar. Der war ruhig; hie und da schlief er tief, aber dieser Schlaf dauerte nur kurz, und jedesmal, wenn der Kranke aufwachte, schien es, als geschehe es aus schwerer Bewußtlosigkeit, nicht aber

172

aus dem Schlaf. Um Mitternacht wollte er Tabak zum Kauen. Vožnik schnitt ihm ein kleines Stück ab, doch auch der Tabak, dieser höchste Genuß nach dem Trinken, schmeckte dem Kaspar nicht mehr. Lustlos wälzte er ihn unter dem Gaumen, dann aber würgte er ihn heraus auf die Hand und legte ihn fast noch trocken auf den Tisch.

Eine Stunde später erwachte Kaspar wieder aus seiner Umnachtung, blickte Vožnik mit seinen verquollenen Augen an und schluchzte fast:

»Vožnik, sag mir, warum ist das Leben so verflucht schwer...« Dann verlor er wieder das Bewußtsein. Noch vor der Morgendämmerung rief Vožnik seine Frau.

»Bleib du bei ihm, ich hol den Pfarrer. Wenn's hell wird, ist's aus.«

Es war bekannt, daß der Pfarrer bei Nacht nicht gern den Versehgang tat. Sicher wird er murren, aber man kann's nicht aufschieben. Es war noch finster, als Vožnik ins Dorf aufbrach. Auf dem spätherbstlichen Himmel war kein Sternlein, noch sonst ein Licht. Hoch auf dem Berge fegte der Föhn über den Črni vrh und kündigte eine Wetteränderung an, im nahen Bach stürzte das Wasser geräuschvoll über Felsstufen. Der ganze Talkessel war voll von diesem Getöse, das beinahe angsterregend durch die Nacht hallte.

Vožnik hatte keine Angst, obgleich er auf einem ungewöhnlichen Weg war. Breit schwang er die Laterne, als er die teilweise schon gefrorene Straße hinabging. Der Wind ließ sich vom Berg tiefer herab ins Tal fallen und bald fing er sich in den Wipfeln des hundertjährigen Vožnik-Waldes, der sich über dem Felde ausbreitete. Ein tiefes Rauschen hallte bis zur Straße herunter. Die alten Fichten knarrten...

Bei diesem Widerhalle durchlief ihn ein sonderbares, fremdes Gefühl. Siehst, der Kaspar nimmt Abschied.

Bald wird es über dich kommen, und auch du wirst so Abschied nehmen. Austrocknen wirst, ausbrennen auf dem Strohsack und das Brausen deiner hundertjährigen Fichten wird dir nichts nützen... Er beschleunigte seine Schritte.

Beim Hof begann es schwach zu grauen, als der Pfarrer kam. Die Hausbewohner waren inzwischen aufgestanden und räucherten den Hof und die Keusche mit geweihtem Holz aus.

Kaspar war voll bei Sinnen. Das Bewußtsein blieb ihm noch, nachdem der Pfarrer gegangen war. Die ganze Familie war bei ihm im Kämmerlein versammelt und schaute ihn mit zufriedenen Augen an. Es schien, daß es sich zum Besseren wendete.

»Wie war's, Kaspar?« fragte ihn die Magd.

»Verflucht schön«, antwortete er.

»Um Christi willen, Kaspar, fluch wenigstens jetzt nicht, wo du die Lossprechung kriegt hast und rein bist, wie die Jungfrauen auf dem Ursulaberg.«

»Recht hast, Bäuerin, fast hätt ich diesen Teufel vergessen.«

Alle Weiber bekreuzigten sich.

Nach einer Weile erinnerte sich der Kaspar plötzlich:

»Vožnik, und fast hätt ich noch was vergessen. Draußen auf dem Hackblock hab ich den Zöger mit dem Werkzeug liegen lassen, dem Teufelsg'lump, dem verdammten. Mein Leben lang hab ich mich g'schunden mit dem Teufel. Drin sind der Plankatsch, der Farbtiegel, zwei Klampfen, der Zeppin und noch zwei Hacken. Das ist alles, was ich hab, wo ich siebzig Jahr alt bin. Verkauf's für die Truhen und fürs Begräbnis... Daß nicht einer sagt: Das ganze Leben hat er g'soffen, zuallerletzt ist er aber noch auf fremde Kosten abgekratzt, dieser Teufel... der verfluchte... der verkommene...«

Nach diesen Worten fiel ihm der Kopf auf den Polster zurück und gleich darauf war er tot.

DAS DUELL AUF DER TENNE

Die kleine Frettwirtschaft des Čarnoglav ist einer von jenen tausenden Bauernhöfen in Slowenien, die ihren Besitzern gebieten:

»Schinde mich nur, tust du's nicht, schinde ich dich!«

Das heißt: Schufte und arbeite ohne Rast und Ruh, dann bringst du es vielleicht zu Wohlstand. Eines Tages kannst du diese Bettelhube gegen einen ertragreichen Bauernhof eintauschen, auf dem du mit verschränkten Händen herumstehen wirst. Läßt du aber nach und tust so, als wolltest du dich — hungrig — auf dem Misthaufen erleichtern, wirst du bald von deiner Hube herunterrutschen und auf der Straße liegen.

Für eine Keusche ist so eine Frettwirtschaft zu groß, als daß man häusliche Arbeit im Vorbeigehen verrichten könnte. Sonst würden die Hausleute den Großteil des Jahres als Taglöhner, Fabriksarbeiter und Holzknechte verbringen. Und doch reicht dieser Besitz nicht dafür, daß genug zum Lebensunterhalt erarbeitet, die Familie anständig eingekleidet, Steuern und Gebühren bezahlt und alle übrigen Bedürfnisse der Kleinbauern gedeckt werden können. Auf einem so kargen Boden gibt es das ganze Jahr genug Arbeit. Sie ist dann am dringlichsten, wenn bei den Nachbarn für Taglöhner noch etwas zu verdienen wäre. Wenn aber daheim die Arbeit weniger wird, gibt es auch in der Nachbarschaft keine.

Deshalb sehen sich die Kleinbauern auf einer Rutschbahn, von der sie bei der kleinsten Unvorsichtigkeit abgleiten können: ihr unteres Ende führt in die proletarische Ungewißheit, das obere aber, der Wohlstand, läßt sich nur in mühevollem, anstrengendem Klettern erreichen...

Deshalb klammern sich diese armseligen Leute an ihren Erdboden und graben sich in ihn hinein. Auch wenn sie diese Bettlererde nicht lieben, sondern eher fürchten wie eine verweste Leiche: über sie hinweg steigt der Mensch der Sonne entgegen . . .

Die Familie Čarnoglav hielt krampfhaft an ihrer Erde fest, an den dürren Äckerchen, die wie Maulwurfshügel zerscharrt an den Steilhängen lagen. Mit dieser Heidekrauterde kämpfte Geschlecht um Geschlecht, um nicht abzuhausen, ehe dieser Maulwurfshaufen gegen ein Heim eingetauscht war, wo man ausruhen konnte.

Der jetzige Čarnoglav kniete sich wie seine Vorfahren in die Arbeit auf der Erde, die ihn geboren hatte. Er war kein Trinker, lief nicht ohne Grund auf den Jahrmärkten herum. Die Leute sagten:

»Das ist ein Mann! Der mag's derpacken.«

Er hatte seine Zeitung und interessierte sich mehr für fortschrittliches Wirtschaften, als es einem Fretter wie ihm vielleicht angemessen war.

Nur das konnten ihm die Nachbarn, die etwas galten, vorhalten. Čarnoglav kümmerte sich nicht darum. Er besuchte jeden Sonntag die Kirche, holte im Pfarrhof seine Zeitung ab und ging immer zur selben Zeit wieder nach Hause, pünktlich, Jahr für Jahr. Wenn er nicht genau um elf aus den Wäldern hervortrat, mußte etwas Außergewöhnliches vorgefallen sein, und die Čarnoglavhube war sofort beunruhigt.

So war es eines schönen Sonntags im Herbst. Als er zur gewohnten Zeit nicht kam, stand seine Frau häufiger auf der Schwelle als beim Herd und starrte zum Wald hin.

Mit feierlichem, beinahe majestätischem Antlitz kam er eine ganze Stunde später nach Hause. Die Frage auf den Lippen der Frau erstarb. Der Mann platzte vor der bestürzten Familie heraus:

»Mutter, ich habe eine Dreschmaschine erstanden! Der Tepan hat sie mir verkauft. Er hat eine neue, moderne bekommen, die selbst schüttelt und fegt. Der Tepan hat den Leikauf bezahlt, mich hat diese Verspätung nichts gekostet.«

Von dieser Neuigkeit war das ganze Haus des Čarnoglav ergriffen, denn eine Dreschmaschine war schon immer der Traum der Familie, ein heimlicher Wunsch, den schon die frühere Generation hatte. Die Čarnoglav gehörten zu jenen selten gewordenen Frettern in der Gegend, die noch keine Dreschmaschine hatten und mit Dreschflegeln droschen.

Bei ihnen pockelten sie nach alter Sitte schon früh am Morgen und lange in die Nacht, jeden Tag, Jahr um Jahr. Als noch keine Kinder auf der Welt waren, schwangen der Vater und die Mutter die Flegel selbst; als der älteste Sohn Francuh aus den Windeln war, schnitzte der Vater dem Zwölfjährigen einen Knüppel aus Weißbuche.

In der Nachbarschaft bedeutete der Dreschflegel Rückstand, Armut, Minderwertigkeit. Deshalb rief die Neuerung bei den Kindern eine närrische Freude hervor. Sie zitterten vor Glückseligkeit:

»Dreschmaschine, Dreschmaschine...«

Als Čarnoglav die Maschine nach Hause brachte, war das ein Feiertag für die Kinder. Ihr Anblick, wie sie gleich einem Ungetüm auf den Karren gebunden hockte, war nicht gerade einladend. Das Ding war verstaubt, finster, unfreundlich, abweisend und fremd. Nichts Warmes, Häusliches haftete an ihm. An den Seiten hatte es zwei mächtige Räder mit Treibriemen, von denen eines schwarz und gezahnt war. Das eiserne Rückgrat war gekrümmt. Hinten war ein dunkler Rachen, in dem furchtbare Eisenzähne ineinandergriffen. Eine dicke, trockene Staubschicht aus Tepans Scheune, wo die

Dreschmaschine schon zwanzig Jahre gedroschen hatte, bedeckte das schwarze Scheusal.

Die Čarnoglaver umschlichen es mißtrauisch, doch das scheußliche Gefühl konnte die Freude nicht erdrükken, die in den jungen Herzen aus dem Bewußtsein entstand, daß sie nun nicht mehr die letzten in der Nachbarschaft waren, und daß mit Hilfe dieser Maschine ihr Leben leichter und besser sein würde . . .

Mit großem Respekt untersuchten nun die Kinder dieses Wunder genauer. Francuh und Andruh drehten die Räder, und die Dreschmaschine kreischte so schrill, daß den Kindern das Blut in den Adern erstarrte.

»Weg von der Maschine! Ihr werdet sie noch früh genug satt kriegen.« Mit diesen Worten jagte sie Čarnoglav fort.

Damit sie aber nicht die Freude an der neuen Errungenschaft verlören, schwenkte er rasch um und hielt ihnen eine Predigt über die Gefahren, deren die Maschine trotz all ihrer Nützlichkeit voll war. Er hielt ihnen die Greueltaten dieses eisernen Schlundes vor Augen, der Finger und ganze Arme fressen und aus gesunden Menschen Krüppel und Bettler machen würde.

Diese Geschichten erschreckten die Čarnoglaver. Aus angemessener Entfernung starrten sie mit offenem Mund auf die Maschine. In die erste Begeisterung mischte sich ein heimliches Mißtrauen.

Die Čarnoglavka schaute sich das Maschinengespenst beklommen an. Sie berührte es nicht. Als sie den Hof verlassen hatte, sagte sie:

»Jetzt hat sich auf unserer Tenne die Volksmarter breitgemacht.«

Schon am ersten Abend hatte Čarnoglav die Maschine zum Dreschen eingerichtet: Er befestigte sie am Holzboden, stellte den Tisch bereit, stieg unter das Dach der Scheune und band einen Haufen Hafergarben los, den trotz seiner Bescheidenheit drei Drescher drei Stunden

178

lang bearbeiten müßten, wollten sie ihn gut ausdreschen.

Die Čarnoglavka brachte ein kleines Gefäß mit Weihwasser und besprengte mit einem Tannenzweiglein die Dreschmaschine sowie alle Anwesenden. Die Čarnoglaver bekreuzten sich, als machten sie sich auf einen unsicheren, schweren Weg.

Dann stellte sich jeder auf seinen angewiesenen Platz: Vater Čarnoglav trat mit bloßen Händen zum Zahnrad, seine Frau zum Rachen der Dreschtrommel, der vierzehnjährige Francuh zum zweiten Rad, der elfjährige Andruh mit der Heugabel vor die Dreschmaschine, und die siebenjährige Micoga zum Ladetisch, den sie mit dem Kinn noch nicht erreichte. So vorbereitet auf den ersten Zusammenstoß mit der Maschine, blieben alle für einen Augenblick bewegungslos stehen und holten Atem.

Dann sagte die Mutter:

»Gott sei uns gnädig!«

Nach diesen Worten, die wie eine Kampfansage klangen, krampften sich allen die Adern zusammen und ballten sich die Fäuste. Die Treiber Čarnoglav und Francuh warfen sich an die Dreharme, die Maschine ächzte auf und lief. Die erste Garbe prasselte durch den Schlund, wurde vor Andruh ausgespien, und die Körner spritzten über die Tenne. Die Maschine war in Betrieb. Der Schlund schluckte, würgte, röchelte und spuckte, die Tenne zitterte, es dröhnte in den Ohren, schüttelte in den Beinen, kribbelte in den Händen.

Čarnoglav wußte, was Dreschmaschinen mit Handantrieb bedeuteten, er hatte es ab und zu bei Nachbarn ausgekostet. Er wußte, daß er alle Kräfte anspannen mußte, daß er fast allein treiben mußte, war doch Francuh, sein Helfer, noch schwach und nicht abgehärtet. Deshalb umklammerte er krampfhaft den Griff. Seine untersetzte Gestalt krümmte sich, Blut schoß in sein Gesicht. Die Adern schwollen ihm an, allmählich wurde ihm heiß, Schweiß begann aus ihm zu strömen...

Francuh, sein Helfer an der zweiten Kurbel, rang mit der Maschine mit dem Mut eines unerfahrenen, draufgängerischen Leichtgläubigen. Doch bald belehrte ihn die Kurbel, welch widerspenstiges Tier er in den Händen hatte. Schon nach einigen Drehungen begannen die Hände nachzulassen, seine Brust war prall voll Luft, so daß er sie durch den weit geöffneten Mund ausströmen lassen mußte. Er sah, daß er fester zupacken mußte, also grätschte er die Beine und warf sich mit der Schwere seines jungen Körpers auf die Kurbel, weil das weniger anstrengend war.

Das stählerne Tier schnaufte und spie. Die Čarnoglavka teilte die Garben in gleichmäßige, dünne Strähnen auf und schob sie vorsichtig in den Schlund, damit die Maschine nicht zu streng ging. Doch manchmal schluckte der Rachen einen zu dicken Brocken, würgte und drohte, sich zu verstopfen, das Räderwerk begann sichtlich langsamer zu laufen. Da krümmten sich die Rücken des Vaters und des Sohnes noch heftiger, die Augen traten ihnen aus den Höhlen, sie mußten mit tierischer Kraft ziehen, damit das Biest nicht erstickte.

Čarnoglav überschrie die Maschine: »Auf — pas — sen! — Wir sind kein Viiieh!«

Andruh schob das Stroh weg und warf es auf einen Haufen. Hie und da kam er nicht nach. Er war zu klein und zu schwach, da begann die Trommel das Stroh zurückzuhaspeln. Die Dreschmaschine heulte auf, die Kurbeln hoben die überraschten Treiber aus dem Gleichgewicht. Wieder überschrie Čarnoglav den Lärm:

»Weg — put — zen!«

Mutter Čarnoglavka schielte zum Francuh hinüber und das Herz krampfte sich ihr vor Schmerz zusammen: sie sah, wie die Kurbel seinen schmächtigen Körper hin und her warf, wie seine Wangen glühten, wie die Haare auf dem nassen Nacken klebten, wie die Nasenlöcher sich weiteten, und seine Augen mit Blut unterliefen. Dann spähte sie zu Andruh hin, der sich hilflos mit der Heugabel herumschlug und außer Atem das Stroh wegschob. Dann blickte sie zur kleinen Micogica, die fürs Aufladen zu klein war, zu kurze Arme hatte und den Garben kaum gewachsen war. Vor sich sah sie die gebeugten Schultern ihres Mannes, hörte das Krachen seiner Knochen und roch seinen Schweiß.

Um all das nicht zu sehen, schloß sie die Augen; um den Lauf der Maschine zu erleichtern, schob sie ihr immer kleinere Bissen in den Rachen. Die Maschine kam wieder zu Atem und lief schneller... Doch schon hörte man Čarnoglav schreien:

»Schläfst du?«

Nichts half...

Sie arbeiteten erst einige Minuten, doch schien ihnen, als wären sie schon ganze Stunden eingespannt. Der Garbenhaufen in der Ecke wollte und wollte nicht kleiner werden.

Am schlimmsten hatten es die Kurbeltreiber. Allmählich überkam sie eine leichte Benommenheit.

Francuh dachte an andere Dinge, um sich von dem schmerzenden Gefühl der zu anstrengenden Arbeit abzulenken und sich zu beruhigen. Er dachte an die Schule, an das Kühehalten, daran, daß er erwachsen und stärker sein würde, wie auch Andruh groß sein würde, wie dann drei Čarnoglaver diesen alten Kasten packen und treiben würden, mit Leichtigkeit treiben — drei kräftige Männer, daß er heulen würde, heulen wie auf anderen Tennen..., die Zähne zusammenbeißen und treiben, drehen... Dieser Haufen, dieser verdammte Haufen... wird er denn nicht kleiner, wird er denn kein Ende nehmen?... Er wird, er wird, nur treiben, treiben, noch

ein wenig, noch ein bißchen... treiben, treiben und
wenn die Seele aus dir springt...

Čarnoglav stieß und zog mit seiner ganzen Kraft.
Seine sehnigen Arme waren zwar abgehärtet, aber an
ein so schweres Gespann waren sie noch nicht gewöhnt.
Das ist der Teufel, daß man immer Sklave dieser Kurbel ist... ununterbrochen, nicht einmal für einen
Augenblick darfst du nachlassen, weil dann diese verfluchte Trommel gleich wiederkäut und ganze, unge-
droschene Ähren durchläßt... Deshalb muß man drükken, pressen... es kann nur noch einige Minuten dauern.
Der Haufen wird doch kleiner... wird kleiner, obwohl
anscheinend der Teufel selbst in dieser Ecke seine
Notdurft verrichtet hat und es nie ein Ende geben
wird...

Čarnoglav lenkte seine Gedanken ab von der Maschine: die Qual ist nur jetzt am Anfang, Francuh ist noch
schwächlich, ist nicht hart genug, doch nach einem
Jahr, nach zwei, drei Jahren wird er stärker sein, härter.
Nachwachsen wird Andruh, nachwachsen wird Micoga,
nachwachsen wird auch Petruh, der Jüngste, der jetzt
noch in der Wiege liegt. Dann werden sie genug sein
für die ganze Tenne, dann soll die Maschine schauen,
mit wem sie es zu tun hat. Ja — dann, dann! Čarnoglav
sieht, wie Francuh langsam erlahmt. Deshalb sammelt
er seine Kräfte, umfaßt den Dreharm und treibt...
Beim Tepan treibt das Wasser die Maschine... in Hof
der elektrische Strom... in Moos der Göpel... Oh, wie
dort die Trommeln singen, wie die Garben hindurch-
prasseln. Ja, das sind andere Kerle als er — der Čarnoglav! Aber auch bei ihm wird es einmal anders sein,
wenn die Kinder aufwachsen. Später könnte man sich
einen Göpel anschaffen... vielleicht. Ja!... Doch jetzt
heißt es treiben... treiben. Vor Jahren einmal hatte er
die Maschine bei einem Geizhals am Fuß des Berges
getrieben — zwei Tage lang. Dann war er aus dem Tag-

lohn geflohen. Wer hätte da durchhalten können! Der
Mensch ist kein Hornvieh. Damals ja ... aber heute ist
das eine andere Sache ... heute geht's ums eigene Korn.
Besser, die Zähne zusammenbeißen, die Schweißtropfen
aus dem Hemd wringen, besser das, als ganze Tage lang
dreschen, mit dem Dreschflegel ganze Wochen dreinhauen und Zeit verlieren. Im Krieg war es noch schlimmer, und man hat's doch überstanden ... Man könnte
einen Helfer in Taglohn aufnehmen, doch das kostet
Geld. Vielleicht wird er es tun, doch das kostet, das
kostet ... Dreharm, sei folgsam, Dreharm, dreh dich
nur ... Du Fretterseele von einem Bauern, treib nur ...
treib ...

Das Dreschen dauerte gute zehn Minuten, aber durch
die Köpfe der Čarnoglavfamilie zog in dieser kurzen
Zeit ihr ganzes Leben .. mit allen Schönheiten, mit
allem Bitteren, mit allen Träumen ... Was eine solche
Maschine nicht alles vermag, wie sie dir das Gehirn
verwirrt, daß es schwärmt wie besessen ...

»Ho — o — o — j!«

Schluß! Čarnoglav kündete es mit keuchender Stimme
an, die stöhnend das Rattern der Trommel und des Rä-
derwerkes übertönte.

Francuh ließ sofort den Kurbelarm aus und fiel halb
bewußtlos auf einen Haufen Stroh. Er glühte und
dampfte. Doch Čarnoglav ließ die Maschine nicht gleich
los, er stemmte sich dagegen und bremste sie so ab.
Erst als er sie zum Stehen gebracht hatte, blickte er
siegreich um sich und sagte mit hervorgetretenen Augen:

»War nicht so schlimm!«

Doch niemand antwortete ihm: Francuh lag nach
Atem ringend auf dem Stroh, neben ihm war Andruh
zusammengesunken, den die Arbeit vollkommen
erschöpft hatte. Micogica drückte sich erschreckt in
die Ecke. Nur die Mutter Čarnoglavka rührte sich nicht

183

vom Fleck und starrte in den Rachen. Da sank auch Čarnoglav ins Stroh.

Einige Minuten lagen sie still und reglos. Auf ihre schweißnassen Körper legte sich dichter Getreidestaub und bildete eine Kruste auf der Haut. Allmählich leuchtete der Spalt in der Tennenwand auf. Alle Augen starrten wie gebannt auf das klobige Gespenst mitten in der Tenne.

Als erste raffte sich die Mutter auf. Sie trat zu Francuh, deckte ihn mit seinem Rock zu und sagte:

»Damit du dich nicht verkühlst.«

Dann trat sie zu Micogica, die sich noch immer voller Schreck in die Ecke drückte, und trocknete ihr mit der Schürze die schweißnasse Stirn. Dann wischte sie auch Andruh ab. Als sie aber auch den atemlosen Mann zudecken wollte, erhob der sich trotzig vom Stroh, hüllte sich selbst ein und ließ mit siegreicher, aufmunternder Stimme verlauten:

»Den ersten Drusch haben wir bewältigt, der zweite wird schon leichter gehen!«

Dann begann er ihnen lang und breit die Vorteile des Maschinendreschens zu erklären.

»Nächstes Jahr wird's schon leichter gehen, das folgende noch leichter und so weiter.«

Die Kinder kamen langsam zu sich, krochen aus dem Stroh, wischten sich den Staub aus den Augen und spuckten ihn aus dem Mund. Die erste Begegnung mit der heulenden Maschine war überstanden. Im Kopf blieb zwar ein elendes Gefühl zurück, aber in einer Viertelstunde war soviel abgedroschen, daß es drei Dreschflegel den ganzen langen Abend nicht fertiggebracht hätten. Die staubigen Gestalten der Familie Čarnoglav begannen sich zu rühren, bei jeder Bewegung knackten ihnen die Gelenke, der brennende Schmerz im Gehirn wandelte sich allmählich zu einer bitteren Ergebenheit in das Schicksal, das sie an dieses schwarze, verstaubte Ungetüm gefesselt hatte ...

Dem Francuh platzte noch im selben Herbst das Bauchfell. Und dem Andruh wird es wahrscheinlich auch so gehen, sobald er mit der Kurbel zusammenstößt. Doch die Čarnoglav, die armseligen Bauersleute, haben ihren Betrieb mechanisiert ...

SPÄTE BUSSE

1

Der alten Žvapovka bebte vor Überraschung das Kinn. Vom Wald her, über die Wiese kam ihr Mann zurück, das Werkzeug aufgepackt, als ob er die Arbeit schon beendet hätte. Das war doch nicht möglich. War er verunglückt, hatte er sich mit der Hacke verletzt? An seinem Gang war nichts zu erkennen. Mit verschränkten Armen wartete sie vor der Keusche.

»Was gibt's um Gottes willen!...« rief sie aus.

Žvap überquerte mit unsicheren, schwankenden Schritten die Wiese, und als er wankend bei der Hütte angelangt war, warf er schweigend das Werkzeug hinter die Holzwand, daß das ganze Dachgerüst dröhnte. Dann ließ er sich auf den Hackblock nieder, blickte seine Frau müde aus trockenen Augen an und rief niedergeschlagen:

»Ich kann nicht mehr...«

Die Alte blickte ihn traurig an.

»Ich kann nicht mehr! Jetzt ist die Stunde da, die mich schon zehn Jahre lang quält, die mich wie ein Alp bedrückt — jetzt ist sie da: ich kann nicht mehr — es ist aus mit mir...«

Die Alte schwieg.

»Kaum hab ich heut die Schragen beladen, schon ist der Schreiber vom Osrajnik gekommen und hat mir geradeheraus gesagt: Dein Holz, Žvap — ist für die Katz! Deine Augen haben dir versagt, du siehst nicht mehr gut und verdirbst mir mehr als die Hälfte des Holzes. Hör auf, geh heim und ruh dich aus! — So hat er zu mir gesagt, und jetzt bin ich da...«

Seine glanzlosen, von Harz und Sonne ausgebrannten Augen starrten verzweifelt auf das Weib, das noch immer regungslos dastand.

»Jetzt wird die Hacke nie mehr klingen: Schwing, schwing.«

Die Schritte der Frau glitten über die hohe Türschwelle. »Gott wird's schon geben ...«

»... es wird nie mehr, nie mehr klingen: Schwing, schwing!« wiederholte Žvap versunken, als ob er sein Weib nicht gehört hätte.

Auf dem Hackblock sank er zu einem armseligen Häufchen von Haut und Knochen zusammen und begann über die bittere Wahrheit zu grübeln.

Er war siebzig Jahre alt, von seinem zwanzigsten Lebensjahr an holzte er in den Wäldern. Er kannte vom Ursulaberg bis zur Saualm alle Schluchten und Waldgebiete wie seine rauhen Handflächen. Fünfzig Jahre hatte er den Plankatsch und den Zeppin geschwungen, fünfzig Jahre hindurch hatten ihn die Kräfte nicht verlassen, nur die Augen wurden schwach. In den letzten Jahren war er seiner Arbeit nur mehr mit großen Schwierigkeiten nachgegangen, er hatte mehr mit den Händen gefühlt als mit den Augen erkannt. Und nun ist es aus, nicht mehr wird es klingen: »Schwing« zwischen den Fichten und Föhren. Als ob bei dieser Erkenntnis auch die Körperkräfte nachließen, erhob er sich mühsam und tastete sich kaum über die Türschwelle.

»Heute noch, sofort gehe ich um die Abrechnung.«

Er zog die Sonntagskleider an, nahm das Verzeichnis des fertigbehauenen Holzes, das er auf zwei Holzschwarten auf seine Art angelegt hatte, die sonst keiner enträtseln konnte — und machte sich damit auf den Weg in die Ortschaft.

Der Holzhändler Michael Osrajnik war sein Jugendfreund; auch er stammte von Keuschlern ab. Anfangs hatten sie sogar einige Jahre gemeinsam geholzt, doch bald hatte sich Osrajnik selbständig gemacht und mit Holz zu handeln begonnen. Zuerst nur, soweit er es selbst aufarbeiten konnte, dann aber immer mehr, bis er der mächtigste Holzhändler des Tales geworden war. Jetzt hatte er einen Grundbesitz, ein Wirtshaus, eine Säge mit Dampfantrieb, eine Villa, ein Automobil und schrieb sich schon längst Michael Ossreinigg; seine Kinder sprachen nicht mehr slowenisch und waren alle in hohen Stellungen.

Die Bauern, die Arbeiter und die Fuhrleute verwünschten ihn alle. Trotzdem blieb er volksverbunden, weil er mit seinen Mitmenschen umzugehen wußte. Žvap redete ihn stets auf heimische Art mit Miha an, nur wenn sich derselbe in besserer Gesellschaft befand, mußte er ihn mit »Herr Ossreinigg!« ansprechen.

»Ach, lassen wir die Dummheiten und trinken lieber noch einen Liter . . .«

Als Žvap vor ihn hintrat, stutzte er:

»Paul — was führt denn dich so plötzlich her?«

In Wahrheit hatte er selbst den Schreiber in den Wald geschickt, damit dieser Žvap heimjage.

Müde sank Žvap gleich im Vorraum auf die Bank und platzte heraus:

»Stell dich nicht so dumm, als ob du nichts wüßtest —«

»Was ist denn geschehen? Warum bist du denn so aufgebracht?« Osrajnik wurde verlegen. Weil sie nicht allein waren, zog er seinen Altersgenossen in die Schreibstube und setzte ihn zuvorkommend in den Ledersessel.

»Was gibt's? Heraus damit!«

Gleichzeitig klirrte schon die Flasche im Wandkasten.
Žvap goß zwei Stamperl Sliwowitz hinunter.

»Mir ist zwar schon seit heute früh schwarz vor den Augen — lieber Freund Miha —, trotzdem bin ich gut aufgelegt. Deshalb trag ich dir auch nichts nach, wenn du dich über mich lustig machst. Da trägst du deinem Schreiber auf: geh und jag mir den blinden Žvap zum Teufel, weil er zu nichts mehr taugt und nur mehr Ausschuß liefert ...«

»Noch ein Stamperl, Žvap?« unterbrach ihn der Holzhändler.

»Her damit! Ich sag nicht nein. Werde ihn von heute an nur noch selten kosten. — Ich sag dir aber, tu nicht so und sag die Wahrheit: Mein lieber Freund Paul Žvap, der einst alle Raufbolde von Völkermarkt bis Lavamünd in Angst und Schrecken versetzt hat, es tut mir herzlich leid, aber deine Arbeit ist getan; du hast ausgedient, weder ich noch jemand anderer kann dich im Wald brauchen ...«

Žvap unterbrach sich kurz, dann setzte er bitter fort:

»Ich nehm dir nichts übel, Miha, du hast ja recht. Jedes Ding hat seine Zeit, und ich bin halt auch reif. Reif sind meine Augen und mir kommt vor, daß ich die Hälfte meiner Körperkräfte losgeworden bin. Mit Ach und Krach bin ich in den Markt hergestolpert.«

Der Händler blickte den zermürbten Behauer genauer an und sah, daß dessen Glieder schlotterten, als hätte ihn der Schüttelfrost gepackt.

,Du hast recht. Mit dir ist's aus ...' dachte er bei sich. Laut aber sagte er:

»Zu traurig bist mir. Wer fünfzig Jahr lang von früh bis spät ein und dasselbe Lied angehört hat, denkt sich, ohne das kann er nicht mehr leben. Des Menschen Verstand sagt dir aber: wenn man sich fünfzig Jahre lang abgerackert hat, dann ist es Zeit, auszuspannen und auszurasten.«

»Ausspannen! Weißt etwa nicht, daß ich statt der Hacke den Bettelstab in die Hand nehmen muß — wenn ich leben will?«

»Wenn ich dir sagen tät': Paul, warum hast denn in deinen Mannesjahren nicht an das Alter gedacht, wär das ein Vorwurf. Aber ich will dir nichts vorhalten. Wir kennen uns seit eh und je und ich will nicht gesagt haben, daß ich dir nicht helfen möchte. Ich werde auf der Gemeinde für dich schauen...«

Das Leid, das Žvaps Herz erfüllte, verwandelte sich in bittere Wut.

»Mach die Abrechnung, wozu das leere Gerede?«

Die Abrechnung ergab für Žvap etwas über dreißig Schilling. Als ihm Osrajnik das Geld vorzählte, fügte er hinzu:

»Damit du ja nichts Schlechtes von mir denkst, geb ich dir aus eigener Tasche noch hundert Schilling drauf. Wenn du in der Keusche überwinterst, vergraben in Schnee und Einsamkeit, betest halt mit der Neža ein paar Vaterunser für mich. Es kommt ja die Zeit, wo der Mensch nur mehr zum Beten taugt.«

Žvap streckte schon die Hand nach dem Hunderter aus, zog sie aber wieder zurück.

»Überleg nicht herum, Žvap! Das Geld wird dir recht kommen, und das Beten kann weder dir noch mir schaden. Denk ein wenig zurück — so an die dreißig Jahre — und wirst sehen, daß ich recht hab'...«

Da erhob sich Žvap, groß und knöchern, sein Blick bohrte sich in den rundlichen Osrajnik. Mit tonloser Stimme fragte er:

»Denkst gar an den Keuschler vom Mudaf auf der Schattseiten oder an Pozdih in der Ivnica?...«

»Ich denk weder an einen von den beiden, noch an irgendeinen unter so vielen anderen. Ich denk nur an mich selbst und an dich, wie wir heimlich die Baumstämme angezeichnet haben, die im Kaufvertrag nicht mitgerechnet worden sind. Ich denk dran, wie wir die Abrechnungen gemacht haben... Hahaha!«

Dieses trockene Lachen aber konnte Žvap nichts anhaben.

»Lieber Osrajnik, wenn du so denkst — dann magst dein Geld selbst behalten und kein Wort mehr darüber. Für meine Sünden werde ich selbst Antwort stehen.«

Nach diesen Worten schlug er die Türe hinter sich zu.

2

Žvap war als Behauer in der ganzen Umgebung bekannt. Seine Zimmermannshacke klang im Lavanttal, im Mießtal, an den Hängen der Saualm, in der Dobrava des Jauntales, an den Ufern längs der Drau von Stein bis Drauburg. In der Jugendzeit hatte er einen grünen Hut getragen, hatte rein und hoch gesungen, daß es in den Ohren schallte, und wenn er einmal seine Fäuste auf den Tisch setzte, dann leerten sich die Wirtsstuben.

Die Nachricht von seiner Erkrankung durchlief rasch die Gegend. Für seine vielen Bekannten war sie wie eine Mahnung aus dem Jenseits; wer davon hörte, mußte gleich denken:

»Wenn es so einen Mordskerl einmal hingestreckt hat, dann wird's ihn wohl nimmer auslassen. — Und wenn es den erwischt hat — was wird erst mit mir? . . .«

Žvap, den es bald nach der Abrechnung mit Osrajnik aufs Krankenlager geworfen hatte, starrte stundenlang bewegungslos auf die verrußte Decke der niedrigen Stube oder durchs Fensterchen am Fußende der Schlafstelle in die ausgeschlägerte Lichtung am bewaldeten Hügel jenseits der Schlucht. Hatte er auch keine besonderen Schmerzen zu ertragen, war er doch wie gebrochen. Tag um Tag, Nacht um Nacht klang es in seinem Herzen:

»Schwing, schwing! . . .«

Nach diesem Gefühl schmerzte die Erkenntnis noch heftiger:

»Nun wird es nie wieder »Schwing, schwing« herüberhallen . . .«

Draußen war ein trostloser Herbst, der Graben füllte sich mehr und mehr mit Nebel, und der Bach hinter der Keusche floß von Tag zu Tag leiser. Nach zwei Tagen fiel kniehoch Schnee, und unter seiner Decke erstarb das Plätschern des Wassers.

Neža zerspaltete den letzten Baumknorren auf dem Hackblock, legte im eisernen Ofen nach, drückte sich in den Winkel, und der Rosenkranz begann zu klappern. Die Keusche versank in die Winterstille.

Am Nachmittag erbebte die Holzwand. Vor der Keusche machte mit viel Getöse ein Pferdegespann halt, und über die Türschwelle stolperte ganz verschneit der Knecht vom Jaž.

»Der Bauer schickt euch einen Wagen Brennholz, damit ihr nicht erfriert.«

Um die Dämmerstunde betrat der Jažbauer selbst die Stube. Er hörte nicht einmal hin, als sich Neža mit gefalteten Händen für die Hilfe bedankte, sondern zündete sich die Pfeife an und setzte sich zu Žvap. Der Jažbauer war ein reicher Besitzer aus Jamnica, Eigentümer zweier Huben und ein bekannter Geizhals. Vor Jahren einmal hatte auch Žvap für ihn gearbeitet.

»Winter . . .«, fing der Jažbauer an.

»Ein früher Winter!«

»Alt sind wir geworden . . .«

»Mich hat's hingehaut . . .«

»Was willst, wir alle sind auf dem Weg dorthin.«

»Meinst, daß es mich nicht mehr ausläßt?« fragte ängstlich Žvap.

»Vielleicht, vielleicht auch nicht, wer kann's wissen! Aber ratsamer ist es, an die letzte Stunde zu denken, damit sie einen nicht überrascht.«

Žvap schwieg, im Mark hörte es auf zu klingen: »Schwing, schwing!« Den Jažbauer hatte er nie so recht leiden mögen, jetzt aber war er ihm geradezu widerlich.

»Was kann der Mensch denn schon auf dieser Welt erwarten? Nicht einmal mir liegt viel an ihr, auch wenn ich mir's gut einrichten könnte. Man fällt sich selbst und anderen zur Last. — Du weißt ja, wie's heute mit der nachbarlichen Hilfe steht. Jeder möcht da von ihr leben.«

Žvap verzog sein Gesicht.

»Sollst nicht denken, lieber Žvap, daß ich auf dich anspiele. Warst gescheiter als ich! Hast aufgezehrt, was du verdient hast. Ich hab alles auf die Sparkasse getragen und mir nach dem Umsturz einen Laib Brot gekauft ... Aber nun, wenn der Mensch schon auf diesem Wege ist, was hilft da das Zurückblicken. — Als ich gehört hab, daß es dich hingeworfen hat, hab ich mir gedacht: Sicher hat er keine warme Hütte ... Jetzt bist etliche Zeit mit Brennmaterial versorgt, derweil wird Gott das Seine tun. Die Holzwände sind, wie ich sehe, noch fest, deshalb leg den Ofen nach, und was kommt, kommt. Es tut nicht gut, im Kalten zu liegen, ich mein, auch der Tod auf einer kalten Liegestatt ist schlimmer als der im Warmen.«

Žvap bedankte sich mit Ergriffenheit in den Augen.

»... wie ich so nachgedacht habe, da hat mir etwas gesagt: Geh zum Žvap und trag deine Schulden ab. Du weißt doch nicht so recht, wann dein letztes Stündlein schlägt. Meine Seele belastet zwar nichts, aber man muß auch in den Kleinigkeiten reinen Tisch machen. Ein anderer tät' sich vielleicht gar nicht drum scheren. Ich aber will ein gutes Gewissen haben ... Vor dreißig Jahren, als ich auf Jazovec geschlägert habe, hab' ich dir bei der Verrechnung einige Maße verschwiegen. — Es ist nicht viel gewesen, aber es war so! Da habe ich mir halt gedacht: Der Žvap wird sowieso alles in seine Gurgel gießen, schade ums Geld — ich aber kann's nützlich anlegen ... So ist's gewesen! Du hast das nicht einmal bemerkt und wenn ich ein Gauner wär, tät ich dir das gar nicht erzählen. — So aber hab ich deine Hütte mit ein paar Tristen Brennholz eingedeckt und mein Unrecht gutgemacht. Von Rechts wegen war es gar keines. Damals hättest die paar Gulden durch die Gurgel geschüttet — und heut müßtest in der Keusche frieren. Wenn du also vor den Richter hintrittst, wirst von deinem Freund Jaž nur mit Achtung reden können.«

Den kranken Žvap würgte es in der Kehle, daß er kein Wort herausbrachte. Jaž aber verabschiedete sich von ihm und der Neža.

»Viel leichter geh' ich, als ich gekommen bin. Ich hab gewußt, daß ihr anständig seid. — Betet auch für mich ein Vaterunser ...«

3

Zwei Tage hindurch ruhte Žvaps Hütte in der Stille der verschneiten Mulde. Am dritten Tag knirschten auf dem Pfad vor der Keusche Quederschuhe, in die Hütte stolperte der Halterbub vom Repas und ließ einen gewaltigen Zöger auf den Tisch fallen.

»Hab euch vom Schlachtessen gebracht!« räusperte er sich verlegen. Als er aber ringsum nur Armut feststellte, setzte er sich frech zum Ofen.

Žvap strengte die Augen an: Der Repas-Junge von Podnjiva! Was will der? Ist denn schon bis Podnjiva die Nachricht von seiner Erkrankung durchgesickert?

Der Halterbub wärmte sich bald auf und machte sich breit: »Habt ihr Tabak?«

Als er sich die Pfeife aus Žvaps Beutel stopfte, erzählte der Bursche:

»Wir haben erst um die Weihnachten schlachten wollen, aber die Sau war krank, daß wir sie gleich haben abstechen müssen. Das Ingeräusch haben wir den Füchsen ausgelegt, das Fleisch den Pächtern gegeben. Der Bauer hat auch für euch einen Zöger angefüllt.«

Žvap kochte vor Wut. Am liebsten wäre er aufgefahren und hätte das Halbverdorbene aus der Hütte geworfen. Doch Neža machte sich schon über die Tasche her und begann, das Fleisch auf dem Tisch auszubreiten. Als aber der Halterbub draußen war, machten sich seine Wut und Entrüstung Luft:

»Schindaas werde ich nicht fressen! ...«

Voll Erbitterung drehte er sich widerspenstig zur Holzwand und zerbrach sich den Kopf, was wohl den Repasbauer dazu bewogen hatte, ihm dieses Schlachtessen zu schicken. Repas war ein überheblicher Besitzer, den er schon von klein auf nicht gemocht hatte, wenn sie auch gemeinsam aufgewachsen waren. Und jetzt schickt ihm dieser vom Schlachtessen!

Neža briet das Rückenstück, und im Raum begann es angenehm zu duften. Dabei beruhigte sich Žvaps erregter Abscheu, und auf Zureden des Weibes beteiligte er sich doch am Abendessen. Als sie satt waren, seufzte Neža auf:

»Mit Fleischwaren sind wir versorgt für den ganzen Winter ...«

Žvaps Zorn verwandelte sich langsam in eine hilflose Beschämung.

Nach dem Abendessen schlich sich wie ein Fuchs die Mojci vom Podež in die Keusche. Im Türrahmen schepperte Geschirr.

»Die Mutter schickt Milch und etwas Rahm. Das Geschirr muß ich zurückbringen.«

Neža goß zwei Reinen mit Milch und eine mit Rahm voll.

Als das Mädchen gegangen war, versanken beide still in Gedanken. Was ist auf einmal in diese Leute gefahren? Diese Veränderungen — Jaž, Repas, Podeževka. Menschen, über die sie eher Schlechtes als Gutes gedacht hatten.

Mit einem Seufzer beendete Neža die Überlegungen:

»Wenn es so weitergeht, werden wir es nicht schlecht haben.«

Den darauffolgenden Tag machten sie noch größere Augen. Besuche aus der ganzen Nachbarschaft lösten einander ununterbrochen ab, so daß zur Keusche bald ein breiter Pfad ausgetreten war.

Zuerst tauchte der alte Repasbauer mit einem Sack Heidenmehl unter dem Arm auf. An der Türschwelle klopfte er den Schnee ab:

»In der Mühle bin ich gewesen, aber sie geht nicht, alles ist verschneit. Da hab ich mich doch überzeugen wollen, ob der Halterbub gestern alles ordentlich überbracht hat . . .«

Žvap bemühte sich, freundlich zu sein. Der Repasbauer paffte die Pfeife und schlich wie die Katze um den heißen Brei.

»Am Ende sind wir zwei dorthin gelangt, wo es kein Ausweichen mehr gibt. Heute hat's dich gepackt, morgen schon kann's mich erwischen. — Es ist unvernünftig, alte Dinge aufzuwärmen, aber ich denk, man soll ins klare kommen vor dem letzten Huster. — Du hast mich immer schief angeschaut seit jener Zeit, als wir beim Sankt Rochus gewesen sind. Du hast gedacht, ich hab dir die acht Monate verschafft. Hast gedacht, daß ich einen Meineid abgelegt hab. Aber das stimmt nicht! Wenn ich dich beim Gericht hineingelegt hab, dann deshalb, weil ich mich in diesem Wirrwarr selbst nicht ausgekannt hab. Ich hab' gedacht, daß ich recht handle! Das hab' ich dir sagen wollen, damit zwischen uns beiden nichts übrigbleibt . . .«

,Du warst ein Gauner und als ein Gauner wirst ins Jenseits gehen!' dachte Žvap. Vor einigen Tagen hätte er ihm das noch entgegengeschleudert, jetzt aber waren sein Holzhauer-Starrsinn, seine Rücksichtslosigkeit schon soweit gebrochen, daß er alles in sich hineinwürgte und sagte:

»Laß diesen Jugendblödsinn! Jeder wird für sich allein Rede und Antwort stehen.«

»Das ist es ja! Wir müssen uns darauf vorbereiten, daß wir vor dem ewigen Richter nicht einander anklagen. Verzeihen muß einer dem anderen schon auf dieser Welt, nicht wahr, Neža?«

Neža stimmte ihm zu und Žvap beruhigte ihn lächelnd:

»Deshalb werde ich dich schon nicht als Geist schrekken, wenn du und die anderen euch damals auch aus der Tinte gezogen habt und ich für alle bezahlt habe. Was gewesen ist, müssen wir vergessen!«

»Recht hast!« krächzte der Repas mit tränenden Augen.

Als er sich erhob, erinnerte sich.

»Übrigens, Neža, was soll ich denn das bißchen Mehl mit mir herumschleppen. Schütt es in die Backtruhe, man sagt, daß Heidennudeln einen leichten Atem machen. Daheim haben wir noch genug, Gott sei Dank!«

Kaum war der Repas fort, kam schon die Podež-Mutter:

»Wie ich gehört hab, daß Paul krank ist, hab ich gleich Marička geschickt. Krankheit, Alter und Winter — mein Gott, wie wär's, wenn wir uns gegenseitig nicht beistünden! ...«

Žvap hustete und Neža lärmte im Winkel.

»Wird wohl nicht so arg sein! Knorrig bist, Paul, aber auch solche kommen an die Reihe. Ich hab zum Fasching auch schon das Kreuz gemacht, hab mich aber trotzdem noch einmal herausgemausert.«

Žvap überlegte, was sie hergebracht haben mochte, da unterbrach ihn die Besucherin selbst:

»Immer bin ich auf dich ein bißchen bös gewesen, weil du in der Gegend herumgetragen hast, ich hätt dir einige Taglöhnerschichten abgezwickt, als du bei uns den Dachstuhl gedeckt hast. Das hat nicht gestimmt! Jede

Schicht hab ich mir gleich an der Tür vermerkt und hab im ganzen fünfunddreißig gezählt. Du aber hast behauptet, du hättest vierzig gemacht! Ich hab dich nicht bemogelt; wenn was passiert ist, so war's ein Irrtum! Irren kann jeder Mensch. Dafür braucht man noch keine Messen zu zahlen, man kann sich drüber ausreden.«

Žvap sagte nichts, die Podež-Mutter aber versprach im Weggehen:

»Ab heut wird Marička jeden zweiten Tag mit der Milch kommen. Und, Neža, wenn du was Besonderes am Herzen hast, sag's ihr gleich. Bin doch kein Geizhals, war nie einer und werd nie einer sein!«

Nach ihr kam Ražej aus Pleč, beladen mit einer übergehängten Putschen. Er hatte eine Pipe bei sich und schlug sie in den Spund.

»Ich trink am liebsten den Spätbirnmost, weil er gut für die Brust ist. Im Herbst hab ich ein Faß vollgemacht für besondere Fälle, und wie ich jetzt gehört hab, dich hat's hingehaut, hab ich mir gleich gesagt: »Dem Paul wird er guttun! Trink, er ist wie Met! . . .«

Žvap trank und staunte über Ražejs Güte.

Als sie schon beim dritten Liter waren, taute Ražej auf:

»Du hast doch auch einige Fässer aus meinem Keller abgezapft. Wenn ich mich nicht täusch, hast drei gekauft. In einem ist angeblich Essig geworden . . . Aber daran hab ich keine Schuld! Der Mensch kann nicht überall selbst dabei sein! Damals ist eine schlechte Obsternte gewesen! Das heißt, bei mir war sie — Gott sei Dank — gut, aber in der Umgebung hat's kein Obst gegeben. Da hab ich halt für den Hausbedarf Wasser zum Holzapfelmost geschüttet, damit ich mehr zum Verkaufen gehabt hab. Weißt ja, wie's ist, und damals hab ich noch Schulden gehabt . . . Der Knecht hat aber zu jeder Preßfüllung statt einen Eimer Wasser gleich zwei dazugegossen. Stimmt wohl, unser Wasser ist so gut wie nirgends weit und breit ... und so ist's geschehen, daß ich dir ein Faß Holzapfelmost verkauft hab als reinen Most, und der hat sich dann in Essig verwandelt ...«

Žvap konnte kaum ein schmerzliches Lächeln verbergen.

Die Prozession der Nachbarn, Bekannten, Freunde und Feinde hielt durch alle weiteren Tage an. Es sprachen Leute vor, die Žvap kaum erkannte. Während ihn zuerst Trübsal erfüllt und er sich innerlich gewehrt hatte gegen das Bettlerbrot, begann nun sein Gefühl in Verachtung umzuschlagen und er empfand immer größeren Abscheu für diese Welt. Bis zuletzt war ihm der Gedanke an den Tod ekelhaft, doch in den letzten Tagen schmolzen diese unangenehmen Gefühle dahin. Zugleich begann er sichtlich schwächer zu werden.

Ende der Woche sprach der Gemeindeschreiber wegen der Altersunterstützung vor. Seinem Bericht fügte er hinzu:

»Die Keusche mit Lebensmitteln eingedeckt! Für den Bittsteller wird die Rente kaum in Frage kommen, weil er sterben wird. Bleibt nur noch seine Frau!«

4

Richtig froh wurde Žvap, als eines Morgens der Holzbehauer Graš in die Keusche hereintorkelte, sein alter Bekannter aus Ruden, mit dem er viel gemeinsam geschlägert, den er aber schon ein paar Jahre nicht mehr gesehen hatte. Graš, der auch arbeitslos war, blieb zwei Tage lang in der Hütte, half mit beim Schlachtessen und leerte die Putschen mit dem Spätbirnmost bis zum Grund.

Zweimal hielt ihn Žvap zurück:

»Bleib noch einige Tage, Graš, und wart auf meinen Tod!«

»Red keinen Unsinn, Žvap! Wirst dich schon wieder erholen; wenn das Frühjahr kommt, übernehmen wir gemeinsam einen Schlag, und die Hacke wird wieder klingen: »Schwing, Schwing! . . .«

»Aber zu meinem Begräbnis kommst, wenn es soweit ist . . .«

»Verlaß dich auf mich, und wenn ich auch drei Stunden bis hierher habe.«

»Tragen müßt mich ihr Holzerleute!«

»Das laß meine Sorge sein, Žvap! Karnuh, Čegun, Žigoj und ich . . .«

Als Graš schließlich den Stock in die Rechte nahm, wandte er sich noch ein letztesmal seinem Bekannten zu:

»Etwas hab ich dich noch bitten wollen, daß du mir nicht böse bist: Man weiß doch nicht, was einen erwartet. Paul, sei mir nicht harb, daß ich dich damals in der Zeit der Volksabstimmung überredet hab, für Österreich zu stimmen. Ich weiß, du hast nachher wie ich oft diesen Betrug bereut. Ich bin halt bei den Sozialdemokraten organisiert gewesen und da haben sie mich soweit gebracht, daß ich für Österreich agitiert hab. Gesagt haben sie mir, daß in der Republik den arbeitenden Menschen nur Milch und Honig vorgesetzt würden. Jetzt aber haben wir die Katz aus dem Sack . . .«

»Sei still, Graš, sie haben uns eben drangekriegt, wie's halt uns armen Leuten immer geht«, tröstete ihn Žvap.

»Also ist die Sache vergessen?«

»Vergessen! Vergessen!«

Gleich nach Graš kam der Keuschler Ogničar von der Drau auf Besuch. In jungen Jahren hatte er mit Žvap viel zusammengearbeitet, dann aber hatte sich jener vom erhungerten Geld auf dem Schwemmland der Drau eine Keusche für zwei Kühe gekauft.

»Hab gehört, daß es dich niedergeschmissen hat, da bin ich gleich übers Wasser herübergefahren.«

In der Hütte war von Graš noch etwas Heiteres zurückgeblieben, etwas Ungezwungenes, auch dieser Besuch eines alten Bekannten war deswegen freundlich willkommen.

»Ich glaub, du bist gerade zur richtigen Zeit gekommen!«

Als Ogničar genauer hinhörte und das verdächtige Rasseln und Pfeifen in Žvaps Brust hörte, faßte er seinen Entschluß. Um den Freund nicht traurig zu machen, zog er die Unterhaltung in die Länge, sprach über die schlechten Lebensverhältnisse, über die Krise, über die Dürre und prophezeite beinahe das Ende der Welt.

»Jetzt ist jeder, den der Tod holt, besser dran. Was wollen wir schon von dieser Welt? Armut, Steuern und Eintreiber! Man redet, daß es Krieg geben wird.«

Dem Žvap und der Neža sprach Ogničar so aus dem Herzen, daß sie ihn nicht fortließen, und so mußte dieser sein Nachtlager auf der Ofenbank aufschlagen. Als er sich den Morgen darauf zu verabschieden begann, sah man, daß ihn noch etwas bedrückte. Aber erst im letzten Augenblick räusperte er sich:

»Etwas hab ich mir noch gedacht, was ich mit dir reden müßte, eine unangenehme Sache. Bist ja wohl nicht bös auf mich, daß ich dich dazu gebracht hab, für Jugoslawien zu stimmen? — Man hat mir versprochen, sie werden den gräflichen Besitz unter die Bauern und Keuschler aufteilen, wenn wir siegen. Sie haben behauptet, es wird für uns besser werden. Mich reiben halt diese Ackerflecken auf, die ich vom Grafen schon über zwanzig Jahre in Pacht hab. Deshalb hab ich ihnen geglaubt.«

Über Žvaps Gesicht huschte ein leichtes Lächeln. Fast verlegen erwiderte er:

»Nimm dir das nicht zu Herzen, Ogničar! Das habe ich schon längst vergessen!«

»Gut, jetzt kann ich ruhig gehen! — Wir müssen uns halt denken, daß sie uns alle mitsammen auf den Holzweg geführt haben!«

Bald darauf knirschte der Steig in der verschneiten Mulde und die Hütte versank wieder in ihre winterliche Einsamkeit. Nach den letzten zwei Besuchen war der Kranke noch mehr in sich gekehrt, nur von Zeit zu Zeit weckte ihn ein würgender Husten. Immer, wenn er einschlummerte, begann er wie im Fieber zu sprechen.

Neža bekam es mit der Angst zu tun.

5

Es war schon spät, und in der Hütte glomm fahl das Lämpchen, als Burga, eine alte Freundin der Neža, vom Flur hereinhuschte. Scheu besah sie den Siechenden, als sie aber merkte, daß er schlief, ging sie die Freundin an:

»Hast schon mit ihm geredet?«

»Ich hab dir schon vorher gesagt: Grob ist er mich angefahren, als ob ich schon das Kreuz über ihn gemacht hätte!«

Die Alten blieben wie angenagelt im Winkel sitzen.

»Aber etwas muß man unternehmen! Er ist schwach . . .«

»Wie wär's, wenn du's versuchen würdest, Burga? . . .«

Der Kranke erwachte und entdeckte die neue Besucherin. Er hatte sie nie recht ausstehen können. Nun aber schlich sie sich mit wunderlich verklärter Miene an sein Bett heran:

»Wie geht's, Paul? Hast geschlafen!«

»Ich glaube, ich werd' bald für immer einschlafen!«
entgegnete der Kranke.

Der Neža krampfte sich das Herz zusammen.

»Wenn's so ist, hast wohl schon die Rechnung mit
dem Himmel gemacht...«

»Was geht dich das an!« empörte sich Žvap und
wandte sich wütend in den Winkel.

Burga sank in die Knie, raunte der Neža etwas zu und
verschwand darauf in der lautlosen Nacht. —

Wie ein böser Geist durchlief die Nachbarschaft die
Neuigkeit, daß es mit Žvap schon ganz am Ende wäre
und ihm Gefahr drohte, ohne Herrgott zu sterben. Auf
den verschneiten Gehöften der Anhöhen und Gräben
lastete diese Nachricht wie ein böser Alpdruck. Der
ganzen Nachbarschaft war bekannt, daß Žvap es mit den
geistlichen Dingen nicht so genau nahm, wie es sich für
einen Christen gehörte. Schon von klein auf war er
gewohnt, sonntags die Kirche nur von außen zu stützen,
meistens deswegen, um auf dem Marktplatz großzutun.
Er war als ein Verstockter bekannt, den nichts berührte.

Wohl war Žvap niemandem ein Ärgernis und für sein
Tun niemandem besonders verantwortlich. Trotzdem
erregte seine Starrköpfigkeit alle Nachbarn.

Der Pfarrer beriet sich mit dem Mesner. Daraufhin
begab sich der Kirchenkämmerer Ožeg in die abgelegene
Hütte. Als er nach einer umständlichen Einleitung mit
seinem Anliegen herausgerückt war, fertigte ihn Žvap
beleidigt ab:

»Bin ich euch denn wirklich so im Weg?«

Ožeg ging unverrichteter Dinge.

Der Tod aber näherte sich sichtlich der Hütte.
Schwäche befiel den Kranken immer häufiger, hie und
da verlor er die Besinnung. Neža und Burga schauderten.

Es verblieb nur noch eine Hoffnung:

»Schicken wir um Lukež!«

Der Bauer Lukež aus der Nachbarschaft hatte den guten Ruf, mit seinem Wort jeden verstockten Sünder zu überzeugen und in der letzten Stunde manche Seele vor der Verdammung gerettet zu haben. Außerdem hieß es von ihm, er habe sich seine Hube auf den Märkten erschlichen und hätte selbst genug auf dem Buckel. Deshalb versuche er, sich loszukaufen und verlorene Seelen vor dem Teufel zu retten. Daher trug er auch den Beinamen: der Erlöser.

Žvap war ziemlich gut bei Kräften, als Lukež kam. Nachts hatte es ihn heftig gewürgt, in der Früh aber hatte er leichter geatmet, und seit einigen Tagen verlangte er wieder nach dem Essen.

»Da haben sie gesagt, daß du schon alle viere von dir streckst, und jetzt sehe ich, daß du reinhaust wie ein Taglöhner.«

Die heitere Stimme von Lukež tat dem Kranken wohl.

»Mich hat's auch gewürgt, aber es ist vorbei. Das hängt alles von der Entschlossenheit des Menschen und von seinem guten Willen ab«, log Lukež und blickte unter den abstehenden Augenbrauen Žvap durchdringend an.

»Ich glaub nicht, daß ich mich aufrappeln werde!«

»Freilich wirst dich. Am schlimmsten ist's, wenn der Mensch verzweifelt«, munterte ihn Lukež auf.

Als er den Kranken so aufheiterte, warf er kurz dazwischen:

»Wie steht's, hast du schon alles geordnet?«

Der Verstockte riß den Mund auf.

Der »Erlöser« aber ließ ihn nicht zu Worte kommen.

»Dann ist's doch wahr, was sie behaupten. — Das kann ich nicht verstehen, Žvap! — Du weißt doch, wie sie über den Segen reden: wenn er auch nichts nützt, schaden kann er nicht! Niemand weiß, wie's im Jenseits aussieht.«

Žvap begann ihn mit Interesse anzuhören.

»Glaubst, daß es nicht schaden tät . . .«

»Alles andere, als das! Der Mensch beruhigt sich, und das ist für die Gesundheit sehr wichtig. Ich bin gelegen wie ein Klotz, wie ich aber gebeichtet hab, hat es sich gleich zum Besseren gewendet.«

»Ich hab schon selbst darüber nachgedacht, aber wenn ich mich so frage, hab ich auf dieser Welt nichts Besonderes verbrochen, was man mir am Jüngsten Tage übelnehmen könnte«, wehrte der Kranke ab.

»Es geht nicht darum, ob du gesündigt hast oder nicht! Wichtig ist, daß du den Brauch befolgst.«

»Ich weiß nicht, wie ich . . .«, zögerte der Kranke.

»Tu's nur! Versöhn dich mit dem Herrgott!« pflichtete Neža jetzt bei, als sie ihn weich werden sah.

»Ruhig!« begehrte Lukež auf. »Ihr Weiber versteht nichts davon, wir erledigen das selber. Und so eilig ist's auch noch nicht, wie man vielleicht glaubt.«

»Mach, was du willst«, gab schließlich der Kranke seinen Starrsinn auf.

Lukež kam mit der Nachricht zur Pfarrkirche gelaufen, als gerade die Sonntagsmesse beendet war und die Gläubigen aus der Kirche drängten. Noch waren alle auf dem Kirchplatz versammelt, als die mittlere Glocke zum Versehgang bimmelte. Eine Bewegung ging sogleich durch die Menge:

»Zum Žvap geht's!«

Fast die halbe Pfarre strömte dem Pfarrer und dem Mesner auf dem Weg in den einsamen Graben hinterher. An der Spitze dieser Prozession schritt siegreich Lukež, hinter ihm die Jaž — Repas — Raž — Ogrizek — und Podežleute sowie andere Gemeindekinder, die an den Ablässen dieses Weges teilhaben wollten.

Während Žvap anfangs sehr mißtrauisch und wortkarg war, taute er allmählich auf, und mit kindlichem Vertrauen zählte er dem Beichtvater alle seine Sünden und Vergehen auf, soweit er sich noch erinnern konnte.

Unter anderem kramte er aus seinem Gewissen auch das Geheimnis, daß er zur Zeit der Kärntner Volksabstimmung sowohl Graš als auch Ogničar überlistet hatte. Vom ersten hatte er fünf Kilogramm Zucker und zwei Garnituren Winterwäsche, vom anderen zwei Kilogramm Tabak und einen Sack Weizenmehl bekommen, aber er hatte weder für Österreich noch für Jugoslawien gestimmt, sondern beide Stimmzettel zerrissen ...

Mehr als eine Stunde währte die Beichte, und die Nachbarn rings um die Keusche wurden schon ungeduldig. Alle drei Rosenkränze hatten sie schon durchgebetet, damit Gott den Verstockten erweiche.

»Lang bearbeiten sie sich!« murmelten einige Männer.

Jemand stichelte den Lukež:

»Jetzt geht's um eine neue Sprosse auf der Leiter.«

Indessen öffnete sich die Hüttentür, die Beichte war beendet. Im Schnee kniend empfingen die Pfarrkinder den Segen. Dann verloren sie sich allmählich auf den einsamen Pfaden der düsteren Berghänge.

Schon am nächsten Tag läuteten die Pfarrglocken zum letzten Geleit für Žvap. Zum Begräbnis stellte sich die gesamte Nachbarschaft ein, sie kamen und gaben ihm die Ehre — alle seine Wohltäter der letzten Tage. Es kam selbst Osrajnik aus dem Markt. Vier Zimmerer trugen den Toten. Die Trauergemeinde war einhellig der Überzeugung, daß Žvap ein Ehrenmann gewesen war. Er hatte es schon dadurch bewiesen, daß er sich gerade zur rechten Zeit aus dieser Welt davonmachte, bevor er der Nachbarschaft zur Last fiel.

WILDWÜCHSLINGE

An einem schwülen Sommertag warfen wir uns mit dem Freund Lipuš Košat nach mehr als zweistündiger Fußwanderung auf dem Rücken des breiten bewaldeten Grates hin, der sich an die nördlichen Abhänge des mächtigen Obir anlehnt. Dieser Grat bildet mit vielen anderen jene sanften Vorberge des Obir, die sich nordwärts gegen die Drau verlieren und die aussehen wie aufgeworfene, verquollene Wurzeln, als ob der Berg mit ihnen aus der Drau tränke und durch sie die Säfte einsöge für sein ewiges Leben. Eine dieser Wurzeln, die mächtigste unter allen, stellt sich der Drau keck entgegen und leitet ihren Lauf nach Nordwesten; so rundet sich das Bild des Jauntales zum Schoße des Kärntnerlandes.

Auf der Höhe dieses Grates, Karnice genannt, lebte in früheren Zeiten der Bauer Karničnik. Man nannte ihn auch Kresnik, und zwar deswegen, weil die Karničnik-Bauern das Recht und die Pflicht hatten, zur Sommersonnenwende auf dem Obir Höhenfeuer abzubrennen. Deshalb waren sie bekannt nicht nur im nahen Jauntal und unteren Rosental, sondern auch an allen jenen Orten des Landes, von wo aus man diese Höhenfeuer sehen konnte.

Die Karničnik-Hube war unter den ersten, wenn nicht überhaupt die erste, die in dieser Gegend der sogenannten »Bauernpest« zum Opfer gefallen war, einer Krankheit, die in der zweiten Hälfte des vergangenen Jahrhunderts in den Karawanken Hunderte von Besitzern ausgerottet hatte. Heute sind die Karnice gräfliches Eigentum, und von ihrem einstigen Stolz blieb fast nichts mehr übrig. Die Felder wurden schon

längst aufgeforstet und schöne Wälder überwuchsen
sie schon zum zweiten Male; von den Gebäuden waren
allein eine hölzerne Keusche und die Unterstände für
die Schafe geblieben; beides ist heute Unterkunft des
armen Pächters, der aber eher ein Holzknecht zu nennen
ist, denn auf den übriggebliebenen Feldern kann er
höchstens zwei, drei Kühe und ein paar Schafe züchten.

Die Spuren der übrigen, ehemals stolzen Gebäude der
Karnice waren schon in den Boden versunken, nur
dort, wo einst die Feuerstelle und der Backofen standen,
sieht man noch einen Schutthaufen, den der Rasen bis
heute noch nicht überwachsen konnte. Rings um die
Keusche langweilen sich einige halb ausgedörrte Most-
birn- und Wildäpfelbäume, von der Baumflechte überwachsen, so daß sie wie graue Geister aussehen. Auf
diese enge Behausung drücken von allen Seiten schwarze Wälder mit ihren finsteren Schatten.

»Dieses Haus muß eine interessante Geschichte haben«, begann Lipuš Košat, als wir uns ein wenig ab-
gekühlt hatten. »Jedes Bauerngehöft, das seinerzeit die
‚Bauernpest' verschlungen hat, und das aus den Händen
der Bauern in die der Herrschaft gekommen ist, hat
seine besondere Geschichte. Ich meine, wie es dazu
gekommen ist, was dazu den letzten Stoß gegeben hat.«

Sein Blick weilte nachdenklich auf dem armseligen
Bild der zerfallenen bäuerlichen Heimstätte.

Wir wandten uns der Keusche unter dem Wald zu.
Rings um sie herrschte schon die Stille der Alm, mit
dem gleichmäßigen Rauschen des Wassers, das in mäch-
tigem Bogen aus dem bemoosten Taterman in den breiten Trog plätscherte. Dieser Brunnen war anscheinend
auch noch ein Überbleibsel des ehemaligen Karničnik-
Gutes. Die sicherlich ein paar Jahrhunderte alte Keusche
ist aus Holz in jenem gefälligen alpenländischen Stil
gebaut, der mit seinem aufgelockerten Dachwerk und
seinen sonnigen Erkerchen so harmonisch in die Umge-

bung paßt, daß man sich eine stilvollere Baukunst nicht leicht vorstellen kann. Ihre Wände waren schon von Alter und Wind geschwärzt und rissig; es störten nur die übergroßen, geschmacklosen Fensterrahmen, die eine moderne Bauweise eingefügt hatte.

Bei der Keusche bemerkten wir niemanden. Es schien, als ob niemand zu Hause wäre, obwohl die Flurtür angelweit offenstand. Als wir eintreten wollten, fing uns schon hinter der Türschwelle eine alte Frau ab:

»Wir haben selbst nichts; arme Pächter sind wir.«

Die Alte war interessant. Als wir sie beruhigt hatten, daß wir ihr nicht zur Last fallen würden, änderte sich zwar an ihrem breiten fahlen Gesicht nichts, aber an den Bewegungen ihres Körpers erkannten wir, daß sie nun erleichtert war. Nach ihrem Äußeren war es schwierig, auf ihr Alter zu schließen. Ihrer buckligen ausgetrockneten Gestalt nach konnte sie an die achtzig sein, nach der Beweglichkeit um zwanzig weniger, ihren lebhaften, warmen Augen sowie den noch dichten, leicht versilberten Haaren nach aber hätte man ihr noch zehn Jahre weniger zugebilligt. Zufrieden hellte sich ihr zerfurchtes Gesicht auf, als sie hörte, daß wir slowenisch redeten; denn die Fremden, Hausierer und Touristen, die hier wie Herren vorbeigingen, sprachen fast ausschließlich deutsch.

Als sich die Alte nach einigen Worten müde auf die unterste Stufe der steilen, verrauchten Stiege setzte, die aus dem Flur auf den Dachboden führte, wußten wir, daß wir ihr nicht im Wege waren. Der Geruch der rußigen Wände und ihre angenehme Kühle umfingen uns seltsam vertraut, so daß wir uns auf die niedrige Türschwelle des Vorraumes setzten.

»Ist das alles, was von der einstigen Karničnik-Hube übriggeblieben ist?« platzte Košat geradewegs mit seinem Wunsch heraus, etwas mehr von der Greisin zu erfahren.

Das alte Mütterchen rührte sich aber nicht, Košat mußte weiterbohren.

»Wie viele Jahre sind es schon, seit das Karničnik-Anwesen gräflich ist?«

»Die Karnice wurden im Jahre 1875 verkauft.«

Ihre trockene Stimme hatte einen besonderen, einen leidenschaftlichen Beiklang, den das feine Ohr Košats sofort wahrgenommen hatte.

»Wie ist es gekommen, Mutter, daß die Karničnik-Hube verkauft worden ist . . .?«

»Das ist eine schieche Geschichte.« Die Alte antwortete kurz angebunden, als wollte sie ein aufflackerndes Gefühl ersticken. Bevor wir aber weiter in sie dringen konnten, blitzten ihre Augen in den tiefen Höhlen auf, daß sich ihr gelbliches Gesicht irgendwie verjüngte. In ihrer Brust seufzte etwas auf, als wäre eine heimliche Saite gerissen, und plötzlich schüttete sie unerwartet leidenschaftlich die folgende Geschichte von der Karničnik-Hube aus sich.

Auf der Hube lebte ein altes Geschlecht, und schon seit eh und je war hier der Wohlstand daheim. Sie umfaßte dreihundert Joch Grund, ihr Boden reichte an drei Seiten des Grates bis ins Tal hinab, als stützte sich das Anwesen mit drei mächtigen Beinen gegen die Niederungen. Sein Hinterland lehnte sich an die hohen Obirwände. Einst reichte angeblich der Karničnikbesitz bis auf den Gipfel des Obir; diesen Boden hatte die Herrschaft wegen irgendeiner Angelegenheit an sich gerissen. Seit jenen Zeiten dürften die Karničnikleute das Recht gehabt haben, auf dem Obirgipfel das Höhenfeuer abzubrennen. Deshalb waren sie weit im Lande bekannt, zumindest so weit, als man vom Tal aus ihre Hube sah. Diese aber ist die höchste Siedlung an der Nordseite des Berges. Von hier aus ist bis zur Savinja, zum Dobratsch und über St. Veit hinaus das ganze Land den Blicken offen. Bekannt ist auch, daß die Karničnik-bauern in alten Zeiten weder den Robot verrichteten, noch den Zehent ablieferten, sondern die Abgaben in Gold leisteten. — Den Gipfel des Grates, wo nun schwarze Wälder wachsen, bedeckten sanft geneigte Felder, beim Haus hielt man über dreißig Rinder und über hundert Schafe, außerdem gehörten zum Anwesen noch zwei Keuschen am Fuße des Grates, wo auch noch ein paar Ochsen gezüchtet wurden.

Die Karničnikleute waren nicht nur als wohlhabendes und stolzes Geschlecht bekannt, sondern auch wegen ihres Hochmuts, ihres Starrsinns und ihrer Selbstsucht. Diese Eigenschaften waren ihnen nicht nur von Haus aus eingeimpft, sondern noch durch die Einheirat protziger Frauen anerzogen. Die Karničnikbäuerinnen stammten aus durchwegs angesehenen Häusern der nahen und fernen Umgebung; selbst über die Drau hinaus waren die Karničnikleute mit noblen Familien verwandt. Im Hause hatte sich Überheblichkeit breitgemacht, die viel zum traurigen Ende des Hofes beitrug.

Meine Geschichte beginnt vor etwa hundert Jahren, als hier der vorletzte Karničnikbauer gewirtschaftet hat. Er hatte drei Kinder, zwei Söhne und eine Tochter. Wie üblich, war die Hube für den ältesten Sohn, er hieß Ožbej, bestimmt, daher ließ ihn der Vater schreiben und lesen lernen; damit der Bub Deutsch lernte, ging er schon in ganz jungen Jahren im Austausch hinter die Saualm. Außerdem befreite ihn der Vater vom Soldatendienst.

Als Ožbej zwanzig Jahre alt geworden war, kam als Magd die Hudabela Meta aus den Vellachgräben zum Haus. Die Hudabeli waren Keuschler, die sich mit Taglöhnerei, Wilddieberei, Sammeln von Harz und mit dem Verkauf von Holzkohle fortbrachten. Deshalb und weil die Keusche stets voll von Kindern war, hatten sie einen schlechten Ruf, obgleich sie ehrlich wie die Nachbarschaft waren. Noch heutzutage ist es bitter, arm zu sein; damals aber, in den alten Zeiten, als der mittellose Mensch keine Rechte besaß, war die Armut noch schlimmer und beschämender. Wahrscheinlich gab man ihnen aus diesem Grund einen so bösartigen Namen: die Meta vom schlimmen Vellachbach. Den Kindern waren die Karnički Paten.

Mit siebzehn Jahren war Meta das schönste Mädel in der ganzen Pfarre und sicherlich auch vom ganzen Jauntal. Sie war mittelgroß, mit offenem Gesicht, blauen Augen, und die dunklen Haare waren lang wie Hanf; ihre Haut war samten, ihre Gestalt wie die Eibe auf dem Obir. Ihre Patin, die Karničnikbäuerin, erkannte rasch, in welcher Gefahr sich die junge Magd Meta befand. Deshalb erzog sie das Mädchen zur Selbstverleugnung und Buße, indem sie es mehr Rosenkränze beten ließ als die übrige Familie.

Meta hatte noch nicht das siebzehnte Lebensjahr überschritten, als sie von Ožbej schwanger wurde.

Im Hause wirkte das, als hätte der Blitz eingeschlagen. Es war ein unerhörtes Ereignis, zwei Tage schmeckte niemandem das Essen. Auf das Haus legte sich ein fürchterlicher Alpdruck.

»Was für eine Schande für die Karnice...«

Zuerst legte der Karničnik Ožbej übers Knie und verdrosch ihn wie ein fünfjähriges Kind. Meta tat man nichts. Sobald man jedoch vom Unglück erfahren hatte, durfte sie nicht mehr mit den andern am Tisch sitzen. Man sperrte sie in eine abgelegene Kammer, wo sie verweint und heiser geschrien auf das Urteil wartete.

Am nächsten Tag schickte man um die alte Hudabela, die als Witwe auch den Vater vertrat. Als sie wie ein aufgescheuchtes Wild auf die Karnice gelaufen kam, plärrte sie schon auf dem Hof laut heraus:

»Meta, Meta, was hast du getan...?«

Ihr Weinen drang bis zu Metas Kammer. Sie konnte jedoch der Mutter nicht antworten, weil die kraftlosen

212

Krämpfe ihrer ausgeweinten Brust ihr Schluchzen erstickten. Aber wehe dir, du armes Mädchen aus den Vellachgräben!

Die beiden Karničnik empfingen die Mutter wie zwei Richter:

»Seht, Hudabela, was Ihr für eine Schande in die Welt gesetzt habt! ...«

Das Gesicht der unglücklichen Mutter war mehr erschrocken als verärgert über das Geschehene. Wie auch anders? Daheim hatte sie noch drei kleine Kinder, zwei weitere waren, obwohl jünger als Meta, schon Hüterbuben unter der Olševa.

Darauf sprach man nicht mehr von Meta. Die Hudabela wurde hinter den Tisch gesetzt und bewirtet nach alter Sitte, als wäre nichts geschehen. Ihr war zumute, als esse sie Giftiges; um die Gastfreundschaft des Hauses nicht zu verletzen, zwang sie sich, weiterzuessen. Das ganze Haus war still, außer dem Bauern und der Bäuerin ließ sich niemand sehen; alles schien grauenhaft feierlich.

»Hör zu, Hudabela. Ich will es dir nicht noch schwerer machen, als du es sowieso schon hast. Durch dich kam die Schande auf unser Haus und du mußt verantworten, was du geboren hast. Uns trifft keine Schuld; mehr achtgeben konnten wir einfach nicht. Damit aber niemand etwas wird maulen können, werde ich bei der Herrschaft für den Bankert dreißig Gulden hinterlegen« — für fünfzehn Gulden bekam man in jener Zeit ein Paar Ochsen —; »dafür versprichst du mir bei deinem Blute, daß die Karničnikhube niemals weder von dir noch von Meta und ihrem Bankert etwas hören wird. Bei der Herrschaft in Eberndorf werde ich dafür sorgen, daß Meta nirgends in der Nähe einen Dienst bekommt — und deine Brut nicht die Keusche.«

Der Hudabela schnürte die Angst die Kehle zu. Karničnik aber fuhr fort:

»Das ist das erste, was wir also geregelt hätten; das zweite ist die Buße. Du weißt, wie man solche Sachen schon seit jeher bestraft. Früher einmal hat man Dirnen vor der Kirche an den Schandpfahl gebunden. Das ist eine harte Buße gewesen. Überlegen wir, wie wir sie bestrafen. Im übrigen entscheide noch ich, weil ich ihr Pate bin und ihren Vater vertrete. — Den Ožbej habe ich schon bestraft, er wird es sein Lebtag nicht vergessen.«

Der Mann sprach, als hacke er Holz. Sein Gesicht war unerbittlich, sein Blick feindselig. Die Hudabela zitterte vor Furcht, sie dachte an die Keusche, an ihre alte Mutter und an ihre drei Grünschnäbel.

»Ich weiß nicht, ich weiß gar nichts, Vater Karničnik.«

Karničnik fuhr in seinem Richteramte fort:

»Werg heizen und ewige Schande.«

»Werg heizen und Schande!«

»Werg heizen und Schande, diese Buße hab ich ihr zugedacht. Buße muß sein, um die Ehre des Hauses wiederherzustellen, die deine Meta geschändet hat.«

Darauf begannen die Vorbereitungen für das althergebrachte Verfahren, mit welchem man in angesehenen Häusern die Unsittlichkeit bestrafte. Die Bäuerin deckte den Tisch mit einem weißen Tuch. Karničnik stellte darauf einen Strohkorb mit Flachshaar. Dann rief er mit gebieterischer Stimme aus der Rauchstube:

»Ožbej!« Und der Sohn, der vorhin nirgends zu sehen gewesen war, schob sich in die Rauchstube und sank auf der Ofenbank in sich zusammen.

Die Bäuerin führte Meta herein und setzte sie an den Tisch, so daß sie dem Kreuz im Herrgottswinkel zugewandt war. Ihre Wangen waren aufgedunsen vor ausgeweintem Leid, die Augen gerötet von brennenden Tränen.

»Mutter! Mutter!« weinte Meta auf, als sie die alte Hudabela erblickte, und wollte sich ihr in die Arme werfen.

Der Körper der alten Hudabela erzitterte wie im Krampf, doch sie unterdrückte ihre Mutterliebe und stieß die Tochter zurück auf die Bank, die Schuld der Tochter und das eigene Elend gegenüber der Macht des Karničnik vor Augen.

»Mutter, Mutter, verflucht Ihr mich auch?...« schrie Meta auf.

Die erschrockene Mutter konnte ihr nicht antworten.

In der Rauchstube herrschte eine fürchterlich gedrückte Stimmung von seltsamer Feierlichkeit. Meta suchte mit dunkler Ahnung vergeblich eine Antwort bei den Anwesenden. Durch Tränen sah sie die in sich gesunkene, verängstigte Mutter, die sich an die Wand drückte, und die zerknirschte Gestalt Ožbejs hinter dem Ofen, die nichts mehr von seiner wirklichen erkennen ließ. Sie sah das strenge, kalte und unerbittliche Gesicht Karničniks, das gefühllose Gesicht der Hausfrau, in dem nichts als grenzenloser Haß loderte. Dieses feindselige Gesicht zuckte nicht im geringsten, als die Bäuerin sie hart fragte:

»Meta, magst was essen?«

Das Mädchen rührte das angebotene Essen nicht an.

Sie war erregt durch die geheimnisvollen Vorbereitungen, aber auch, weil das Haus wie ausgestorben war und niemand von der Familie erschien, obwohl beim Haus drei Knechte, die Haustocher und drei Mägde waren. Deshalb stieß sie verzweifelt hervor:

»Was habt ihr vor mit mir?...«

Ihre Stimme durchschnitt flehend die Luft, die erfüllt war von Geheimnistuerei, aber Antwort erhielt sie keine.

Als genug an quälender Vorbereitung geschehen war, trat Karničnik zur Meta.

»Unglückseliges Ding, was hast du zu sagen?«

Seine Stimme war trocken und hart.

Meta blickte ihn scheu an, als hätte sie ihn nicht verstanden.

»Ich frage dich: bereust du, was du getan hast?«

Jetzt erst verstand Meta, was der Bauer sprach. Schluchzend stieß sie hervor:

»Ach, Vater, ich bereue diese Sünde aus ganzer Seele! Vater und Mutter, verzeiht mir ...«

Diese flehentliche Bitte, die Erbarmen und Trost suchte, wurde von einer neuen Frage Karničniks abgeschlagen:

»Sagst du dich los von diesem sündigen Bund für immer?«

Diese Frage traf Meta tief. In ihrer kindlichen Unerfahrenheit begriff sie die Frage nicht so, wie sie Karničnik gestellt hatte; für die verletzte junge Liebe sah sie keine anderen Folgen, als schon andere hatten ertragen müssen. Sie hatte weder das Karničnikgut noch die Ehre des Hauses im Sinn, ihre junge Liebe brannte nur selbstlos voll Ergebenheit für Ožbej, für die tief empfundene Schönheit des ihr nächsten Menschen.

Karničnik bekam keine Antwort.

Bevor er jedoch die Frage wiederholen und sie so hart stellen konnte, daß sich das Mädchen reumütig zu seinen Füßen werfen würde, schluchzte Meta heftig auf, und ihr Weinen durchdrang das alte Haus bis zur Decke. Anstatt der Antwort brach es aus ihr hervor:

»Was werdet Ihr mit meinem und Eurem Kind tun? ...«

»Schweig, Sünderin!«

Ein Stein ließe sich eher erweichen als der Karničnik. Langsam, als ob er einen Holzblock daherwälzte, brachte er den Handelbock aus dem Winkel und stellte ihn vor den Tisch. Beim Anblick dieses Geräts, des Hanfseils und des Wergs begriff Meta erst, was sie erwartete. Traurig rief sie:

»Mutter, Mutter, helft mir! ...«

Ihre Blicke begegneten denen der Mutter, aber vergebens suchte sie in ihnen das, was sie erhoffte. Die Mutter duckte sich hinter dem Tisch, ihr Gesicht wurde aschfahl, doch aus ihren tränenbedeckten Augen leuchtete Trost, Ermutigung und stumme Auflehnung der Frau auf, die sich in der eigenen Armseligkeit ungerechterweise erniedrigt fühlte.

»Meta, sei fest und stark; was du leidest, leide für deine Seele.«

Ihre Stimme klang aufmunternd.

Aber Meta konnte sie nicht verstehen. Deshalb wandte sie sich zu ihrem Geliebten um Schutz:

»Ožbej! Ožbej! ...«

Ihr Rufen war nicht vergebens: Ožbej, der die ganze Zeit über sein Gesicht in den Händen verborgen hatte, sprang in die Mitte der Stube:

»Vater, bestraft mich, ich bin schuld! ...«

Aber der Vater traf ihn mit einem kalten, drohenden Blick, ohne die Hand auszustrecken.

»Auf die Knie, Sohn!« donnerte er ihm zu und schon sank Ožbej auf die Knie, wo er wieder den Kopf in den Handflächen vergrub. Meta sah, wie er zitterte. Wenn sie auch selbst schon halb gebrochen war, blieb in ihr noch Platz für ein stilles Erbarmen mit dem Liebsten.

Nun griff die eiserne Faust des Bauern nach ihr. Grauen und Ekel überkamen sie, doch sie fand die Kraft, aufzustehen, mit hartem Schritt zum Marterstuhl zu treten und sich ergeben darauf zu setzen. Das Benehmen der Mutter und das Mitleid für Ožbej machten ihr einen Mut, den sie kurz vorher nicht einmal geahnt hätte. Das stille Schluchzen ließ nach und die Tränen, die noch aus ihren Augen kollerten, waren nicht mehr bitter. Bald trockneten auch diese in der neuen Kraft, die in ihr wuchs, als sie sich auf den Marterstuhl setzte, als sie ihre Hände darauf legte, damit sie der grausame Bauer über den Handgelenken an das Holz binden konnte, und sich die Handflächen, emporgebogen und eng aneinandergepreßt zu einem Schüsselchen rundeten.

Wegen der Haft in der Kammer und wegen der Verachtung und Schande, die sie nach der Aufdeckung ihres Unglücks ertragen mußte, war Metas Trauer schon vollkommen erschöpft. Sie war am Ende ihrer Kräfte. Aber was sie jetzt erlebte, da sie einerseits gemeinsam mit der Mutter ihre Armut fühlte, ihre Bedeutungslosigkeit und Nichtswürdigkeit, anderseits die unerbittliche Härte ihrer Ernährer und ihre drückende Feindschaft ... zudem die zertretene Liebe zu Ožbej — das alles ernüchterte sie und flößte ihr neue Kraft ein. In ihr wurde ein heimlicher, gekränkter Widerstand wach. Dieser wuchs rasch und erfüllte sie ganz, als die Marter begann.

Sie wußte, daß sie diese Qual auf sich nehmen mußte als einen unumgänglichen Kampf gegen das Unrecht, und daß sie in diesem — ungleichen — Kampf auch siegen mußte.

»Macht es schnell, Vater Karničnik«, sagte sie mit fester, verächtlicher Stimme.

Die Buße in Form des Abbrennens von Werg auf den Händen war ein althergebrachtes Recht der freien Bauern. Sie durften damit ihre Dienstboten wegen Unsittlichkeit, Diebstahls, Ungehorsams, Faulheit und wegen anderer Vergehen bestrafen. Vor hundert Jahren hörte man noch hier und dort davon, dann aber war dieser grausame Brauch verschwunden. Diese Strafe ist viel schlimmer, als es scheint. Das glimmende Werg sengt nicht nur an den Handflächen und Fingern, verbrennt nicht nur die Haut bis aufs lebendige Fleisch, sondern glüht auch mit höllischen Schmerzen in Hirn, Herzen und in allen Sinnen. Es glüht langsam, ohne Flamme, jedoch so heiß, daß selbst die kräftigsten Menschen diese Marter nur kurze Zeit aushalten.

Als ihr Feind, der Karničnikbauer, das Werg anzündete, war sein glattes Gesicht totenstarr. Als sich in Meta der erste Schmerz einbrannte, wollte sie im ersten Augenblick die Hände aus den Schlingen winden; da sie hart an ihre Folter gebunden waren, wand sich ihr Körper nur machtlos. Dann brenzelte es nach Fleisch. Metas Augen wurden immer größer und traten aus den Höhlen; auf der Stirn sammelten sich große Schweißtropfen. Die Gepeinigte biß sich in die Lippen, um ihre Widerstandskraft zu steigern und das Stöhnen zu unterdrücken ...

Ihre Mutter war schon vorher auf die Knie gefallen, hatte die Hände gefaltet und betete nun laut zum Marterholz gewandt den schmerzhaften Rosenkranz.

»... der du für uns Blut geschwitzt hast ...«, klang unterdrückt ihre fremde, abwesende Stimme durch die große Rauchstube. Es war nämlich so Brauch, daß die Anwesenden während der Marter laut beteten. Aber es schien, daß Metas Mutter allein betete. Karničnik legte sorgsam Flocken von frischem Werg auf die angesengten Handteller, mit der anderen Hand preßte er mit der ganzen Kraft Metas gebundene Handgelenke an die Folterbank, damit sich die Gemarterte nicht rühren konnte; dabei verzerrte ihm eine wütende Bosheit die Lippen und verriet leidenschaftliche Befriedigung seines Hasses.

Die Frau Karničniks lehnte an der Wand und starrte unentwegt auf Meta. Ihr Gesicht zeugte davon, daß auch ihre Lippen dem schmerzhaften Rosenkranz der Hudabela nicht antworteten. Ožbej kniete die ganze Zeit hinter dem Ofen, nur daß er sich noch mehr in sich verkroch und sein Gesicht noch tiefer versteckte. Nach dem Beben seines Körpers aber schien es, daß er in seinem Innern mit der Hudabela betete.

Meta versuchte stumm mit der Mutter mitzubeten, um ihre Kraft zu behalten. Sie suchte im Gebet einen kleinen Halt, aber ihr Verstand fand ihn nicht. Sie verwirrte sich schon von allem Anfang an und begann wehklagend zu stöhnen.

Die Hudabela betete hastig:

»Der du für uns gegeißelt worden bist...«

Und noch hastiger:

»Der du für uns das schwere Kreuz getragen hast...«

Nach alter Sitte durfte die Strafe höchstens so lange dauern, bis der schmerzhafte Rosenkranz beendet war, wenn der Richter nicht schon vorher die Marter abbrach. Karničnik aber blieb unerbittlich bis zuletzt; er war ganz versunken in seine blutige Arbeit. Mit gierigen Blicken legte er Werg auf Werg auf Metas Hände. An den Fingern klaffte schon das nackte Fleisch bis zum Knochen und in der Rauchstube verbreitete sich ein immer üblerer Geruch.

Meta wand sich vor Schmerzen, mit ihren Kräften am Ende. Immer lauter röchelte sie, als wollte sie damit ihr schmerzhaftes Schluchzen ersticken. Einige Male krümmte sich ihr Körper so krampfhaft, daß die ganze Folterbank erzitterte. Zum Schluß übertönte Meta mit ihrem Röcheln das hastige Gebet der Mutter.

»Der du für uns ans Kreuz geschlagen wurdest...«

Einmal, zweimal... zehnmal...

Dann rasselte der Rosenkranz zu Boden. Hudabela stürzte zur Meta... das blutige Gericht war beendet. Karničnik löste die Fesseln von den Händen und blies noch schnell die Asche von den Handflächen, so daß eine einzige, große Brandwunde angeschwollenen Fleisches sichtbar wurde.

Meta erhob sich ruckartig, fiel aber sofort mit herabhängenden Händen der Mutter in die Arme.

»Auf dieser Welt ist der Gerechtigkeit Genüge getan — daß es auch in der anderen geschehe, dafür mußt du selbst sorgen...«

Mit diesen Worten beschloß Karničnik sein Werk. Dann kümmerte er sich nicht mehr um sie.

Meta war ganz betäubt von den Schmerzen und überließ sich blindlings ihrer Mutter, die sie sanft um die Hüften faßte und aus dem Hause führte, damit sie sich so schnell wie möglich den Augen dieser unerbittlichen Menschen entzögen.

Beim Türpfosten aber mischte sich die Karničnikbäuerin ein, die bisher wie aus Holz geschnitzt dagesessen war. Die Hudabela zerrte ihre Meta rasch hinter sich her über die hohe Türschwelle, als wollte sie sie vor einem neuen Angriff bewahren. Doch im Flur riß die Karničnikbäuerin mit einem Ruck das Mädchen aus den Händen der Mutter, bemächtigte sich ihrer und warf sich voller Haß auf sie. Sie riß ihr das Tuch vom Kopf, packte sie an den Haaren und stieß sie über die Türschwelle, daß Meta vor dem Haus stürzte und auf ihr Angesicht fiel.

»Verfluchte Hure! ...«

So fluchte die Bäuerin, gleichzeitig warf sie Meta ihre ganze Habe nach, Kleider und Wäsche, alles zusammen ein gutes Bündel. Dann warf sie die Tür ins Schloß, daß das ganze Haus erzitterte.

Nun begann der zweite Teil der Buße — öffentliche Preisgabe ihrer Scham vor der Familie, aus der sie für immer vertrieben wurde. In jenen Zeiten bestraften Bauern mit der schimpflichen Entblößung fast jedes unzüchtige Frauenzimmer, besonders in großen Familien. Diese Strafe hielt sich noch, als man das Werg nicht mehr verbrannte.

Die Sünde einer Magd fiel auch auf ihre Arbeitsgefährtinnen; deshalb hatten diese nach altem Brauch das Recht, sich an der Unglücklichen zu rächen, indem sie dieser die Kittel über dem Kopf zusammenbanden und sie mit Rutenschlägen auf das bloße Hinterteil austrieben.

Bevor die Hudabela, die sogleich hinter Meta aus dem Gebäude gestürzt war und im Vorbeilaufen ihr zerstreutes Hab und Gut vor der Schwelle zusammenlas, der auf dem Boden Liegenden beistehen konnte, waren die Haustochter, die Großmagd und die Kuhdirn über diese hergefallen. Früher war keine von ihnen zu sehen gewesen, nun tauchten sie plötzlich von irgendwoher auf, um ihr Recht an der verhaßten jungen Arbeitsgenossin zu üben. Das ganze Gesinde versammelte sich auf dem Hofe und wartete, um auf seine Kosten zu kommen.

Die Großmagd und die Kuhdirn waren schon bejahrte Weibsbilder, die Meta wegen ihrer Schönheit haßten, die Haustochter war vom Haß der eigenen Eltern angesteckt. Die drei Weiber warfen sich auf Meta, stellten sie rasch auf die Beine, schwangen noch schneller den Ober- und Unterkittel des Mädchens über dessen Kopf und banden sie dort zusammen, so daß der Unterleib Metas vollständig entblößt war.

Dann hieben sie mit starken Birkenruten auf den nackten Leib und fauchten wild:

»Dirne! Mistdirne! . . .«

Meta schrie mit unbeschreiblicher Stimme auf. Konnte sie auch durch die Kittel nicht sehen, so ahnte sie doch, daß das Gesinde sie von allen Seiten anglotzte. Diese öffentliche Schande tat ihr schlimmer weh als das glimmende Werg. Wenn ihr die Mutter jetzt nicht zu Hilfe gekommen wäre, hätte es für sie ein böses Ende gegeben, denn sie wußte in ihrer finsteren Umhüllung nicht, wohin sie vor den Ruten fliehen sollte.

Die Mutter aber war schon bei ihr. Sie versuchte nicht, ihre Kittel aufzuknüpfen und sie vor der weiteren Schmach zu retten. Sie hätte damit wider das alte Recht verstoßen. Also faßte sie Meta um die Hüften und führte sie im Laufschritt zum nächsten Hofgatter. Jenseits des Zaunes hört das Recht der öffentlichen Schmähung auf. Das Gatter war etwa zwanzig Schritte entfernt, das

Mädchen verließ sich mit verbundenen Augen gänzlich auf die Mutter. So flohen sie, so schnell sie konnten, vor den schon außer sich geratenen Verfolgerinnen, die unaufhörlich mit Ruten auf ihre Nacktheit einhieben und dabei zischten:

»Hündin, verfluchte... da! da!... Saudirn! Sau!...«

Die Weiber waren wie besessen. Ihre begierigen Blicke verbissen sich noch fürchterlicher in Metas weiße Haut und ihren schön geformten Unterleib als die beißenden Birkenhiebe ihrer Ruten. Es schien, als reizte sie gerade dieses jungfräuliche Weiß zu einer immer schlimmeren Raserei auf. Den Weibern, besonders den Mägden, schien es dabei, als rächten sie sich heimlich für ein Unrecht und eine Zurücksetzung, die an ihnen schon von klein auf zehrten. Deshalb bedrängten sie die Flüchtenden umso heftiger, je mehr Striemen der Körper Metas trug.

Dabei stachelte sie das Grölen der Knechte auch noch an, die vom Stall herüberglotzten:

»Kühlt ihr das heiße Blut? — Hehe! — Gib's ihr nur, Mica! Hehe...«

Die alte Hudabela kümmerte sich nicht um die Schläge, die auch auf ihre Hand fielen, und hob Meta gleich mit einer Hand über den Zaun. Das schändliche Auspeitschen war zu Ende.

Die toll gewordenen Weiber senkten ihre blutbespritzten Ruten und kehrten mit gesenkten Köpfen zum Hause zurück, um nach althergebrachter Sitte die Ruten auf der heimischen Feuerstelle zu verbrennen.

Die Hudabela riß hinter dem Zaun den Knoten über Metas Kopf auf. Die Kittel fielen herunter und verhüllten ihren Leib. Meta wurde sich der überstandenen öffentlichen Brandmarkung erst jetzt richtig bewußt. Sie vergaß die schmerzenden Hände, brennenden Hüften und Waden und stieß hervor: »Mutter, nur weg von hier!« Sie hob die Arme und rannte blindlings den Viehtrieb hinunter.

Die Hudabela hatte bis jetzt alle Schmähungen des eigenen Blutes mit Ergebenheit tapfer ertragen. Sie hatte gedacht, sie wäre es den alten Gesetzen schuldig, und hatte nicht gewagt, gegen den mächtigen Karničnik aufzutreten. Nun faßte sie sich, als hätte sie eine schwere Ohnmacht überwunden. Sie wandte sich dem Haus zu, aus dem sie gerade verjagt worden waren, hob beide Fäuste in die Luft und schrie:

»Teufel, verdammte ... das Kind wird aber doch vom Karničnik sein!«

Dann rannte sie hinter der flüchtenden Meta her und holte sie erst beim Wald ein.

Dort versteckten sie sich tief im Dickicht und machten bei einer Quelle halt. Die Hudabela wusch zuerst Meta die angeschwollenen und blutunterlaufenen Augen aus, dann band sie an die versengten Hände Huflattichblätter und andere Heilkräuter; schließlich wusch sie ihr noch den ausgepeitschten Unterleib.

Die Schmerzen hatten schon etwas nachgelassen, aber Meta konnte sich noch nicht beruhigen; mehr als die Wunden schmerzte sie das, was sie soeben erlebt hatte; die ganze Schande und die ganze schlimme Vergangenheit traten ihr nun vor die Augen. Es schien ihr, als wäre ihre Liebe mit allen Fasern aus dem Herzen gerissen worden. Sie konnte sich nicht beruhigen, mit dem Kopf lag sie im Moos und ein heftiges Schluchzen schüttelte in einem fort ihre Brust.

Die Mutter beschloß, daß sie im Wald versteckt bleiben und erst in der Dämmerung heimkehren sollten, um so den Gaffern und ihren schadenfrohen Nachreden auszuweichen. Meta war so zerschlagen, daß es ihr einerlei war, und überließ alles der Mutter.

Als die Hudabela meinte, die Tochter habe sich schon etwas beruhigt, sagte sie:

»Wein nicht, Meta, in einigen Wochen sind die Wunden geheilt und alles ist wieder gut. Wegen der Sünde werd ich dir nichts vorhalten. Was du hast mitmachen müssen, war Strafe genug für dich. — Aber ich sag dir, jetzt beginnt für dich erst der Kreuzweg...«

Die Tochter antwortete nichts, sondern warf sich mit dem Gesicht ins Heidekraut, streckte die brennenden Hände von sich und schluchzte. Neben ihr saß die Mutter und schwieg. Erst als es dämmerte, fühlten sie sich sicher genug, nach Hause zu gehen in die Obhut ihrer Keusche.

Noch am selben Tage war Ožbej vom Karničnik verschwunden. Fünf Tage sah ihn niemand, obwohl man ihn überall gesucht hatte. Den sechsten Tag endlich fand man ihn auf der Tenne, vollständig besoffen.

Damals hatte sich Ožbej zum erstenmal betrunken.

Der Anfang meiner düsteren Geschichte ist nichts Besonderes. Was mit Meta geschah, war damals so üblich. Heutzutage verbrennt man zwar den unzüchtigen Mädchen nicht mehr die Hände, doch aus dem Hause werden sie noch oft gejagt, besonders wenn es sich um eine Katze handelt, die sich in das Haus des künftigen reichen Besitzers einschleichen will.

Deshalb hatte sich die Nachbarschaft bald beruhigt. Was darauf folgte, unterschied sich aber sehr von solchen alltäglichen Geschichten.

Meta ging nach einigen Wochen, als ihr die Hände verheilt waren, an einen einsamen Ort an der Drau in Dienst. Von dort kehrte sie in die Keusche der Mutter zurück und gebar — einen Sohn. Gerne hätte sie ihm den Namen seines Vaters gegeben, doch der Priester erlaubte nicht, daß irgendeine Erinnerung an die Karničnikhube wach würde. Das Kind bekam den Namen — Gal.

Nach der Geburt überließ Meta das drei Wochen alte Kind ihrer Mutter und zog auf die Bleiburger Seite in den Dienst, fast vier Gehstunden weit. In der Nähe getraute sich niemand, sie in Arbeit zu nehmen, um nicht beim Karničnik in Ungnade zu fallen. Ihr aber war diese Entfernung recht willkommen, weil sie so den Lästermäulern der Karničnikhube entging. Die Bindung zu Ožbej mußte sie sich mit Gewalt aus dem Herzen reißen.

Als die ganze Angelegenheit schon vergessen war, kehrte Meta plötzlich nach zweijährigem Dienst zur Mutter heim, und bevor die Nachbarschaft die wahre Ursache dieser jähen Rückkehr herausfand, war Meta mit dem zweiten Bankert niedergekommen. Als Vater gab sie bei der Taufe — Ožbej Karničnik an.

Das war schlimmer, als hätte der Blitz aus heiterem Himmel eingeschlagen. Niemand hatte geahnt, daß es zwischen Ožbej und Meta noch etwas gab, nicht einmal die alte Hudabela. In den letzten zwei Jahren war Meta nur einmal, zu Neujahr, daheim gewesen und auch damals nur einen Tag und eine Nacht. Auch diesen zweiten Buben wollte der Priester nicht auf den Namen Ožbej taufen, wie es Meta wünschte, sondern gab ihm eigenmächtig den sonderbaren Namen: Gaber.

Der alte Karničnik verdrosch im ersten Zorn Ožbej wieder bis zur Besinnungslosigkeit, worauf dieser für einige Tage vom Hof verschwand. Als er wiederkehrte, war er stockbetrunken wie das erstemal. Karničnik rannte in seiner Aufregung bis zur Keusche der Hudabela, um dort seinen Zorn an Meta auszulassen, aber die alte Hudabela hatte ihm die Tür vor der Nase versperrt, so daß der Mann nur draußen um die Keusche herumtoben konnte.

Als Meta wieder in den Dienst zurückkehren wollte, holte sie früh am Morgen der Gerichtsdiener aus Eberndorf und trieb sie auf den Gutshof. Sie wußte nicht, was das bedeute, und ging voll Befürchtungen mit ihm wie jedermann, der damals zur Herrschaft befohlen wurde.

Dort empfingen sie die Herren und der alte Karničnik und forderten von ihr, das Verhältnis mit Ožbej aufzugeben.

»Schau, Meta«, redete ihr der Gutsherr freundlich zu. »Du weißt selbst, daß diese Verbindung keinen Nutzen für dich hat. Sie ist für die Karničnikhube und für dich selbst die allergrößte Schande, und der ganzen Nachbarschaft ein Ärgernis. Sag dich los von dieser Liebe vor uns, vor Gott und den Menschengesetzen. So wird es am besten für dich sein.«

Meta war unsicher. Sie konnte nicht herausfinden, was dahintersteckte, und antwortete nichts.

Der Gutsherr fuhr fort:

»Du darfst nämlich nicht denken, daß du jemals den Karničniksohn heiraten könntest, noch weniger darfst du hoffen, einst Karničnikbäuerin zu werden. Der Vater Karničnik wird das niemals zulassen...«

»Niemals. Lieber enterbe ich meinen Sohn«, betonte Karničnik starrsinnig. Als Meta versuchte, seinen Blikken zu begegnen, wandte er sich in kaum verborgener Wut ab. Das arme Mädchen war kaum zwanzig Jahre und dachte in seiner Unerfahrenheit und Güte noch immer, daß der Zorn dieses hartnäckigen Menschen auch seine Grenzen hätte.

Sie raffte sich auf und sagte:

»Ich hab nicht an den Karničnik-Hof gedacht. Es ist über uns beide gekommen, daß wir nicht einmal gewußt haben, wie. Für mich ist heut nur wichtig, daß Ožbej Vater meiner zwei Kinder ist, die ein Recht auf einen Vater haben, und daß mir Ožbej der allernächste Mensch auf der Erde ist und daß ich ihn gern hab...«

Gerade das hätte Meta nicht bekennen dürfen, denn sogleich schlug der Wind um.

»Das ist nicht erlaubt. Du mußt es dir aus dem Kopf schlagen. Wozu lädst du dir diesen schweren Sack auf den jungen Kopf, wo es doch kein Brot geben kann aus diesem Mehl?« Die Stimme des Gutsherrn war hart und der Blick böse. »Laß dir raten! Wenn wir sehen, daß du vernünftig bist, wird auch Karničnik das Seine tun. — Wieviel haben Sie bisher für die beiden Bankertkinder zurückgelegt, Karničnik?«

»Für jeden dreißig Gulden, aber ich gebe jedem fünfzig, wenn das Mensch verspricht, daß sie von nun an unser Haus in Frieden läßt. Jedem fünfzig Gulden, damit niemand der Karničnikhube etwas Schlechtes nachsagen kann ...«

»Meta, für jeden fünfzig Gulden. Ist das nicht mehr als Güte? Nicht einmal Kinder von begüterten Häusern haben heute eine solche Mitgift.«

Der Meta verschlug es den Atem, deshalb entschied sie sich rasch:

»Ich kann mich leicht von der Karničnikhube lossagen, ich hab nicht einmal Zeit gehabt, dran zu denken. Wenn ich mich aber von Ožbej lossage, kommt es mir vor, als müßt ich meine zwei Kinder verleugnen ...«

»Also nein?«

»Nein! Lieber verzicht ich auf das Geld, der Karničnik kann es behalten.«

Wäre es nicht auf dem Schloß gewesen, hätte sich Karničnik an Ort und Stelle an dem frechen Mädchen ausgetobt; hier aber war der Richter Herr im Haus. Der Gutsherr herrschte sie an:

»Überlege, was du redest, Bankertglucke! Wenn du diesem Ärgernis nicht im guten entsagen kannst, wirst es halt fühlen. Wir können dich austreiben, einsperren oder wir legen dich auf die Folter, daß du es für ewige Zeiten merkst. Sagst du dich los oder nicht?«

»Von dem, was nicht mein ist, sag ich mich los; von dem, was mein ist, sag ich mich nicht los ...«

Nun sahen die Herren ein, daß jedes Drängen zwecklos wäre; deshalb beschlossen sie, Meta auf den Stuhl zu legen. Damals verwendete man auf dem Herrschaftsgut in Eberndorf noch die Zuchtrute.

Der Gutsknecht ergriff Meta und stieß sie vornüber auf den bereitgestellten Marterstuhl.

»Bleibst du stark, so bind ich dich nicht an, wenn du aber schwach wirst, muß ich es tun«, fragte sie der Knecht.

»Ich werd versuchen, stark zu sein«, antwortete Meta. Sie hatte schon gehört, daß man auf dem Gutshof züchtigte, wie eben die Strafe bemessen war, mit je fünfzehn, je fünfundzwanzig Hieben; daß nach fünfzig Schlägen gewöhnlich das Bewußtsein schwinde. Meta ergab sich in ihr Schicksal mit der Gewißheit, unschuldig zu leiden, und das gab ihr genügend Kraft. Sie umklammerte mit beiden Händen den Stuhl und biß die Zähne zusammen, um es leichter zu ertragen. Als sie spürte, daß ihr der Knecht den Kittel hochkrempelte, schauderte sie zusammen:

»Müßt Ihr auf den bloßen Körper?«

»Was glaubst denn, Täubchen, unschuldiges«, erwiderte grob der Knecht und drückte ihr mit flacher Hand den nackten Hintern nieder, daß es ihr kalt über die Haut lief.

Meta lag schon einige Zeit auf dem Stuhl bereit, doch die Marter begann noch immer nicht. Worauf warten sie? Sie hielt krampfhaft den Atem an.

Nach diesem Gericht, das das letzte dieser Art in der Eberndorfer Herrschaft war, konnten die Leute lange nicht vergessen, wie sich die Herren in den wunderschönen Körper der Meta verschauten. Anscheinend hatten sie noch nie so wohlgeformte Beine gesehen, eine so weiße Haut und einen so verführerischen Liebreiz. Die Herren konnten lange nicht zu sich kommen vor Bewunderung der weiblichen Reize, die sich ihnen darboten; nur Karničnik wandte sich feindselig zur Seite.

»Fang an, Prügelknecht«, befahl schließlich der oberste Herr, nachdem er die Fassung wiedergewonnen hatte.

Der Knecht hieb mit einem starken Haselstock drauf los; bei jedem Schlage holte er ein wenig aus, und nach jedem Schlage hielt er kurz inne: als er das erstemal loshieb, schien es, als ob der Stock am Körper der Meta haften blieb und diesen mitriß, beim zweiten und dritten Schlag sah man nur mehr ein leichtes Erzittern von Fleisch und Haut, bei den folgenden Hieben ähnelte die nackte Haut einem leicht anschwellenden Teig. Bis zum fünfzehnten Schlag gab Meta noch keinen einzigen Wehlaut von sich.

Da ließ der Gutsherr den Prügelknecht einhalten.

»Meta, sagst du dich jetzt los?«

Ohne ihn anzublicken, streckte sie ihre Hände weit von sich, legte sie vor den Stuhl, daß die verheilten Narben ihrer verbrannten Handflächen sichtbar wurden und sagte mit einer Stimme, die voller Leid, aber entschlossen war:

»Wie könnt ich das verleugnen, wofür ich schon Blut vergossen hab...«

»Streich ihr noch fünfzehn drauf«, befahl der Herr dem Schläger.

Der Knecht gab ihr noch fünfzehn Schläge.

Auch diese konnten sie nicht so weit schwächen, daß sie in ein schmerzhaftes Weinen verfiel, wie es ihre Peiniger erwartet hatten. Meta wollte diesen Besessenen nicht zeigen, wie sie litt. Was sie jedoch mit Selbstüberwindung unterdrückte, verriet ihr Körper, der sich nach jedem neuen Schlag qualvoll wand. Ihr Hinterteil war schon gezeichnet von dicken Striemen, aus denen dort, wo sie sich überschnitten, schon das erste Blut spritzte. Meta zuckte vor Schmerzen und aus dem Mund drang ein krampfhaftes Gurgeln...

»Dreißig!« zählte der Foltergeselle.

Der Gutsherr beugte sich tief zu Meta und fragte:
»Na, du Dickschädel, hast es dir überlegt?«

»Ich hab nichts zu überlegen. Schlagt mich tot — ...«

Aus diesem Aufschrei klangen Abscheu und Anklage, Elend und Schmach, Zorn und Verachtung, nur nicht Bitte.

Das erboste die Herrschaft noch mehr.

»Fünfzig«, schrie der Herr.

Der Knecht, der Meta nicht zutraute, daß sie noch zwanzig Schläge auf dieselbe Stelle ertragen würde, schlug vor, man sollte ihr das Mieder ausziehen, damit er ihr den bloßen Rücken verhaue. Die Herren ließen sich darauf nicht ein und wollten ihr auch nicht in die Augen blicken; der Folterknecht mußte noch zwanzig Schläge über den Unterkörper ziehen.

Man sagt zwar, daß Meta dem Gesellen erbarmt habe und daß er deshalb schonender zuschlug und immer dorthin, wo er vorher nicht hingetroffen hatte; aber trotzdem war Meta fast am Ende ihrer Kräfte. Das frühere stoßartige Gurgeln verwandelte sich in ein verhaltenes, immer tieferes und ohnmächtigeres Röcheln ...

Nach dem fünfzigsten Schlag warf der Knecht den Stock zu Boden und blickte fragend auf seine Vorgesetzten.

»Meta, verzichtest du endlich?« fragte der Herr zum letztenmal, aber auch jetzt bekamen sie keine andere Antwort:

»Schlagt mich tot ...«

Fragend blickten sie zu Karničnik, der sich die ganze Zeit über nicht vom Fleck gerührt hatte.

»Was sollen wir denn mit so einer Verstockten tun?«

»Schlagt sie ... schlagt sie weiter!« keifte der Mann.

Doch die Herren waren vernünftiger als er und erkannten, daß sie damit nichts erreichen konnten. Der Knecht brachte eine große nasse Plane, unwickelte damit Metas mißhandelten Körper, und legte sie auf die

breite Bank in der Kanzlei. Sobald Meta wieder zu
Bewußtsein gekommen war, spürte sie unbeschreiblichen Ekel und Haß gegenüber diesem abscheulichen
Haus und gegenüber allem, was sie umgab. Mühsam und
mit großer Überwindung erhob sie sich und machte sich
auf den Heimweg zur Mutter. Was war es, das ihr diese
Kraft gab, nicht schmachvoll vom Schloß zu fliehen,
wie es gewöhnlich solche Sünderinnen taten, sondern
selbstbewußt und geringschätzig durch Eberndorf zu
schreiten? Alle, die sie sahen, wunderten sich.

Der Gutsherr, der Meta schlagen ließ, sagte nach dem
Strafvollzug zu Karničnik:

»Meiner Meinung nach kann da niemand was ändern.
Eine Liebe, die solche Qualen erträgt, ist zu tief ver-
wurzelt, als daß sie irgend jemand zerstören könnte.«

Karničnik aber erwiderte:

»Ich werde es.«

Meta schleppte sich mit großer Mühe zur Mutter und
schluchzte und weinte eine Woche lang in der Keusche.
Unterdessen heilte ihr die Mutter die Wunden soweit
aus, daß sie wieder in den Dienst gehen konnte — diesmal irgendwohin unter die Petzen. Bei der Mutter blieben nun Gal und Gaber in der Keusche zurück und das
Leben ging weiter.

Die Karničnik-Leute versuchten mit allen Mitteln,
Ožbej und Meta auseinanderzubringen. Weil es im bö-
sen nicht gelungen war, wollte Karničnik es bei Ožbej
im guten erreichen.

»Ožbej, hör zu! Du weißt, daß du von Geburt aus dazu
bestimmt bist, nach meinem Tod die Karničnikhube zu
übernehmen. Der Weg, der unserem Hof vorgezeichnet
ist, ist nicht leicht. Denk zurück und du wirst sehen,
daß unser Geschlecht schon so lange auf der Karničnikhube lebt, als in Eberndorf das Grundbuch geführt wird.
Unsere Ahnen haben diesen Boden gerodet, haben hier
oben ihren Herd errichtet, von hier aus haben sie ihren

Grund und Boden bis hinunter ins Tal und bis zum Gipfel des Obir hinauf ausgedehnt. Dafür mußten sie hunderte Jahre kämpfen. Die hoch aufgeschütteten Raine an unseren Steiläckern zeugen davon, wie oft man hinter dem Pflug einhergehen mußte, wie viele seichte Ackerfurchen man nochmals umgraben mußte, bevor die Karničnikhube auf so festem Grund stehen konnte. — Die beneiden uns nur, die uns hinterrücks Übles nachreden, daß nämlich in alten Zeiten ein Karničnikbauer seinen Nachbarn auf der Kleinen Karnica totgeschlagen haben soll, um beide Anwesen in dem großen Hof zu vereinigen, wie er heute dasteht. Ich weiß nicht, ob das Wahrheit oder Lüge ist, aber wenn es tatsächlich geschehen ist, war es zum Nutzen unserer Hube. Wenn du König sein willst, mußt du rücksichtslos deinen Weg gehen ...
— — — Die uns fürchten, halten uns für Hartherzige, für Selbstsüchtige, für Dickschädel. Gut! Wir sind so, wie wir halt sind, und wie eben diejenigen sein müssen, die auf der Karničnikhube leben wollen. Deswegen haben wir unseren Herd bis auf den heutigen Tag erhalten, deshalb haben wir vor niemandem den Hut gezogen, außer vor der geistlichen und weltlichen Herrschaft ...
— — — Jetzt, da wir leicht mit Selbstbewußtsein vom Hof ins Jauntal blicken können, jetzt kommst du, Ožbej, und machst diesen Unsinn. Du willst heiraten, wie es bisher noch niemand auf der Karničnikhube getan hat. Ich muß dir sagen, es geht nicht ums Bett, es geht um den Hof. Die Karnice brauchen Hausfrauen, die von unserem Schlag sind, die den Hof verstehen, die das fühlen, was der Hof selbst fühlt: jede Furche, jede Mulde, den ganzen Grat ... Diese Art haben die Hudabeli nicht und können sie auch nicht haben. Dieses Geschlecht der Hudabeli kriecht in den Gräben herum wie die Würmer; es ist in unzähligen Betten zusammengekleistert worden, sklavisch ist es und kann den Kopf nicht aufrecht tragen. Die Hudabeli sind nichts für uns ...«

Die Stimme des Karničnik war zum Schluß fast sanft; man merkte ihm an, daß er aus tiefer Bewegung sprach. Sein Sohn dachte, die Zeit wäre da, ganz offen mit dem Vater zu reden.

»Die Hudabela-Meta ist jung und ich glaub, sie könnte sich an den Hof und an uns gewöhnen. Ihr wißt auch selbst, daß beim Karničnik schon lang keine so fleißige Jungmagd war wie die Meta.«

»Ist es so schwer zu verstehen, was ich dir gerade erklärt habe? Ist es so schwer zu verstehen, daß die Hudabela-Brut nicht zum Karničnik gehört? Nicht deshalb, weil ich ihr als Brautausstattung auch noch den Unterkittel kaufen müßte. Das ist das wenigste. Aber so einer Brut ist unser Streben fremd. Meta könnte sich in unser Wesen nicht einleben. Ihr Blut ist nun einmal nicht für den Karničnik Ožbej! — — —«

Fast flehend klang die Stimme des Karničnik. Dem Sohn schien es, der Vater zeigte eine bisher unbekannte Zärtlichkeit. Deshalb öffnete auch er sich ihm:

»Vater, es kommt mir vor, daß ich nur mit Meta glücklich wär und Meta nur mit mir. Zwei Kinder haben wir schon, weil es halt so passiert ist. Ich möcht gern glücklich sein, aber mein Glück soll nicht dem Karničnikhof im Weg stehen. Wenn Ihr mir erlaubt, Meta zu nehmen, verzicht ich auf den Besitz; gebt ihn meinem Bruder, überlaßt mir die Keusche auf der Kleinen Karnica oder die Keusche auf der Öden, wenn es nicht anders geht, auf Lebenszeit.«

»Ožbej!« unterbrach ihn Karničnik mit hohler, fast wehmütiger Stimme. »Was du jetzt gesagt hast, ist sehr schlimm: schlimmer als deine Absicht, Meta auf den Karničnikhof heimzuführen. Hier vor mir hast du dich vom Hof losgesagt. Das muß ich vom eigenen Sohn hören! Nein! So reden Schwächlinge daher! Aber wir beim Karničnik sind keine Schwächlinge. Ich erlaube dir nicht, daß du einer wirst, ich erlaube dir nicht, ein Schlappschwanz zu werden. Ich sehe, dich hat das Gift, das dir eingegeben worden ist, schon stark angefressen Aber noch ist Zeit, daß du gesund wirst, daß du einsiehst, daß in dir der Karničnikgeist wach bleiben muß! Es ist bitter zu hören, Ožbej, daß du vom Karničnikhof fliehen willst, daß du ihn für einen Kittel eintauschen willst. Bist du nicht aus dem Staub, den der Wind schon jahrhundertelang um den Karničnikhof trägt, hörst nicht in dir das Blut, das in unsichtbaren Rinnsalen aus dem Herzen des Obir selbst in unser Geschlecht geflossen ist? — — — Siehst du das nicht, fühlst du das nicht! Wehe mir, wehe dem Karničnikhof! ...«

Karničnik überließ sich seinem schweren, inneren Gram. Sein Gesicht zeigte große Sorge, die Augen wurden feucht und traurig. Das entmutigte Ožbej; den Zorn des Vaters ertrug er leichter als seinen Kummer.

»Vater, macht, was Ihr wollt!«

Karničnik sah ein, daß er schnell entscheiden mußte, denn in seiner Aussprache mit dem Sohn hatte er sich überzeugt, daß sein Ältester wirklich ein unentschlossener Schwächling war. Das schrieb er dem Gift zu, das ihm scheinbar Meta mit ihrer Brut eingegeben hatte. Deshalb beschloß er, Ožbej zu verkuppeln. Es war zwar gegen den Brauch beim Karničnik, Söhne zu verheiraten, bevor ihnen der Besitz übergeben wurde, jetzt aber war eine gute Ausrede zur Hand, weil Ožbej noch minderjährig war. Man fand für ihn eine Braut jenseits der Vellach, auf der Jamnica bei einem Haus, dessen Geschlecht schon seit alten Zeiten die Felder an den Steilhängen bebaute und das als reiches Haus galt. Das Mädchen, das man ihm auserwählt hatte, war schön und alle dachten, daß sie ihn von den Hudabela-Leuten abbringen könnte.

Anfangs wehrte sich Ožbej, dann ergab er sich in sein Schicksal. Es fiel ihm nicht leicht; seit er Meta kannte, war er in der Klemme: auf der einen Seite der Druck der Seinen und die Rücksicht auf den Vater, auf der anderen Seite aber trieb ihn die andauernde Liebe zu Meta. Seitdem sie vom Hof vertrieben worden war, sah er sie nur ein paarmal und selbst das unter großer Gefahr. Dieser seelische Zwiespalt bedrückte ihn ständig und untergrub sein Selbstgefühl; er wurde unschlüssig, einsilbig und mißtrauisch.

Als Meta erfahren hatte, daß Ožbej heiraten sollte, wartete sie ungeduldig Tag um Tag, daß er kommen und ihr wenigstens alle schwierigen Umstände erklären würde, die ihn zu diesem Schritt zwangen, und die auch sie selbst deutlich ahnte. Sie dachte, Ožbejs Eintreffen könnte das Leid, das sie seinetwegen zu tragen hatte, sehr erleichtern. Doch sie wartete vergebens, Ožbej kam nicht. Ein versteckter Mädchenstolz hinderte sie daran, zu ihm zu gehen; es war irgendein Hudabela-Trotz, der aber die Tränen nicht trocknen konnte, die sie in vielen hellen Nächten vergoß.

Beim Karničnik bereitete man eine großartige Hochzeit vor; man schlachtete Vieh, der Bauer selbst ging ins Steirische um den Wein, der Hochzeitslader lud an die zweihundert Hochzeitsgäste ein. Wenn das alles auch den alten Bräuchen entsprach, bemerkte die Nachbarschaft dennoch eine übertriebene, fieberhafte Großtuerei in allem. Die Hudabela-Leute duckten sich.

Da geschah etwas Unglaubliches!

Am Hochzeitstag, als die Drau und das Jauntal noch im Nebelgrau des frühen Morgens lagen und sich die Karničnikhöhe erst leicht aufzuhellen begann, kam der Lader mit den Musikanten unter Ožbejs Fenster, um ihn nach alter Sitte feierlich aus dem letzten Junggesellenschlaf zu wecken. Schon verkündeten hinter dem Hof Böllerschüsse der erwachenden Umgebung sein Aufstehen. Die Musikanten hatten schon drei Ständchen gespielt, doch Ožbej kam immer noch nicht zum

Vorschein. Daraufhin öffnete der Hochzeitslader seine Kammer und fand dort sein unberührtes Bett... vom Bräutigam aber war auf dem ganzen Karničnikhof keine Spur...

Unerhörte Schande! Die Gäste des Bräutigams fanden sich am Hof ein. Als sie erfuhren, daß der Bräutigam nicht da war, daß er sich versteckt hielt, machten sie sich verschämt in alle Winde davon. Der alte Karničnik war verschwunden, weil er die Schande nicht ertragen konnte. Das Karničnikhaus hatte einen gewaltigen Schaden, da es die Kosten für alle Vorbereitungen tragen mußte. Doch dieser Schaden war nichts im Vergleich zur großen Schmach, die nun auf dieses altehrwürdige Stammhaus fiel.

Ožbej ließ sich acht Tage lang nicht blicken. Er kehrte eines Tages zurück, als die Familie gerade beim Mittagessen saß. An seinen verquollenen Augen und aufgedunsenen Wangen merkte man, daß er sich inzwischen dem Trunk ergeben hatte. Als er in die Rauchküche trat, war er nicht mehr betrunken, sondern kam ergeben, so ruhig und keck, daß es der ganzen Familie den Atem verschlug. Er war noch nicht in der Mitte der Stube, als der alte Karničnik wie ein Windhund auf ihn losschoß. Die ganze Familie erwartete mit angehaltenem Atem die härteste Abrechnung, war doch Karničnik allen gut bekannt als ein Mensch, der seinen Zorn nicht bändigen konnte. Doch anstelle der erwarteten Züchtigung ereignete sich etwas anderes: Ožbej blieb wie gebannt auf der Stelle stehen, kniete mitten in der Rauchkammer nieder, faltete bittend die Hände und sagte ruhig und entschlossen:

»Vater, deswegen werdet Ihr mich nicht schlagen!« Dann wandte er sich zur Familie, blickte in alle Gesichter und fuhr ebenso ruhig und bedächtig fort: »Vater und Mutter, Bruder und Schwester, ihr alle auf dem Hof, verzeiht mir die Schande, die ich mit meiner Tat über euch gebracht habe. Es ist über mich gekommen und ich hab nicht anders können ...«

Einige Augenblicke herrschte in der Stube ein bedrücktes Schweigen. Alle Gesichter waren blaß, auf allen erkannte man, daß gekränkter Hochmut mit der Neigung zu verzeihen kämpfte. Das Gesicht der Mutter war ganz weiß, sie war eine hartherzige Frau und schwer getroffen. Der alte Karničnik stutzte angesichts der ruhigen Entschlossenheit des Sohnes und seiner reumütigen Bitte. Etwas stieß ihn vom knienden Sohn. Er sank kraftlos auf die Bank, barg sein Gesicht in den Händen und seine verzweifelte, heulende Stimme erfüllte die Rauchkammer:

»Wolfsbrut, unselige! ...«

Ožbej kniete noch immer und wartete auf ein verzeihendes Wort; seine Blicke wanderten vom Vater zur Mutter, von der Schwester zum Bruder, zu allen Knechten und Mägden und hielten beim Hüterbub inne, doch nirgends, auf keinem Gesicht konnte er erkennen, was er so begierig gesucht und erwartet hatte. Nirgends entdeckte er Verzeihung. Und der, dem er so ergeben war, den er so liebte, wand sich, über den Tisch gebeugt, in wildem Schmerz, weil er ihn nicht verstand.

Da erhob sich Ožbej langsam und sagte: »Was der Karničnikhof wegen mir an Schaden erlitten hat, zieht von meiner Erbschaft ab!«

Dann verließ er die Rauchküche.

Er blieb zu Hause und wartete, was die Zeit bringen würde. Von der mißglückten Heirat sprach man auf dem Karničnikhof nicht mehr. Das Jahr war noch nicht um, als Meta plötzlich zur Mutter nach Hause kam, wo sie einen neuen Bankert — den dritten — in die Welt setzte. Das Kind war schon vierzehn Tage alt, bevor man die Paten gefunden hatte. Dieses dritte Kind wurde auf den Namen Mohor getauft. Bei der Reinigungszeremonie mußte Meta noch eine Demütigung erleben;

vergebens wartete sie nach der Messe beim Tor, der Priester wollte sie nicht segnen, wie es bei den Wöchnerinnen der Brauch war. Meta mußte mit neuer Schande die Kirche verlassen.

Die Geburt des dritten Bankerts ließ beim Karničnik schließlich den Entschluß reifen, den er bis dahin immer wieder verschoben hatte, in der Hoffnung, die Sache würde doch noch einen anderen Lauf nehmen. Außer der unglückseligen Bindung zu Meta gab noch das Trinken, dem sich Ožbej in seinem Zwiespalt immer mehr hingab, den Anlaß zum entscheidenden Schritt.

Karničnik begab sich zur Herrschaft nach Eberndorf und sagte aus:

»Ich sehe mich gezwungen, zur Ehrenrettung unseres Hauses meinem Sohn Ožbej das Erstgeburtsrecht zu entziehen. Damit setze ich auch seine Befreiung vom Soldatendienst außer Kraft. Nehmt ihn zu den Soldaten, vielleicht bringt ihn das zur Vernunft. Den Besitz bekommt der Jüngere.«

Die Herrschaft kam seinem Wunsch nach. In Italien war gerade Krieg und der Kaiser benötigte Söldner. Wie ein Blitz verbreitete sich im Jauntal und die Vellach hinauf die Neuigkeit, daß der Karničnik seinen Sohn verstoßen und in den Krieg geschickt hatte. Obwohl früher viele Leute den unerbittlichen Standpunkt des Karničnik, mit allen Mitteln eine Ehe zwischen Ožbej und Meta zu verhindern, gutgeheißen hatten, wurden jetzt immer mehr Stimmen laut, die diesen Schritt mißbilligten und sich entrüsteten.

»Den Sohn hat er verkauft ...«

Ožbej und Meta hatten immer mehr Anhänger. Während die Nachbarschaft Meta bisher nur als Verführerin, als große Sünderin betrachtete, veranlaßte sie dieser Entschluß des Karničnik, die Bindung als etwas Tieferes, Reineres anzusehen. Bald hörte man Stimmen:

»Warum sollten sie nicht heiraten, wenn sie sich gern haben?«

Die Vorstellung des Volkes formte allmählich alles, was diese beiden unglücklichen Menschen von der Demütigung Metas auf dem Karničnikhof bis zur Züchtigung auf dem Gutshof hatten erleiden müssen, zu einem Dornenkranz. Diese Zuneigung wuchs langsam, wie der Tau auf die Wiesen fällt, man merkt kaum etwas, und auf einmal glitzert alles ringsum.

Am Tag, als Ožbej einrückte, zeigte sich, wie viele Leute schon auf seiner und Metas Seite standen. Die Soldaten versammelten sich in Eberndorf, von wo sie dann mit Leiterwagen nach Klagenfurt abfuhren. Von allen Seiten kam viel Volk zusammen; jeder Soldat wurde von jemand begleitet, sogar der verlassenste Knecht. Nur Ožbej vom Karničnikhof kam allein. Vielleicht hatten die Karničnik-Leute gefühlt, daß sich die öffentliche Meinung gegen sie wandte, vielleicht ahnten sie auch, daß Meta den Ožbej begleiten würde, und ihr Haß ließ nicht zu, daß sie mitgingen.

Es geschah erstmals, daß sich Ožbej und Meta vor aller Welt zeigten. Meta kam mit allen drei Kindern, und vielleicht sahen damals auch die Kinder zum erstenmal ihren Vater. Die Leute waren traurig und niedergeschlagen, weil jeder den Krieg fürchtete, trotzdem wollte niemand versäumen, Ožbej und Meta zu sehen, so groß war die Anteilnahme für beide.

War Meta auch schon Mutter von drei Kindern und hatte so großes Leid überstanden, war sie doch die schönste von allen in Eberndorf versammelten Frauen. Sie war ein Licht, das alle anderen in den Schatten stellte. Beim Abschied weinte sie nicht wie die übrigen Frauen, diese Tapferkeit machte sie noch schöner. Ožbej war tief gerührt. Zum erstenmal konnte er sich an Metas Seite zeigen und las in Hunderten Augen, wie sehr sie Meta bewunderten.

Mancher, von dem man es nicht erwartete, trat herbei und drückte ihnen die Hand. Besonders jene, die in den Krieg mußten, öffneten ihnen ihr Herz. Der Krieg macht jene, die ihm geopfert werden, weicher, zugänglicher und versöhnlicher; sagt doch ein altes Sprichwort, daß der Krieg auch die lang verhärteten Sünden löscht. Und als die bekränzten Leiterwagen aus dem Dorf rückten, winkte manche Hand Meta zu, rief ihr manche Stimme entgegen:

»Meta, mach dir nichts draus! Der Krieg geht vorbei, wir kommen zurück.«

Dann wurde sie sogar von einer Familie auf der Straße aufgelesen und in ihrem Gefährt bis heim zur Keusche mitgenommen. Meta fühlte, daß die Welt nicht so schlecht war, daß sie doch Recht von Unrecht scheiden konnte. Das gab ihr neuen Mut, daß sie sich beim Anblick ihrer drei Kinder standhaft und stark fühlte und hoffnungsvoll in die Zukunft schaute ...

Nach zwei Jahren kehrte Ožbej als Krüppel mit durchschossenem Bein aus dem Krieg zurück. Er hinkte, außerdem trank er noch mehr als früher. Deshalb freute man sich auf dem Karničnikhof nicht besonders über ihn. Trotzdem blieb er beim Haus.

Ein Jahr darauf setzte Meta den vierten Sohn in die Welt ...

Das brachte den Pfarrer so auf, daß er den Karničnik in den Pfarrhof rief.

»Karničnik, jetzt aber Schluß mit der Zigeunerei! Vier Bankerten in Eurer Familie, ich bitt Euch!« ...

Karničnik schwieg, der Pfarrer fuhr fort:

»Wegen dieser Schweinerei werde ich die Pfarre verlassen müssen. Sowas gibt es im ganzen Land nicht! Es bleibt nichts übrig, als daß sie heiraten ...«

»Nie und nie!« Karničnik erhob sich und stand starr vor dem Geistlichen.

»Eure Starrköpfigkeit nützt nichts. Die zwei bringt nicht einmal der Teufel auseinander.«

»Wenn ich nein sag, ist es nein! Diese Hudabela-Brut wird niemals auf dem Karničnikhof nisten.«

Mit diesen Worten verließ Karničnik den Pfarrhof.

Den vierten Bankert taufte der Pfarrer auf den Namen Ožbej, die Leute behaupteten, er habe das absichtlich getan.

Damals begann man in der Nachbarschaft zu reden, daß die beiden auf gut Glück heiraten würden, sozusagen aufs »liebe Geschau« hin. Meta drängte zur Hochzeit. Zuerst redete sie Ožbej zu, er möge den Vater dahin bringen, daß er sie in eine der Karničnikkeuschen ziehen ließe; nachdem der Alte das entschlossen abgeschlagen hatte, wollte sie in irgendeine andere Keusche gehen. Doch daraus wurde nichts. Wenn Ožbej bei ihr war, war er dafür, war er aber auf dem Karničnikhof, unterlag er wieder dem Einfluß des alten Karničnik, dem unbeugsamen Zwang des Hofes und schob es immer wieder auf ... Karničnik aber ging noch weiter. Er gewann den Gutsherrn dazu, daß er Ožbej die Heirat mit Meta verbot. In jener Zeit hatte der Gutsherr das Recht, das Heiraten zu erlauben oder zu verbieten. Arme Leute durften nicht heiraten, damit die Kinder nicht der Nachbarschaft zur Last fielen. Den Ožbej zermürbte dieses Leben immer schlimmer und er tröstete sich mehr und mehr im Trinken. Mit der Zeit wurde er einer der verrufensten Säufer, und zwar zählte man ihn zu den Quartalsäufern, die nur einige Male im Jahr trinken, doch dann ihre Trinkgelage über acht Tage und mehr hinausziehen, bis sie völlig erschöpft sind.

Meta hörte auf, zur Heirat zu drängen; sie ergab sich in ihr Schicksal und lebte für ihre Kinder. Zwischen ihr und Ožbej veränderte sich das Verhältnis so, daß Ožbej nun offen zu ihr kam.

Bald wurde sie zum fünftenmal schwanger. Darauf mußte sie noch den letzten offenen Angriff des Karnič-nikhofes ertragen.

Zu Allerseelen ging sie das Grab ihrer Mutter richten, die inzwischen verstorben war. Sie hatte das Gras ausgerupft und wollte einen schönen Kranz grünen Efeus vom Obir auf das Grab legen, als die Karničniktochter und zwei Mägde auf den Friedhof kamen. Eine von ihnen hatte sie vor Jahren aus dem Haus gepeitscht.

Kaum hatten sie Meta bemerkt, überfiel sie heiliger Zorn und sie machten sich über sie her:

»Auf diesem geweihten Boden ist kein Platz für Huren.«

»Nicht einmal die Toten haben Frieden vor so einer Mistdirn!«

»Das Mensch muß weg...«

Schon prasselten Steine und Erde auf Meta.

»Weg von diesem geweihten Ort...«

»Pfui!«

Keifendes Geschrei erfüllte den Friedhof, auf dem sich viel Volk aufhielt. An den Eingängen sammelten sich Neugierige. Alle erwarteten eine interessante Abrechnung zwischen den Frauen. Doch es kam ganz anders. Die Karničnik-Weiber waren schon nahe an Meta herangerückt. Sie rührte sich nicht, sondern stand ruhig am Grab. Mit einer Hand preßte sie den kleinen Ožbej an die Brust, an der anderen hielt sie Gaber. So stand sie aufrecht, schön und unnahbar vor den wütenden Feindinnen. Diese blieben plötzlich stehen, und zogen sich, als alles einen tätlichen Angriff erwartete, von selber langsam und mit erhobenen Armen von der Gestalt Metas zurück. Auf so sonderbare Weise hatte Meta sie besiegt.

Die Mistdirn neigte ihr Haupt nicht, die als Hure Beschimpfte stand aufrecht vor der Welt, von ihr ging unbezwingbare Schönheit, Mütterlichkeit und Kraft aus.

*   **243**

Aus den Gruppen, die sich versammelt hatten, hörte man höhnisches Gelächter, das aber nicht Meta, sondern den Karničnik-Weibern galt.

Meta rührte sich erst, als ihre Gegnerinnen schon weit weg waren, sich freilich noch immer nach ihr umdrehten, als könnten sie sich nicht von diesem Anblick trennen. Meta überkam ein bisher ungekanntes Gefühl von Selbstbewußtsein und Gleichwertigkeit. Sie fühlte sich erhaben und selbstsicher. Im Hochgefühl, ihre Rivalinnen so leicht geschlagen zu haben, schritt sie durch das Dorf. Dieses Siegesgefühl verließ sie nicht mehr, stachelte sie vielmehr zu einem ungewohnten Stolz auf, zu Widerstand und Kraft, so daß sie anfing, zu sich selbst zu sprechen:

»Wo ist noch eine, die für ihre Liebe lebend die Feuerprobe bestanden hat..., wo ist noch eine, die für ihre Liebe auf der Folterbank gelegen ist...?«

Für Meta und Ožbej vergingen die Jahre eintönig.

Den fünften Sohn taufte man auf den Namen Vid.

Nach zwei Jahren wurde Burga geboren.

Zwei Jahre nach Burga kam Primož zur Welt.

Drei Jahre nach Primož wurde Til ins Leben gesetzt.

Und drei Jahre nach Til war Nana, die Jüngste, da.

Als Nana zur Welt kam, hatte der Älteste, Gal, sein zwanzigstes Lebensjahr vollendet.

Neun Bankerten... Neun Hudabela-, neun Karničnik-Bälger... Alles schöngewachsene, gesunde Kinder.

Um Meta und ihre neun Bankerten entstanden ganze Legenden und kreisten verschiedene Prophezeiungen. Einige fürchteten die Geißel Gottes, wenn es bei der Zahl neun bliebe. Andere erwarteten mit Bangen neue Geburten und fürchteten sich vor dem Jüngsten Gericht, falls es zwölf werden sollten; wieder andere ängstigten sich, daß um Gottes willen diese lebendige Wiege nicht noch zum dreizehnten Male angestoßen würde.

Die Leute nannten Meta: »Bankertmutter« oder »Bankertglucke«, die Kinder aber allgemein »Hudabelabankerten«, später auch die Hudabelasaat; die Keusche, in der sie lebten, war unter dem Namen »Bankertkeusche« bekannt.

Je älter Ožbej wurde, desto mehr trank er, umso unnützer wurde er. Den Karničnik-Leuten war er immer mehr im Weg, deshalb schlief er den Großteil seiner häufiger werdenden Räusche bei Meta aus. Wundgeschlagen, stinkend und vernachlässigt kam er immer wieder zu ihr. Meta empfing ihn, reinigte, heilte und pflegte ihn wie ein großes Kind.

Nach so einem überschlafenen, betäubenden Rausch erfüllte Ožbej stets eine gewisse Weichheit. Er saß mit den Kindern herum, die noch beim Haus waren, küßte und verwöhnte sie, sich aber verfluchte er, so daß ihn Meta oft trösten mußte.

»Mach dir nichts draus, Ožbej, füg dich dem Willen Gottes, wir sind halt unglücklich alle zusammen.«

»Ich bin schuld an dem ganzen Unglück! Aber versteht mich: Ich lebe zwischen zwei Mühlsteinen — auf der einen Seite Meta, auf der anderen der Karničnikhof und mein Vater. Zu lang hab ich mich gehen lassen, bis es mich erdrückt hat. Jetzt kann ich mich nicht mehr rühren. Heute — was geschehen ist, ist geschehen — bin ich ein Hascher, ein Krüppel an Leib und Seele, ein Waschlappen, ohne Entschlußkraft und Willen. Mein Vater ist ein ganz anderer Mann und du, Meta, bist auch ganz anders ...«

Die kleinen Bankerten hörten stumm zu und suchten Antwort bei der Mutter.

Diese beschwichtigte ihn dann:

»Alles wird noch gut, nichts ist versäumt, Ožbej.«

»Schon, aber erst müssen wir heiraten, dann wird noch alles gut! Der Karničnikhof kann nicht mehr mir gehören, das macht nichts. Eine Keusche müßten wir in

Pacht nehmen und zusammen leben ... Wenn ich es will, müssen sie mir das Heiraten erlauben. Ihr seid schon so viele, daß die Nachbarn nur froh sein werden, wenn ihr einen richtigen Vater habt. Und dann hört dieses Zigeunerleben auf.«

Nach jedem solchen schweren Rausch verabschiedete sich Ožbej von seiner Familie mit den Worten:

»Ja, im Fasching heiraten wir.«

Das galt bis zum Fasching, dann sagte er:

»Nach Ostern heiraten wir.« Und so ging es weiter.

Meta mußte ihre Schar fast allein ernähren. Das war sehr schwierig, denn mindestens vier waren immer bei der Keusche. Eines war in der Wiege, das zweite kaum flügge, das dritte war bereits in die Hosen gewachsen und das vierte reifte für den ersten Halterdienst heran. So ging es fast fünfzehn Jahre hindurch.

Meta mußte nahezu Tag und Nacht arbeiten, im Sommer arbeitete sie im Taglohn, im Winter spann sie daheim, flocht Stroh- und Weidenkörbe, machte Holzgeräte, Löffel, Kochlöffel, Salzfässer, Löffelgestelle. Sie griff jede Arbeit an, die ihr unter die Hände kam. Und es gab keine Arbeit, der sie nicht gewachsen war! Bei den Nachbarn war sie als Taglöhnerin bekannt, der kein Weg zu lang und kein Wetter zu schlecht war. Obwohl sie immer wieder die Kinder mitnahm, riß sich die Nachbarschaft um sie, wenn es viel Arbeit gab. Die Wiege mit dem Kleinsten auf dem Kopf und noch zwei, drei Hosenmatze neben sich, machte sie sich beim ersten Morgengrauen auf zur Arbeit und kehrte bei Nacht heim. Ihr Fleiß nahm kein Ende. Nur eine große Mutterliebe konnte diesen Fleiß aufbringen, der eine so vielköpfige Familie ohne zu große Entbehrung aufwachsen ließ, so daß alle Kinder an Körper und Geist gesund blieben.

Dieser andauernde, außergewöhnliche Kampf hob Metas Ansehen in der Nachbarschaft von Jahr zu Jahr.

Allmählich schlug die allgemeine Stimmung ganz auf ihre Seite um. Die Leute stießen sich zunehmend an der Hartnäckigkeit des alten Karničnik, der sich immer noch leidenschaftlich einer Heirat zwischen Meta und Ožbej widersetzte. Um den eigenen Willen leichter durchzusetzen, führte er die Wirtschaft noch selbst, obwohl sein jüngerer Sohn schon volljährig war.

Meta träumte noch Jahre von einer Keusche, zuerst von einer der Karničnikkeuschen, die so groß waren, daß sich ihre Familie zu Hause hätte ernähren können, schließlich von irgendeiner Keusche, nur damit ihr das Leben erträglich würde; diesen Traum begrub sie mit der Zeit. Oft war sie deswegen betrübt, sie dachte an ihr Unglück und konnte nicht verstehen, warum gerade sie vom Leben so geschlagen wurde. Diese Gedanken verflogen, sobald sie die Kinder sah. Die schweren und unaufschiebbaren Mutterpflichten trieben sie mit Gewalt zur Arbeit für das tägliche Brot. In diesem täglichen Kampf verließ sie jedoch nie das Bewußtsein, daß ihr Unrecht geschah, daß sie unschuldig litt, daß man sich an ihr schwer versündigt hatte. Aus dieser Überzeugung heraus wurde sie verschlossen, beinahe verstockt der Umwelt gegenüber. Doch haßte sie die Urheber ihres Unglücks nicht, sondern mißachtete sie. Und diese Mißachtung, die zwischen ihr und der übrigen Welt einen immer höheren Zaun wachsen ließ, festigte die Bindung an ihre Kinder zu einer immer stärkeren Gemeinschaft. Sie hatte ihre eigene Welt, in der es wenige helle Tage gab, und sie befreundete sich mit diesem Schicksal, wie sie es konnte und wußte. Eine Ehe mit Ožbej wünschte sie sich nur noch wegen der Nachbarschaft und wegen der Kinder, die damit einen anerkannten Vater bekämen und wenigstens nach außen hin gleichwertige Menschen würden.

Die Nachbarn konnten nicht verstehen, wie Meta bei so einem Leben und so vielen Kindern ihre Schönheit bewahrte. Als sie schon neun Kinder in die Welt gesetzt hatte, war sie immer noch aufrecht, von glattem Gesicht und lebhaften Augen, nur ihre Bewegungen waren wegen ihrer endlosen Plagerei weniger flink.

Schön waren auch alle ihre Kinder: hochgewachsen gerade, stark, mit leuchtenden Augen, alles hatten sie von ihr. Metas Eigenart ging auf die Kinder über. Ihnen war die Mutter alles, die Gestalt des Vaters hingegen glomm nur schwach in ihnen und erlosch allmählich ganz. Sie waren nicht furchtsam, doch wichen sie den Leuten aus, vertrauten niemandem und benahmen sich bockig. Fragte sie einmal jemand im Spaß, von wem sie seien, antworteten sie schon, als sie noch kaum reden konnten:

»Die Bankerten der Hudabela.«

»Seid ihr nicht vom Karničnik?«

»Das wohl nicht!« antworteten sie unfreundlich, kurz angebunden. Deshalb begannen sie die Nachbarn auch Windsaat zu nennen.

Kaum waren sie aus dem Nest gekrochen, mußten sie schon als Hüterbuben in den Dienst. Sie weideten in allen Gräben der Vellach, auf den Almwiesen des Obir, der Petzen und der Olschowa. Die Mutter schlug jedem zur Wegzehrung ein großes Kreuz auf die Stirn und drückte ihm ein Paar neue Zockeln unter den Arm, die sie für den neu Scheidenden selbst gemacht hatte. Zum Abschied sagte sie ihm noch:

»Jetzt beginnt der Kampf ums Brot. Der wird hart sein, aber du wirst ihn bestehen, wenn du nicht vergißt, daß du von mir, von der Hudabela bist . . .«

Und wenn er weinte, weil er sich noch zu unbeholfen und für die Welt zu schwach fühlte, sagte ihm die Mutter:

»Gal, es hilft nichts, zu Hause sind noch zwei, die auf Brot warten.«

Dann ging es in Abständen weiter:

248

»Gaber — Mohor — Ožbej — Vid — Burga — Primož... daheim sind noch zwei, sind noch drei, es hilft nichts!«...

Und jedesmal hörte das weinende Kind beim Anblick der traurig-ernsten Miene der Mutter auf zu raunzen und trat mutig den Weg in die unbekannte Welt an, wo der bittere Kampf ums Brot ausgefochten wird.

Draußen in der Welt wurden aus Halterbuben Jungknechte, Kleinknechte, Holzhauer, Taglöhner, Schmiede, Bergknappen, aus Hütermädchen Kuhdirnen und Mägde. Meta hatte eingeführt, daß sie jedes Jahr am Weißen Sonntag zu ihr kamen. Aus diesen Besuchen entwickelte sich eine Art großes Hudabela-Treffen, von dem man noch im ganzen Tal sprach, als Meta längst unter der Erde war und ihre Kinder niemand mehr hatten, bei dem sie zusammenkommen und wohin sie wie Wallfahrer pilgern konnten. Bei solchen Anlässen sah Meta alle ihre Kinder bei sich versammelt, für diese wieder war das die einzige Gelegenheit, sich zu sehen. An diesem Brauch hielten sie fest bis zum Tod der Mutter. Sie kamen zu ihr, als sie schon ganz grau war, ganz gekrümmt von der Arbeit, von Enttäuschungen und Leiden, als von ihrer Schönheit nichts mehr übriggeblieben war als ihre tiefen, klaren Augen...

Jeden Weißen Sonntag war die Keusche voll von Ostereiern, Würsten und Fleisch, voll Schwarzbrot, Dampfnudeln, weißen Broten und Kuchen, die die Kinder für die Mutter aufbewahrt hatten. So manche Bäuerin drückte dem Knecht oder der Magd beim Fortgehen ein besonderes Geschenk in das Bündel mit den Worten:

»Für Meta...«

Und wenn Meta so mitten unter ihren Kindern saß, kam es, daß sie ihnen viel erzählte, obwohl sie sonst wortkarg war.

»Jetzt, da ihr alle bei mir versammelt seid, hört zu, was ich euch sage, eure Mutter — die Bankertmutter. Neun Bankerten seid ihr. Der Karničnikhof hat mich verworfen, verworfen hat er auch euch. Der Karničnikhof hat auch euren Vater verworfen — deshalb dürft ihr ihm nicht zürnen, denn wegen mir hat der Hof ihn verworfen, euretwegen. Seht, wie ich unter euch sitze, seht meine Hände, die von Feuer und Arbeit so zerfurcht sind, daß sie nicht fähig waren, sanft zu streicheln; mein Herz ist so ausgebrannt, daß es nichts mehr bewegen kann, als die Liebe zu euch, zum eigenen Blut. — Wenn ihr einmal erwachsen seid, verteidigt eure Bankertehre, wo immer ihr seid. Wenn ich nicht mehr bin, habt ihr keine warme Kammer mehr, die euch offensteht.

Dafür seid ihr überall zu Hause. Gehört der Karničnikgrund nicht euch, so gehört euch das ganze Jauntal, gehören euch alle Berge, alle Schluchten, alle Felsen und alle Felder, die ihr mit euren Händen umgrabt...«

Gebannt hörten ihr die Kinder zu.

Meta sprach weiter zu ihnen:

»Mit euch ist es so: Ihr seid nicht wie andere Kinder — ihr seid Wildwüchslinge. Ihr seid nicht in Wiegen großgeschaukelt worden, eure Wiegen sind Furchen, Gräben und Ackerraine, wo euch die Sonne gebrannt und der Regen durchnäßt hat. An diesen Wiegen haben euch Lachtauben und Wachteln gesungen, der Blitz hat euch geleuchtet, der Donner euch geweckt... Deshalb seid ihr wie vom Wind gesät. Ihr habt die Hüllen selbst abgeworfen, ohne Hilfe, wie eine Windsaat in der Furche.

Wie ein Wildwüchsling um seinen Platz an der Sonne kämpft, so müßt ihr, Hudabeli, euch mit dem Leben schlagen. Wo ihr steht, treibt Wurzeln.

Laßt nicht auf euch herumtreten, ertragt nicht demütig Unrecht, doch fügt auch ihr keinem Mitmenschen, niemandem Unrecht zu!

Schaut her, mich haben sie auf die Folter gespannt, als ich noch nicht gewußt habe, was die Welt ist. Vielleicht werden sie auch euch drauf spannen. Dann beißt die Zähne zusammen und denkt, daß ihr Wildwüchslinge — Hudabeli seid. Jetzt, durch mich seid ihr neun, nach fünfzig Jahren seid ihr leicht hundert, nach hundert Jahren seid ihr fünfmal, ja zehnmal so viele. Dann könnt ihr euch gemeinsam eure Ebenbürtigkeit, eure Rechte erkämpfen ...«

Jahr für Jahr gab Meta ihren Kindern Selbstvertrauen und lehrte sie das Unrecht erkennen und die Sünde verachten; dieses Selbstgefühl erstarkte in ihnen, sie trugen es über die Steinfelder des Jauntales, durch die Gräben der Karawanken, es verband sich mit dem Heulen der Winde über den Graten, mit dem Tosen der Schluchten, mit dem Träumen der Felder, es floß zusammen mit dem Flirren der Seen, mit dem unendlichen Rauschen der Drauwellen ...

Der alte Karničnik starb eines Tages ganz plötzlich. Schon lange vor dem Tod hatte ihn etwas bedrückt. Er war schweigsam und niedergeschlagen gewesen. Die Leute hatten es sich damit erklärt, daß ihn die Hudabela-Geschichte bedrückte. Nicht alles, was von seinem Sterben erzählt wird, ist bewiesen. Doch die Leute sagen, und Ožbej hat es selbst behauptet, daß der Vater ihn zu sich rufen ließ, als er zusammenbrach. Als Ožbej erschienen war, war der Vater schon halb bewußtlos. Ganz leise soll er noch geflüstert haben:

»Ožbej, heirate sie ...!«

Nach einer halben Stunde, in den letzten Zügen, soll er noch gehaucht haben:

»Ožbej, der kleine Karničnikgrund gehört dir und der Meta bis zum Tod ...«

Dann kam er nicht mehr zu sich und nach einem zwei Stunden langen, schweren Todeskampf starb er.

Ob er das in seiner letzten Stunde wirklich so gesagt hat, ist schwer festzustellen, doch hat es Ožbej so behauptet. Er war mit den übrigen Kindern bei seinem Tod anwesend. Es ist aber möglich, daß Ožbej das nur sagte, um vor Meta und vor uns seinen Vater von der Unbarmherzigkeit und vom Starrsinn reinzuwaschen. Die Wahrheit ist, daß daraus nie etwas geworden ist; Ožbejs Bruder Volbenk bekam den ganzen Besitz samt dem kleinen Karničnikgrund. Ožbej erhielt eine schändlich kleine Mitgift, von der aber das abgeschlagen wurde, was der alte Karničnik für die ersten drei Bankerten angelegt hatte; um die übrigen hatte sich Karničnik nicht mehr gekümmert. Ožbej bekam auch das Recht, auf Lebensdauer auf dem Karničnikhof zu wohnen, und das Recht auf Kost, das aber verfallen sollte, falls er heiratete. Also war er noch nach dem Tod des Vaters an den Karničnikhof gebunden.

Und doch glaubten die Leute, daß Meta und Ožbej heiraten würden. Ožbej hätte mit der übriggebliebenen Aussteuer eine kleine Keusche kaufen können. Das meinte auch Meta. Aber daraus wurde nichts; Ožbej schob es nach alter Gewohnheit auf, versprach es immer wieder und trank. Vielleicht wäre es letzten Endes doch dazu gekommen, wenn sich nicht ein anderes Unglück ereignet hätte. Ožbej hatte wieder einmal einige Tage getrunken, und als er nachts der Hudabela-Keusche zuwankte, fiel er in den Sablatniksee, aus dem man ihn am nächsten Tag tot herauszog.

Zum Begräbnis ging Meta mit sieben Bankerten, Gal und Gaber waren bei den Soldaten. Zum Begräbnis kamen auch alle Karničnik-Leute. Zum ersten und zum letztenmal waren beide Zweige dieser Familie vereint. Alle Nachbarn kamen herbei, um bei diesem Begräbnis dabei zu sein. Deshalb war die Beerdigung so, wie es wenige in dieser Gegend gibt. Ožbejs Tod versöhnte die Karničnik- und Hudabelaleute nicht. Das zeigte sich schon beim Begräbnis. Jede Familie blieb unter sich, unzugänglich, kühl; die Karničnikleute waren sich ihrer Kraft und ihres Ansehens bewußt — die Hudabelaleute ihrer Rechte. Sieben Bankerten umgaben ihre Mutter, als ob sie sie öffentlich vor der übrigen Welt in Schutz nähmen.

Nach der Beerdigung trat der junge Karničnik ganz kalt zur Gruppe der Hudabeli.

»Hundert Gulden hat Ožbej zurückgelassen und etwas Gewand. Ich steuere selber noch einen Hunderter für die Kinder bei, und damit denke ich, hat der Karničnik- hof seine Pflicht getan. Da sind sie, um die übrigen Sachen schickt einen zu uns, wird euch bestimmt alles recht kommen. Zum Leichenschmaus könnt ihr kommen, wenn ihr wollt.«

Die Kinder sahen Meta an, Meta sah sie an, dann sagte sie ruhig:

»Der Karničnikhof soll sein Geld behalten, wir brauchen nichts von ihm!«

Alle Umstehenden sahen diese Szene. Viele meinten, die Hudabeli hätten recht getan, ein so demütigendes Angebot abzuschlagen. Sie nahmen auch am Totenmahl nicht teil. Zwei Familien trennten sich für immer ...

Ihr werdet fragen, was mit dem Karničnikhof geworden ist.

Die Antwort darauf könnt ihr euch selbst geben, wenn ihr euch umseht. Ich kann euch nur das eine sagen: Die junge Karničnikbäuerin kam irgendwoher aus der Tainacher Gegend. Sie war die Ebene gewohnt und konnte sich an die Obirhänge nicht gewöhnen. Schließlich überredete sie ihren Mann, den Hof zu verkaufen und einen großen herrschaftlichen Besitz in der Nähe der Klagenfurter Straße zu kaufen. Das Karničnikanwesen kaufte die Gutsherrschaft im Jahre 1875 ab.

Der Karničnikgrund kam in dieser Gegend als erster in die Hände der Herrschaft, dann folgten andere, wie von einer Lawine mitgerissen. Innerhalb von drei Jahrzehnten kauften gräfliche und verschiedene andere Herrschaften viele Besitzungen auf, vor allem Bergbauernhuben und Waldbesitze, und wenn ihr heute von der steirischen Grenze gegen Westen bis Ferlach geht, braucht ihr kaum zu fürchten, von herrschaftlichem auf bäuerlichen Boden zu treten.

Die Karničnik-Familie, die Jahrhunderte auf den Hängen des Obir standgehalten hatte, wirtschaftete unten in der Ebene in kürzester Zeit ab. Die Junge fuhr gern nach Klagenfurt, man sagte ihr Bekanntschaften mit verschiedenen Herren nach. Daheim ging alles drunter und drüber, und als kaum fünfzehn Jahre vergangen waren, ging die Wirtschaft zugrunde. Zum Glück wurden beide Wirtschafter fast gleichzeitig vom Tod erlöst. Es blieben zwei Kinder, die sich irgendwo in Klagenfurt verloren; man erzählt, daß man dort noch auf den Namen Karničnik stößt, doch schreiben sich die Nachkommen jetzt Karnitschnigg.

Und die Hudabeli?

Sie blieben Hudabeli. Meta selbst wurde nicht sehr alt. Sie starb bei Gal auf dem Sägewerk in einer tiefen Vellach-Schlucht. Die Kinder verstreuten sich wie Ameisen in die Wälder, auf Sägewerke, in Gruben und auf Huben. Über alle Täler und auf alle Hänge sind sie ausgesät, von wo klares Wasser zur Drau fließt. Zuerst waren es neun, heute wächst die vierte Generation auf, bald ist die fünfte an der Reihe, ein ganzes Heer, das den Karničnikgrund belagert, untergräbt und nach ihm greift . . .

Im tiefen, nachdenklichen Schweigen verklang die Stimme der Greisin. Mein Freund Košat und ich waren verstummt vor der großen Lebenskraft, die aus dieser eingefallenen Brust hervorkam. Es war, als hätten wir ein inniges Gebet und einen schweren Fluch gehört, nicht aus dem müden, zahnlosen Mund vor uns, sondern aus dem Innern des hohen und breiten Obir.

Košat faßte zuerst Mut und fragte:

»Mutter, seid Ihr auch eine von den Hudabeli?«

»Ich bin die Hudabela-Nana . . .«

Als wir den kleinen Hof mit der Karničnikkeusche verließen, dieses Überbleibsel einstiger Größe, rannte durch das Gatter eine Kinderschar herein, die eine kleine Herde von der Weide heimtrieb. Das war die dritte Hudabela-Generation nach der Nana, die Kinder eines Pächters auf gräflicher Hube, der halb Holzarbeiter war, aber auf dem Karničnikhof lebte, und bei dem die jüngste Tochter Metas und Ožbejs ihre letzten Lebensstunden fristete. Deren ältere Abkömmlinge haben vielleicht schon die vierten, vielleicht die fünften Nachkommen. Dieser Stamm erschien mir so, wie ihn die Greisin kurz vorher beschrieben hatte: gesund, schön, eigenwillig . . . Was der alte Karničnik verhindert hatte, ging fast sechzig Jahre später in Erfüllung: die Enkel der Hudabeli leben auf dem Hof, nicht als Eigentümer, sondern als Pächter der Erde, als Holzfäller in diesen schwarzen Wäldern. Als solche aber sind sie die einzigen wahren Eigentümer.

Darüber dachten Košat und ich nach, als wir am Saum des Waldrückens lagen, von wo wir das Jauntal unter uns sehen konnten. Der dämmerige Raum verschleierte sich immer mehr und bald war die ganze Kärntner Talebene von einer einzigartig schönen Sommernacht erfüllt . . . Langsam blieb die Dämmerung auch hier oben auf dem Waldrücken hängen: Zuerst erfüllte sie die Wälder, dann drang sie langsam in die Holzschläge und drängte das Tageslicht immer höher hinauf den Felsen zu. Dort drückte sie sich heimlich in die Felsschründe und Abgründe, von wo sie sich schon viel dunkler nach allen Seiten ausbreitete und die Sonnenstrahlen aufsog, die sich noch an die blauen Gipfel klammerten. Nur der Dobratsch strahlte weiterhin in glühendem Rot.

Die Dämmerung herrschte nicht allzulang. Bald ging im Osten blaß der Mond auf und ein feiner Schleier hüllte das Land ein. Aus dieser bezaubernden Schönheit ragten die Gestalten des Dobratsch, der Petzen, der Saualm und Koralm, als würden sie dem kühlen Bad eines unermeßlichen Silbersees entsteigen... Der Himmel dieser Nacht neigte sich reglos über diese Pracht, wie man sie nur in Kärnten erlebt.

Uns beiden schien die Nacht zuerst geheimnisvoll ruhig. Doch wir täuschten uns. Bald konnten wir unterscheiden, wie die Wälder um das Karničnik-Anwesen rauschten, wie der Obir dem ewigen Atem des Windes mit gleichmäßigem Widerhall antwortete, wie das Echo der Drauwellen und Teiche bis herauf auf den Bergrükken brandete, wie unter diesem wundersamen Schleier die Felder und Dörfer an den Drauauen atmeten. Irgend etwas klang auf, als höre man die Töne versunkener Glocken aus den schlafenden Seen... Töne, die tagsüber die Felder, Sägen und Fabriken verschluckt hatten, die sich in den Schluchten und Tälern gespeichert hatten, jauchzten und schluchzten jetzt aus dem Dunst, der über dem Tal lastete.

Ist das nicht der Atem, ist es nicht das Seufzen hunderter, ja tausender Hudabela-Kinder, Gebet und Fluch, Schwur und Kampfansage all jener, die ihren eigenen Karničnikboden suchen?... Ja, das ist der Kampfruf rußiger Schmieden, kohlschwarzer Gruben, verbrannter Äcker, dürftiger Ackerraine, verlassener Mühlen und Kalköfen..., der Kampfruf eines verstoßenen Geschlechtes...

INHALTSVERZEICHNIS